花街子

曾宪国 ◎ 著

图书在版编目（CIP）数据

花街子 / 曾宪国著. —重庆：重庆出版社, 2020.9

ISBN 978-7-229-15160-7

Ⅰ. ①花… Ⅱ. ①曾… Ⅲ. ①中篇小说－小说集－中国-当代　Ⅳ. ①I1247.5

中国版本图书馆CIP数据核字(2020)第129304号

花街子
HUA JIEZI

曾宪国　著

责任编辑：江省吾　陈渝生
责任校对：杨　婧
装帧设计：左源洁

重庆出版集团　出版
重庆出版社

重庆市南岸区南滨路162号1幢　邮政编码：400061　http://www.cqph.com
重庆三达广告印务装璜有限公司印制
重庆出版集团图书发行有限公司发行
全国新华书店经销

开本：889mm×1194mm　1/32　印张：9.25　字数：260千
2020年9月第1版　2020年9月第1次印刷
ISBN 978-7-229-15160-7
定价：42.00元

如有印装质量问题，请向本集团图书发行有限公司调换：023-61520678

版权所有　侵权必究

重庆下半城：一个人的小说版图

◎宁小龄

曾宪国的生活版图随着时间的推移与年龄的增长并没有逐渐缩小，重庆两江之间的众多老街与旧巷依然是他过去与现在最喜欢流连的地方。每天上午，他例行出门，通常是去喝"坝坝茶"——在长江与嘉陵江边，在临街的露天坝坝上，总是有这样最平民化的茶园。春秋季节，天气温暖，到某个露天茶园，他与他的兄弟们相聚，海阔天空，东南西北；冬夏之日，寒冷与酷热降临，他会到闹市里的某个咖啡馆，冬有暖气、夏有空调，挑一个凭窗的座位，独自一人，看书看街景。中午，通常他习惯去一个熟悉的苍蝇馆子，要几个家常菜或二两小酒，或呼朋唤友，或独自品咂。

多年来，大家都知道，即使他已经鬓染霜头飞雪，但他依然不喜欢离群索居，隔个三五天，总是要和朋友聚聚——可以侃侃而谈，也可以聚众啸傲，谈兴酣畅时，更不妨"老夫聊发少年狂"。他的朋友里有年轻时曾经一块爬过电线杆子的供电局工友，有中年时一起办过报纸或搞过创作的同事，有退休后在茶座饭局聚会或街上偶遇的"故知"。

每天，曾宪国的作息时间是雷打不动的——上午出门去喝"坝坝茶"，中午就近在街边吃饭，下午回家，或读书，或酝酿，就着一杯咖啡，将点点滴滴的思考转化为文字。晚饭很简单，云淡风轻。饭毕他又出门散步。下半城正在拆迁，也正在大兴土木。改建的十八梯未见雏形，花街子的人气已散。那么，往东走吧，去东水门大桥转转；或到长江边看看吧。江风阵阵，几条正在清淤的挖泥船整天轰隆隆聒噪得不得安宁。

在重庆市区生于斯、长于斯的他，最熟谙的是这个半岛形的地域与地形——从菜园坝到朝天门，从上半城到下半城，从花街子到解放碑，往东是朝天门，两江汇合之处；往西是菜园坝，老火车站，每天熙熙攘攘。下半城是一个有历史、有故事、有人物的地方，每一扇窗户，每一条巷子，每一家商铺，每一座楼房，每一位男女，都应该有自己的故事——这些故事，不少都出现在他的小说里。

曾宪国的得意之作应该是他的长篇小说《门朝天开》，我猜想，这应该是曾宪国在冥冥之中得到的一个绝佳书名。一部长篇在杀青之前或酝酿阶段，能得到这样一个恢宏的题目，应得益于作者的灵气与运气。在重庆，任何一个读者都能在"门朝天开"四个字里猜想到小说的具体方位——在重庆，仅就众多的地名及其地理位置而言，它们本身就可以构成一部小说。而且，由于进入到小说，它们会被人们反复谈论并深入内心。歌乐山、杨家坪、沙坪坝、化龙桥、两路口、牛角沱、上清寺、朝天门、海棠溪、上新街、龙门浩等地方，曾出现在罗广斌与杨益言的《红岩》里；

出现在麦家的《风语》中——虽然他创作这部长篇小说时并未到过重庆,仅仅凭借一张过时的重庆地图;出现在虹影的《饥饿的女儿》里,因为她对她家与南岸,以及当时社会底层平民的艰难生活与恶劣环境有着深刻的记忆。

我与曾宪国同在一个大院的一座住宅楼里,这个大院现在高楼矗立。过去唯一一幢巍峨的办公大楼,几年前随着报纸的式微,出租改建成为一个民国风的宾馆。当年的兴盛与热闹,都被风吹雨打去。本是职工居住的住宅楼,不少主人或走或散,不禁令人唏嘘。

作为多年的邻居,我习惯性地尊称他为老曾。

在曾宪国的创作中,在其地域性的叙事里,重庆的真实地名并未有多少涉及。小说毕竟是虚构的,无论是人物,还是具体的街道,或者是某个具体的巷子。但是,我们都可以从他小说地名中寻找到原型之地——比如那个反复出现的"顺城街",应该就是下半城的储奇门与花街子吧。这是他在自己的小说版图中虚构的一个地名,这个巴掌大的"顺城街"活跃着他笔下的多位人物—— 老伴去世孤单一人的李渝山,与患病老伴彼此厮守的杨明亮,两人相约的地方是顺城街的露天茶园。

每次我到花街子,看到街边自发形成的劳务市场里的那些陌生男女,看到中午他们手捧一大碗热气腾腾的快餐蹲在路边大快朵颐,看到那些正在拆迁的破旧商铺与永远难以干净的街道时,我就想这就是老曾笔下的那个顺城街与那些人物吧。花街子,我从小在这里长大,往返不知多少次,早已烂熟于心。那些成排的菜摊,那些卖油盐酱醋的小店,那些擦皮鞋的女人,那些因划鳝鱼、卖活鸡、开饭馆而腰包逐渐鼓起来的商贩,现在闭眼都能在心里烈火烹油般地复活,并散发着这条老街独有的下半城气息——市井人群,住房逼仄,地面脏乱,车辆拥挤,生活热烈。

一座城市无论怎样发展，其方言都很难改变。在上海等沿海城市，随着外地人口的大量涌入，人们已经开始担心方言会失去应有的活力与生命。但是在重庆，无论孩子还是中老年人，用方言交流的习惯依然如磐石般，有着难以替代的稳定性。

在南方地域的写作者中，尤其是江浙作家，他们普遍认同普通话，在作品中可以轻易地屏蔽地域性方言。无论是王安忆、苏童、格非还是毕飞宇，他们都能说一口流利的普通话，尽管我们可以轻易地发现其各自的地方口音。但有一部分人却难以摆脱方言的思维与方言的习惯，他们中的成功者，比如李劼人、沙汀、周克芹，比如沈从文、周立波、何士光，还有获得茅盾文学奖的《繁花》的作者上海作家金宇澄。

在北京甚至北方，走南闯北的老曾尽管可以费力地卷起舌头，笨拙地说几句普通话，但仍需不时地将重庆方言的"言子"（词语）转换为普通话的字句，这多少会给他带来一些交流上的障碍。虽然他从众多的文学作品中饱尝与吸取到的是普通话的语言与叙述方式，但一旦进入自己的个人写作，潜意识里便不自觉地运用起方言的腔调、方言的字句与方言的语感——这是他地域性叙事中最鲜明、最酣畅、最快意的写作。许多被人们早已淡忘的重庆方言，那些散落在民间在底层的"言子"，在他的笔下，在他人物的口中，又悄然复活了。

在我多年的文学编辑工作中，对于方言写作，我历来保持一种警惕。毕竟方言写作需要强大的语言驾驭能力与深厚的文字功力，毕竟有地域性的限制，毕竟有生僻难懂和难以对应的合适字词，以及阅读上的障碍——在整体叙述中，方言的腔调会时常影响流畅的语感，让正常的叙述险象环生。

写作，对任何人来说，都是辛苦而又有难度的。小说，在今天被众多写作者从各种角度、以各种形式进行探索后，对任何一个写作者都是一个挑战。尤其在今天,世界是广阔的,丰富的生活永远有待写作者去认识、发现与书写。每个人的经验、认识、观念都有其自身的局限,如何从自己熟悉与喜爱的题材、人物、语言、叙述和思想的多重限制中突围,是写作者必须面对和跨越的障碍。

曾宪国作为一个多年从事新闻媒体行业的报人,作为一个"别无他求"的纯粹创作上的"票友",他在小说里得到了难以想象的自在、快意与满足。

这是他的追求,也是他的初心。

(宁小龄,《人民文学》原副主编)

目 录 CONTENTS

- 001 **重庆下半城：一个人的小说版图**
- 001 第一篇　入　戏
- 079 第二篇　弥　合
- 147 第三篇　别无他求
- 209 第四篇　南麻布的家
- 279 **后　记**

第一篇

入 戏

一

大浪淘舞厅有跳神。跳神——舞哥们的行话——说的是舞女。万人迷就是跳神。

跳神陪跳收费，论曲算。曲子有长有短。对舞哥来说，跳到曲长的，赚了，跳到曲短的，运气不好，全凭随机。跳神的赚和运气则相反。

这里的跳，身子要贴紧，相拥的那点文明礼仪被舞哥用票子磨灭了，他的手还不听招呼。不过，只要不过分，跳神一般都认，因为双方都把跳舞看作是生意。跳神自我宽慰，男人找钱靠力气，我们靠身子，怕啥子怕，肉，摸不蚀。

跳神进场装扮，都有一套程序。她们不是影视明星，没有自己的化妆室，只能租舞厅进门处的铁皮储物柜。在开场前的几分钟，她们陆陆续续进场，用套在手腕上的有编号的钥匙，打开衣柜换行头，站在或蹲在柜前，对着柜里面的镜子梳妆打扮。即使她们挨得很近，互相也从不攀谈，各自保护着各自的那点隐私。她们对脸上的妆，是一点不会马虎的，不仅为生意，还求个自我欣赏。浓妆艳抹，粉厚得不怕掉渣；身上尽量少穿，寒冬腊月再冷，该露的要露，就是不该露的，也要搞得似露非露。昏暗光线下要舞哥们两眼发亮，提神醒脑。

跳神陪一曲五块，这是大浪淘不成文的规矩。万人迷却要收十块。别的跳神，价钱便宜，屁股下的板凳坐得发烫，万人迷贵一倍，曲曲却不落空，舞哥们等她还得排队。一个女人长得怎么样，其实不用久看，普通人都能知晓，更不用说眼光有毒的舞哥了。

万人迷却特别，不化妆，淡妆也不化，素面上舞场。

万人迷来自哪里，本来不值一提，但由于鹤立鸡群，就值了。她来自巫山，那里的大山里，蜿蜒着一条河，叫巫河，巫河有巫术，将一派秀美风光化入一川流水，印上沿河女人的脸盘，女子个个容貌姣好，水色粉嫩粉嫩的。巫河从万人迷家门口流过，近水楼台的女子，整个身子更是被滋润得山娇水媚，该凸的，该翘的，都恰到好处。

万人迷肯定不是她的真姓名，这不重要，大家都晓得，是舞哥们捧她，送的美名。说来，人怕出名猪怕壮，其后果，谁心里都明白。可万人迷不怕出名，却怕人缠。被人迷，是讨人喜欢，她正巴不得哩；遭人缠，是讨自己厌。这一点，她心里也明白。在讨舞哥们喜欢的同时，偏偏就有人来缠她，缠她的是牛滚龙。

牛滚龙是这一带有名的烂人。烂人，不是身上肉烂，是为人的章法烂、德性烂。不谈他在社会上的行为，单拿在大浪淘来说，进场五块的票钱，他也要混，每次进场必找万人迷跳三曲，只给一曲的钱，两曲白跳。这明目张胆地搅生意，万人迷拿他却没办法，对一个烂人，咬他屁股臭，啃他脑壳硬。这当然是一道摆在万人迷面前的难题。不过，叫她为难的还有另一件事，那就是牛滚龙的跳又不同于那些舞哥，那些舞哥身上刷了胶水，挨着就粘上。牛滚龙抱着万人迷跳舞很绅士，相拥时距离只一拳，跳国标，却是夹生的。因此这种白跳和绅士，回数一多，就很伤万人迷的脑筋。拒绝，他拿了钱，且绅士；不拒绝，两曲白跳，误生意，钱受损失。两头为难的万人迷，真不晓得如何打发这瘟丧[①]。考虑再三，万人迷将这伤脑筋的事，告诉了守门收票的王十块。

[①]方言，原意指害瘟致死的牲畜，后引申为讨厌的人或物。

二

王是十块的姓,十块却不是名,十块是外号,缘于他的日常消费不超十块。这是他从进厂当学徒时开始养成的习惯。十块在他当时的月工资中占大头,既然这样,为啥要一次把它用出去?他喜欢将钱存银行,像小孩在沙河坝垒沙塔,垒得越高越有成就感。对这种成就感的追求,表现在他喜爱银行存折上增加的数字。都说,钱在他手上,能捏出水。都劝他,钱不用,留来做啥,到两脚一抻,人上天堂,钱却在银行,带不去,带去也不流通。王十块听了从不争论,一笑置之,认为那是那些不懂得钱的金贵的愚蠢之见,并断定这些人迟早会倒钱的霉。这种消费观下,他不仅管着自己,还管老婆。且不说买什么大的物件,连买一斤白菜也要报账。若哪笔用超了,他自己要蔫半天,觉得日子断了链,不成天日了。两口子为钱,嘴仗没少打,感情像钢丝,绷得又硬又紧。

王十块原是水管制造厂的翻砂工,厂子前年垮了,他成了失业人员。因他的德性,又失业,老婆就带着四岁的儿子,跟他打了脱离[①]。那天,老婆带着儿子,陌生人一般从他身边离去。儿子不知情,不愿走,回头喊爸爸。

就是儿子的那声喊,动摇了王十块的顽固意识,回头看见了自己的愚蠢,是自己倒了钱的大霉。人还在世上,命运却跌落到了地狱,在银行里的钱,被老婆分走了一大半。他人财两空。这天,王十块哭了,哭得非常伤心。

---

①方言,指离婚。

他过了一段失魂落魄的日子，经人介绍，替代了大浪淘守门收票的孙驼背。孙驼背是残疾人，又矮小，常遭一些舞哥欺负——逃票，牛滚龙就是其中的一个。王十块牛高马大，隔着衣服也能显出线条分明的胸脯肉，且声如洪钟，吼一声，能骇哭胆小的娃儿。

本来，舞哥过了收票关，在场内闹出什么动静，王十块都管不着。万人迷是跳神，王十块是门神，一个在里，一个在外，中间隔道门槛，对里边的事，王十块手短。哪知前不久，万人迷认了王十块为干哥哥，王十块的手，就变长了。

待人进完场，王十块爱坐门边吃瓜子，一颗丢进嘴，牙一碰，壳是壳，仁是仁，然后噗的一声，壳飞出去，贴对面墙壁上。一场舞下来，墙上的瓜子壳有一巴掌厚。他吃瓜子，不为香嘴，不为混时间，是将脑壳里的旧货，翻箱倒柜拿出来，一件件摆在太阳底下晒，看哪些发了霉。比如，人说自己财①，却是为了家，但既为家，为啥老婆还要打脱离？若是老婆的错，为啥她又走得理直气壮？这些陈年旧货，晒是晒了，但没一件晒出个好样子，原先有多霉，现在还是多霉。越这样，越要晒，于是吃瓜子就成了习惯。

说也巧，万人迷也喜欢瓜子。这不为口福，怪她自己。跳神有个千金的脾气，受不了舞哥们的德性，但生意又不得不做。于是每场总要出来躲一阵，坐王十块旁边，从王十块袋子里抓过一把瓜子。

她也有那套吃的本事。瓜子一进嘴，两人开始比赛，一颗一颗往嘴里丢，快时，瓜子壳像暴雨前的蛾子，从两人嘴里飞出去，撞对面墙上，不一会儿，墙面垒起个马蜂窝。一把瓜子吃完，速度不相上下，两人会心一笑。这时，王十块经常会问："钱赚够啦？"万人迷每次都一字不变地回答："钱，一辈子找不够，是烦那些

---

①方言，吝啬的意思。

骚棒①。"

　　这话表明她的心境，但叫王十块接不上嘴。他一想到她被人抱着，就要将脱离的老婆拿来和她比较。又想，既然这样，那你何苦当跳神。这只是心里话。冷场一阵，两人另找话题，拿舞哥现俗相说笑。说起这些，万人迷不羞涩，很自然，可笑时，王十块未笑，她倒先笑了，笑得脸开一朵花。

　　三五几回，王十块对她的关照，自然比别的跳神多。

　　本地人欺生，牛滚龙是个例子。万人迷一直想找靠山，让日子好过些。找靠山，万人迷定了两根杠子，一要靠山稳，二要自己不吃亏。

　　她曾打老板的主意。还没容她开口，老板先找了她。对她说："万人迷，当我的小，今后保证罩住你。"

　　万人迷没答应，老板不缺女人。

　　万人迷退而求其次，找王十块。王十块只是一门柱子，不是靠山的料。万人迷没多想，看中他是本地人，壮实、声音大，更主要的，跟他有话说，还能比赛吃瓜子。比赛吃瓜子，是她感到最踏实的时候，像累了、困了，王十块给她送来躺椅。其实，王十块就是躺椅，她真想躺上面眯一觉。

　　一次比赛结束，万人迷拉住王十块的手，帮他拍瓜子屑，认真地说："十块，让我认你当干哥哥吧。"说着，望着他，甜蜜蜜地叫了声哥哥。叫时，双眼浸起泪花花。

　　同是天涯断肠人。王十块的肠子像翻上来把胃缠住了，胸口一阵悸动，随即酸和甜上涌，冲脑门子发涨，就脆脆生生答应了。

　　万人迷告了牛滚龙的状，王十块没多说，只给她一句话："这事，你就不用管了。"

　　告状第二天，牛滚龙又白跳了两曲，心满意足地离开了大

---

①方言，指作风下流的人。

浪淘。

王十块将守门拜托给别人，跟着他至一条背街，两步冲上去，抓住牛滚龙就出手。打完，丢下话："狗×的，听着，再缠万人迷，缠一回，老子打一回。"

王十块有气，且大，不仅为万人迷，也为自己。牛滚龙时常混票，门神当然要管，他却当众耍痞，每次花样翻新，搞得进场秩序一团糟。老板怕因小失大，对王十块说，算了，场子不怕多他一个。连这种小鬼都挡不住，算哪一方的门神！这就相当于，不管你是秦叔宝，还是尉迟恭，牛滚龙一把从门上扯下来，两下撕得稀巴烂，随手就丢进了垃圾箱。这个面子，王十块输不起。终于等来了机会。王十块的心很狠，手还是长了眼睛，拳头尽往肉多的地方落。牛滚龙疼是疼，借势蜷在地上爬不起来。这反而吓倒了王十块，以为打着了要害。他没跑，把牛滚龙背去医院，丢在了门诊部。事情惊动了医院，报了警，王十块被拘留七天。老板念他义气，帮他赔了医药钱，但怕受到牵连，开除了他。

万人迷原想骇一下牛滚龙，没想王十块会出手。牛滚龙住医院不说，王十块工作除脱，还进了看守所。万人迷很后悔，早知如此，不如自己吃亏。又觉得欠了王十块。

王十块被拘留的第二天，万人迷去看他，带去一袋五香瓜子。瓜子不能直接送进去。见面后，她对他说："给你带来瓜子，恁大一袋。"说完用手一比。

王十块说："恁大一袋，七天够吃了，有混的了。"

两人你一言我一语，说起瓜子，忘却别的事。别的事，可能此刻不好说，便各自留心里。

离开时，为弥补歉意，万人迷摸出自己前些年的照片，送给王十块，觉得这是最好的感激。又说，等你出来跳舞哟。

七天，王十块不是靠瓜子混过的，是照片上的万人迷。拘留一解除，王十块迫不及待去了大浪淘。他想见万人迷，从未有过的想。万人迷见了他，也拉手不放，似有说不完的话。她拒绝了别的舞哥，要陪王十块。

王十块说："不不不，赚钱重要，过一阵，我拿钱，跳一曲。"

万人迷更是感动得不得了，对王十块的好，不知如何谢。左思右想，她决定，只要他来，收场这曲，不要钱，送他。她把这个告诉王十块，王十块欣然接受。

第一次，万人迷主动请。王十块还腼腆，不好意思。对这不要钱的一曲，若再抱紧，王十块觉得是在欺负人了，便保持了一拳之距。

从此，每隔一两天，王十块来一回。花钱跳一曲，再等不要钱的一曲。认干兄妹，只是口头上，跟现实不画等号，花钱的一曲，抱紧，不受影响。不跳时，王十块坐在角落里，五大三粗，像头荒野里的狗熊，眼珠子像电筒在幽暗中发光，跟着万人迷转。万人迷遇到不拿钱或少拿的，王十块必上前，打抱不平。那些人认他，他出面，就不赖了。

这天，王十块终于等来送的一曲。音乐一响，万人迷上前，伸手请他。场面暗，看不清，王十块照例绅士地一笑，随音乐，相隔一拳起舞。这次，万人迷主动用胸脯填满了那一拳，又贴着他耳朵说："十块，今天你幸运哟。"

王十块问："为啥？"

万人迷说："你是第十八个，晓得么，十八，要发哟！"

怕他等久了，万人迷说好话安慰。本来，这话王十块爱听，可是此刻，王十块高兴不起来，反而心里酸溜溜的。就是说，在他之前，已有十七个舞哥抱过她。具体说，认了干哥哥，她被人抱，自己不会酸溜溜，甚至幻想是自己在抱她。但拘留出来后，再见，内心便有了这种化学反应。

这句话，没让王十块高兴，就像比赛完吃瓜子，她的回答叫他无法接。更因为，他心里噎着一句不想说又不得不说的话。直到曲子快完，他才开口："有件事跟你说。"

万人迷问："啥子事？神经兮兮的。" 王十块说："有人想要跟你跳两步。"

万人迷又问："哪个，和我跳过？"

王十块说："一个朋友，没来过。"

万人迷耳语："跟我跳，还要你来说？"

三

王十块说的朋友，叫张长寿，水管制造厂的同事，技术科工程师。

张长寿从技校分来的第一天，科里迎新，同事拍手，要他讲话。他站起来，给墙上的毛泽东像一鞠躬，念万岁，再鞠躬，再念万岁，三鞠躬，再念万万岁。然后，转身给大家鞠躬，张口说："我们革命知识分子……"他太激动，太紧张，开了头，接不出下句。大家打起哈哈，笑着结束了迎新会。

后来，大家晓得了他要求上进，平时说话不出三句，就会带出"革命知识分子"来。这是他的口头禅。

刚进厂，张长寿住单身宿舍。好不容易盼到星期天，大家都睡懒觉，他居然不睡，天麻麻亮就爬起来，去给厕所做清洁。他不怕臭，不嫌脏，男女厕所全做。扫地面，冲水，蹲坑撒石灰。这让大家特别感动，每次出恭都很舒心。求上进的张长寿，并没获得领导认可，也没加入共青团，因为家庭出身不好。一个人，做件好事不难，难在每个星期天，把睡懒觉的舒服都贡献出来，去打扫厕所。张长寿做的好事，得到了大家认可。但大家的认可对他的上进，没半点用。

本来，王十块跟张长寿，两类人，不搭界。王十块是工人，蹲翻砂车间，跟浇铸打交道；张长寿老技术员，坐办公室，拉计算尺，年纪又长一辈。可是，垮了的厂子，使得他俩成了同一类型——失业人员。失业后，他俩也没有混在一起，但两人又有个共同嗜好——喝七星岗坝坝茶。这两点，就让他俩搭上了界。

坝坝茶，不是茶叶名，是茶座设于空坝子上。重庆人分得很清，进茶馆，称坐；坐坝坝上，叫喝。喝坝坝茶，空气好，经济实惠。喝茶，并不是真为解渴，茶水是媒子，茶友靠它聚拢摆龙门阵，寄托空虚又不空虚的精神。

喝坝坝茶的分群，熟人、老乡、朋友、生意人、同事，各扯各的圈子。王十块跟张长寿，是同事，自然圈一起。

茶馆里的龙门阵，话题多变，且当不得真。但众多的话题终归会绕成一个话题，就像万水归流，那就是女人。

一议女人，王十块就嘴短，老婆都守不住，再牛高马大，在茶友面前也矮一截。

这天，王十块又到茶馆，话题正归流，茶友聊得起劲，说的听的都眉飞色舞。王十块低着头，悄无声息找座位坐下，生怕有人注意到他。话题一直没变。王十块先是忍，后是忍不住，内心有种冲动，想发言。这种冲动他从未有过，整张脸被冲得变形——眉毛往下掉，眼睛不住地眨，两个鼻孔像翅膀一样扇动，嘴角扯上扯下——整张脸似哭非哭，似笑非笑。终于，他情不自禁，从内衣口袋摸出万人迷的照片，战抖着示予茶友。

茶友接过，看后往下传，像击鼓传花。传时谁也没吭声，从表情上看，无疑很赞赏。人，本身漂亮，照得也漂亮。穿白底蓝碎花连衣裙，系黑缎腰带，斜绾蝴蝶结，胸前一绺长发，站柳树下，右手轻拈发嫩芽的枝条，婀娜多姿，光彩照人。照片上，眼睛清澈，像身后那汪池塘。她望着照相机笑，也望着看的人笑，笑得很甜、很纯，极富感染力，把笑容留在了每个传照片的人脸上。

照片传完一圈，重回王十块手里，他慎重地放进内衣口袋。议论开始。不知哪个最先问了一句："是给你介绍的女朋友？"茶友们都晓得，王十块现在是寡人一个。王十块不置可否，似乎是在默认。有人评价说："你娃傻儿有傻福，这妹儿好靓哟。"妹儿，是重庆人对年轻女子的称呼，属中性。当然，要看言者的语气。这语气很正。

又有人接话："还嫩哩。"这语气也正。

王十块不答。答不答不重要，问者也只是发表一种看法而已。重要的是，王十块居然抛出了大众话题，还拿出照片作实证，引起了大家的兴趣，吊起了众人的胃口。这就很让王十块满足。他抬起头，回到了真正的高度。

后来，又不知哪个插了一句，语气有点犹豫："这妹儿，好像是大浪淘的跳神？"说到大浪淘，说到跳神，那一声妹儿，就少了先前的正，带出了点儿轻佻。为啥子？无须解释，在场的都懂。沉默，像个罩子，兜头一下盖住了茶友们，叫他们不知所措；像空中落下竹板子，打在了他们身上。

那人说的是好像，不等于确切。于是众人望向在座的另一个人，他喜欢去大浪淘。

在众人的逼视下，那人愧疚地望了一眼王十块，缓而轻地点了头。这缓而轻，却疾速和沉重，一下子再次把茶友们打进了沉默。这是真沉默。许多问题又冒出来。比如，他跟这跳神是啥子关系，照片是怎么到他手里的，他拿出示众是啥子意思，等等。这些，大家都想要搞懂。但要搞懂，似乎又有难度。虽说，平常无话不说，但事情敏感，当事人又在场，都难以启齿。

这次谈女人，谈得很不尽兴，茶友们都很扫兴，半天无法再续话。恰好到吃中饭时候，大家趁机陆续离去。张长寿没走，等剩王十块一个人时，就坐过来。他有些害羞，坐在旁边扭捏。王十块问："有事？"

张长寿语气慢，试探着说："可否把照片，再让我看看？"

王十块有些疑惑，不太情愿，但还是拿了出来。

张长寿看得很仔细，连连说："真年轻。"接着，又有些碍口地说："可否……引见引见？"

王十块收回照片，放好，不太明白张长寿意思，问："引见，怎么引见？"

张长寿说："就是介绍，说我想请她……跳舞，怎么说呢，圆舞曲、伦巴、四步、两步……"

王十块对此说法更难理解，说："跳啥子，跳几步，你只管去找她，她不就是个跳神？"

张长寿说："你无须冒火嘛，我并未说她是跳神，只是觉得，引见，正经些。"

对跳神讲正经，这话像一坨生铁，压得王十块很沉重，放脚下半天也踩不烂，只得理解张长寿是个知识分子，穷酸。张长寿是老技术员，厂里垮之前照顾他，给他评了工程师，茶友中文化程度最高，因此他的言行一直受看重。这些因素让王十块不好推辞，便含含混混答应。于是，才有他跟万人迷提起的事。

这天下午，王十块带张长寿去大浪淘，等轮次排拢，王十块没跳，把张长寿引见给万人迷。舞厅里很暗，脸贴脸也朦朦胧胧。这种地方，在张长寿眼里简直是一个黑暗的旧社会，叫他胆怵，且畏缩。尽管昏暗，站在万人迷面前，他仍觉有讥笑的目光落在身上，浑身燥热。他对万人迷说："我不跳，也不会跳，跟你摆龙门阵，按曲付钱，分文不少。"

万人迷笑着说："难怪，要王十块介绍。"

引见完的王十块，一转身就后悔，都成皮条客了，又尝到了那股酸。影影绰绰看见，音乐声中，张长寿没抱万人迷，跟她在说话，朝舞厅外走去。进场找跳神，拿钱又不跳，把钱拿来打水漂。张长寿的行径，王十块猜不透，想跟去看个究竟，又觉不妥。但在这场合，心理还变态，肯定遭人戳背脊骨，只好像黑狗熊，坐看别的舞哥跳。

万人迷把张长寿带到后面露天阳台。这里，音响声小，像酒吧的背景音乐，充满温情。站在铁锈栏杆前，万人迷不嫌脏，双手撑着栏杆，眼望前方，满不在乎，等对方说话。

到了光天白日下，张长寿更不自在，好像藏有的邪念，给天色暴露了。原本以为见面是件简单事，哪知一见面，心头又多了东西，一时还不知从何说起。

万人迷见张长寿，纯粹是一个老人，见面还不好意思，像个没见过世面的青沟子娃娃。想来认识，还要王十块介绍，很滑稽，也觉好玩。她一望他，就莫名其妙想笑。但又觉得不该去嘲笑一个老人，她压制住笑，提醒他："不要久了，钱，按曲算哟。"

见她开口，张长寿便有了话说："妹儿，不姓万吧？"

万人迷说："就姓万。"

张长寿说："像你们，会用真名？"

万人迷说："大哥，你懂，为啥还问。"

张长寿想想，也是，又问："你是哪里人？"

万人迷说："查户口？"

张长寿说："不，妹儿，想知道。"

万人迷说："是哪里的重要么？"

张长寿一愣，说："不重要，不重要，是想问你，为啥不回家，在这当跳神。"

张长寿为自己急就的措辞有些难为情。他原本不想称她为跳神，但说舞女，又觉太直接，怕她生气，一时找不到合适的词。跳神，隐讳，茶友都这样称。

万人迷没生气，还有了兴趣，问："那你说，我该干啥子去？"

张长寿见她没生气，放心了。却没想到她会反问，于是又一愣，马上答不上来，哼哼两声才说："干的事多嘛，例如当服务员，例如当保姆……"

万人迷打断了张长寿的"例如"，说："你认为，这些才叫是人，我们不是人？"

张长寿说："我没这么说，也没这意思，一个女子，当跳神，不好，还要做……那些事，更不好。"

万人迷说："你晓得我们会做那些事，你做过？"

张长寿这一愣，愣深了。从开始，就被她一问一个跟斗，反倒像在受训。其实，跟她说这些，不是他的本意，他只想来看看她。说这些，是心里一时多出的东西。

这时，一曲完了。万人迷说："大哥，可惜了时间，时间拿来说了空话。"

张长寿说："再让它放一曲，钱照拿。"

万人迷说："大哥，这种钱，我不找，累得很，上曲钱给我，摆龙门阵，你另找人。"

张长寿说："王十块给我讲过，规矩，我遵守，一曲十块，会拿。"

找这种钱，身不累，心累，万人迷不习惯，更有一种困惑。这位老人，跟那些舞哥不同，不讲身子舒服，只图嘴巴痛快。她就说："为啥要这样？跟我去跳，那才安逸。"

张长寿说："我先有过表态，不会跳。"

万人迷目光不闪，盯着张长寿，问："大哥，怕是新把戏吧，逗我耍？"

张长寿忙声明："不不，妹儿，千万别误会，我不是那种人。在王十块那里，见过你照片，像我女儿。五年前，她离家出走，至今下落不明，她妈气病了，现未痊愈，我是想来看看你。"

张长寿从身上摸出一张照片，递给万人迷。万人迷被照片上的女子怔住了，简直就是读镇中时的她。

这是张长寿女儿读书时的登记照。女儿小名叫虫虫。虫虫读书没天分，且不刻苦，成绩上不去，那年大考名落孙山。张长寿读书的年代，讲出身，要根正苗红。中华人民共和国成立前，爷爷当过什么股长，供职老家县政府。这先天的污点，害他只读了民办中专。现在，读书不讲出身了，期望寄托在虫虫身上，却落了空，张长寿埋怨虫虫。虫虫自觉丢了大脸，闷家里不出门。闭门不为思过，认为是老天爷对她不公，要跟老天爷斗气。

最后，老两口妥协了，说："没考上，算啦，拿钱读，一样。"

虫虫愿受活罪，偏认为不一样，谁都劝不听，老两口没少着急。一天下班回来，虫虫不在，出门了。老两口高兴，觉得女儿终于醒悟了。老婆煮饭，做虫虫的最爱——水煮鱼。到开饭时间，虫虫却左等不回来，右等不回来。在她书桌上发现一纸条，上面写着：爸爸妈妈，女儿不争气，走了，不要找我，下辈子再报答。你们的虫虫。

老两口慌了，报案，登报，电视寻人，街上贴启事，能想到的方式试遍，虫虫仍没回来。

朝天门的下游有一唐家沱，是"水大棒①"的集散地，老两口在此守候三天，认过几具，都不是虫虫。

虫虫，如石子沉江。但她不是石子，石子沉江底还在，她简直就是一滴水，融进了江里。世上路，千万条，一条一活法，不该给女儿压力,酿成这悲剧。老两口深悔莫及,但日子又不能重过。

老婆一气倒下,严重时住院,几经抢救,三个月后出院,却爱在半夜醒来,大声哭喊,"虫虫在门外,着单衣受冷,速送衣服"。开始,张长寿信以为真,直扑门外,门外却鬼影都没一个。如是几次,张长寿才明白,不是她梦呓,是她脑子出了问题。老婆是百货公司售货员,便提前退了休。

这是五年前的事。张长寿也落下毛病,见年轻女子,两眼就放电。放电不是迷色,是浮现虫虫的幻影。那天,在茶馆见到万人迷照片,他就两眼放电,虫虫像是贴在了照片上,越看越像,于是要王十块引见。

事情又朝着另一个方向发展,先前的滑稽好玩中,又冒出一丝让人心酸的东西。万人迷还照片时,下意识望了一下天。天,好像突然暗了一下。她收了脸上的无所谓,再不敢望张长寿,像自语,说:"是像,但我不是你女儿。"

张长寿垂头,两眼包起泪水,一脸悲戚。

万人迷,不是虫虫,张长寿非见面才明白。他看了照片冷静下来,就已经感觉到了。要王十块引见,是那毛病作怪。引见不为跳舞,想跟照片上的女子见个面,是为心里那份苦找消解的出口。现在出口找到,苦没消解不说,又多了为万人迷沦落风尘的惋惜,因为她身上折射出虫虫可怜的影子。这一来,旧愁未消,又添新愁。

音乐再响起,双方已找不到话说,再说就多余了。张长寿从身上摸出十元钞票,两张,递给万人迷,说:"耽误你了,两曲。"

万人迷犹豫,伸手抽走一张,说:"只收一曲,这曲,不收你的。"

---

① 方言,指水中的浮尸。

四

这天,牛滚龙抱着万人迷跳夹生的国标。牛滚龙挨了打,还是要来大浪淘的。来大浪淘是舍不得万人迷,不过他学乖了,跳几曲,拿几曲的钱,口袋不硬不敢多跳,顶多三曲。

这时万人迷衣包里的手机振动,万人迷腾出只手,掏出看来电。不熟的,放回去,继续跳,不误生意;熟的,一曲跳完再打过去。这次一看,是邱大的机号,她推开牛滚龙,说:"对不起,我要接电话。"

于是,去外面接电话。

邱大——万人迷的哥哥。邱,才是万人迷真姓。这些都不重要,重要的是,邱大要来找她。

邱大在浙江义乌打工,在一家私营小商品制作厂开冲床,冲压发夹。

邱大开冲床爱联想,发夹批发到重庆,妹妹买来别在头上,头顶生光。顿时握摇柄的手,便感到了妹妹头发的柔软和温度,仿佛妹妹陪在身旁。每每想到打工不仅赚钱,还有亲情意义,他干起活儿来浑身都是力气。

他的勤奋劳动,被老板瞧上。老板喜欢给他卖命的工人,就用摆得上台面的话号召工友向他学习,学习他的敬业精神。第一年,他被评为优秀,从老板手里接过奖状,和一个装有五百元的信封。这一来,他更不要命了,连续三年,从老板手里接过奖状和信封,照片还被贴上大门口的光荣榜。这些,是他跟妹妹通电话时最爱炫耀的。

哪知老板爱好轮盘赌,一次输光了老本,厂子盘给别人。新老板不爱发夹,爱胸罩。虽都是女人身上物,毕竟两不关联,且新老板有自己的生产线。于是,不管原厂工人优秀与不优秀,统统请出大门。

在外三年,按说,邱大该回老家。可是在经济发达地区闯过的,再回穷地方,输不起心理和脸面。邱大想到投靠妹妹。多次在电话里听出,妹妹是一家企业员工。投靠,有两个便利,一是,重庆离家近;二是,重庆城有妹妹。邱大告诉万人迷,他们厂垮了,准备回重庆发展。在重庆,有她这颗钉钉,靠她这颗钉钉,他好挂上去。他已买好火车票,三天后下午,三点左右到重庆北站,要她去接。他对重庆是睁眼瞎。

电话一接,万人迷心里堆起一团乱麻。回到舞场,牛滚龙还在等她,要重跳,补回打电话的时间。

工厂垮台,哥哥回来,很正常;不回老家,来重庆发展,也很正常。但在正常之中,却潜藏着可怕,哥哥把她当成了钉钉,要把命运挂在钉钉上。哥哥不知道,妹妹的企业——大浪淘——根本不是企业,是连灯光都昏昏暗的舞厅;更不知道妹妹的职业——跳神。钉钉不成其为钉钉,哥哥把命运往上一挂,还不摔个稀巴烂?万人迷想到这儿,心就堵得慌,就想哭。她哭,哭自己不争气,当了跳神;更哭,哥哥很爱她。

万人迷该上学读书的那年,邱大读镇初级中学三年级,几次全年级摸底,他都一骑绝尘,考上县中铁板钉钉。考试这天,出乎人们意料,邱大没进考场,他一早赶着家的黑山羊,上了后山坡。

上学到现在,家里为他背了一身债,若妹妹也上,雪上加霜。上学路,长且窄,只容兄妹其中一个走。于是,他把路腾出来,让给妹妹,自己去走羊肠小道。

那时万人迷小,上学头些天,还怪哥哥不送她,妹妹没得羊重要。待她读书两年,渐渐懂事,知晓哥哥的苦心,她哭了,自己不要上,要哥哥上。哥哥安慰她,一个女子,不读书,一辈子都走不出去,嫁也只能嫁山里。这话,万人迷装进心里,记忆犹新。

小学在镇上,到学校有十余里山路,要过一条河,河叫跳磴河。河名大,实则一条山溪,几方石磴,埋河道中,过往行人踩着,三两步便跳过。万人迷读二年级的夏天,放学回家,遇大暴雨。待到河边,暴发山洪。洪水湍急,浑浊,涌过跳磴石,哗哗哗,声传许远。万人迷急想过河,跨上跳磴石,两步迈至河心。平时跨步就过的河,突然变宽,浊浪冲击,掀起漩涡。漩涡像蛇,缠绕她,卷裹她,往水里拉,要吞噬她。牢牢的跳磴石好像变松动了,在脚下晃。她再不敢迈步,感觉要掉河里,被卷走。她骇得又哭又叫,四野渺无一人。颤颤巍巍,又过了半个时辰,山水陡涨,已淹至她大腿。

她正绝望,见哥哥从远处跑来,边跑边喊叫。见哥哥快到河边,她体力已不支,跌进浊流……哥哥把她救起,在哥哥怀中,睁开第一眼,见哥哥眼神惊魂未定。这眼神,记忆犹新。

是记忆犹新的话和眼神,叫万人迷不敢见哥哥。

不敢见,就不见,借故离开,说被企业炒了,或说炒了企业,要找理由,张口即是。她初中毕业,哥哥才结婚,嫂子怀起后,哥哥去沿海打工。现在,哥哥失业,投奔她,即使理由再好找,也不能找,也不能逃避,不能叫哥哥失望。

当天下午,到整个晚上,万人迷想得头大,没想出应对之策。

跳神,出了舞场,互相不打招呼,基本不往来,谁也瞧不起谁。有两个,跟万人迷能摆龙门阵,但泛泛之交,不能交心。她们又能有什么好主意。她们的见识、经验、能力,合起来等于过河泥菩萨。其中一个看出万人迷有事,不愿说,就劝她去找张瞎子。

张瞎子,是大浪淘右边街角算命的。面前地上铺一纸,鹅卵石压四角,上面写着"神算子张瞎子,测算人生,趋吉避凶"。

张瞎子不瞎,只昏花,戴墨镜,装神秘。

大浪淘的跳神们多半去找过他,听他嘴上莲花朵朵开,自己"苦瓜"照样"苦瓜"。但她们遇事还是去找他,找他不为躲事,只求两句安慰,心头好过。

万人迷来到张瞎子跟前。张瞎子坐得矮,扬起墨镜脸,问她:"算命?"

万人迷,嗯一声。

张瞎子说:"是大浪淘的?"

万人迷说:"你晓得?看得见?"

张瞎子说:"看得见,还叫神算子。"

张瞎子又说:"听声音,就你没来过。算啥子,钱财、婚姻、事业?"

找他算啥子,万人迷说不清。不是说不清,是不好说,何况,求个算命的。哥哥来重庆,属哪档子事,钱财、婚姻、事业?都不沾边。万人迷心又乱了,比来前还乱。她一咬嘴唇,转身离去。

张瞎子越过墨镜,看着万人迷背影咕哝说:"还是没赚到她的钱。"

第二天下午,大浪淘又开场,几个舞哥都遭万人迷拒绝。哥哥来,就在后天,乱糟糟的心绪没收拾好,淡了找钱的心。她急着想见王十块,前思后想,不能跟别人说的,只有跟他讲,他能解开这个结。

音乐响过几曲,王十块没现身。场场来跳,有违王十块的消费观,只能隔一两天来一次。万人迷决定去王十块家。他曾说过家住朝天门,小河顺城街。

万人迷来重庆城已有两三年,只熟悉大浪淘周边街道,除到舞厅外,几乎不去别处逛。住处离大浪淘不远,是和另两个跳神合租的。当跳神的,住处忌讳告诉人,怕招麻烦,出舞厅后也不打扮，从不招摇。

为找小河顺城街，万人迷一路问去。

街，紧靠嘉陵江，不过两百米长，沿江一侧有几条石梯坎，通向江边码头。街上多是低矮楼房。街面上，各种小铺子——饭馆、理发店、杂货铺、小客栈、包裹寄放处、麻将馆紧挨密靠。因地处码头，上下船的往来熙攘，江上轮船声响起时，显得生动而热闹。

王十块家住这条街，具体方位万人迷并不晓得。她打定主意，在街上碰他。街不长，万人迷往返几趟不觉累；过往行人多，也不惹人招眼。但就是不见王十块。万人迷在摊上买了一瓶橙汁，摊主送过来凳子，让她坐下慢慢喝着。自己瞎闯进来，找人确实困难，再说，一个女人，不好挨家挨户去问。她相信，再走几趟定能碰见。自己跟他八竿子打不着，人海中还能相识，认成兄妹，确定在一条街上，还见不着吗？

正一边喝着、想着，一熟悉身影从眼前晃过。此人让人厌恶，现也顺眼了，她忙起身招呼，喂，叫你。

此人是牛滚龙。牛滚龙为游船拉客，拉一个，十元收入。这天，成都过来几个散客，是办完婚事的晚辈，带双方老人游重庆城。六人到朝天门玩耍，四个老的还未见过大江大轮船，一时忘记年龄，兴奋得手舞足蹈。牛滚龙瞧见，便上前游说，六人买了最贵的舱位。六十元进牛滚龙口袋。他从码头走上来，正想如何享受这钱，听有人喊，见是万人迷。

牛滚龙挨打，赖了几天医院。挨打，是为万人迷，王十块打他，不隐讳这点，他自己也心知肚明。不知怎的，对万人迷，牛滚龙就是恨不起来。究其原因，牛滚龙对女人，有着别样感情。

牛滚龙的老汉叫牛宝顺，修磨匠，肩上斜挎一篾篼，装手锤和尖錾，走街串巷。修磨子，是细石匠活，劳动强度小，活路在主人家里完成，不晒太阳，不淋雨。遇到大方的主人，烟茶招待，时间巧，还能请吃一顿。

时间翻过一道槛，石磨子竟一下丧失了价值，城里人磨个什么，有电磨加工，省时、省钱。再后来有了超市，什么都可买到，电磨也丧失了价值。牛宝顺没有磨子修，又不愿改做大石匠，干脆，啥都不做，当混世魔王。从此，家用全靠老婆做钟点工贴补。

这年牛滚龙刚读初中，妈死了，老汉更是对他不管不顾。他成了街上的野娃儿，有一顿无一顿，甚至靠吃百家饭长大。至于牛宝顺是怎样找钱，如何将牛滚龙养到读初中，这些事，街坊都说不清。

牛滚龙初中快毕业这年，一天牛宝顺醉酒回家，脑溢血死去。死时，牛滚龙在做作业。牛宝顺从床上跌下，咚的一声，把牛滚龙吓了一大跳。牛滚龙赶去扶起，老汉已落气，只言未留。

街道出面办了丧事。在火葬场，牛滚龙望着烧尸炉子，好一阵流泪。亲人都化作一股青烟走了，孤苦伶仃剩下他一个人，不晓得今后的日子怎么过，甚至想，自己也化成一股青烟多好。

回到家，查看老汉遗物，满屋子翻找，只找到两瓶老白干，两颗壮阳丸。面对遗物，牛滚龙撕心裂肺地一顿大哭，哭得昏天黑地，比在火葬场还伤心。哭罢，他扭开老白干，一口气灌下大半瓶，当场倒地，醉如烂泥。街坊邻居发现后，送去医院打点滴，第三天才醒来。

从此，牛滚龙辍学了，跟老汉一样走向社会，当混世魔王。牛滚龙，是一个烂人，却不烂女人，这是妈妈死后，他许过的诺言。

大浪淘的跳神中，牛滚龙最看得起万人迷，第一次跟她跳舞就有感觉，她不同于别的跳神。不是靓，是她整个人很清纯，使他毛躁的心宁静下来。他承认，他死皮赖脸地抱过万人迷，但那是在大浪淘。大浪淘是那种地方，更何况跳神是她的工作，他付了钱，只是少付。再说，他不抱，别的舞哥也会抱。牛滚龙明白，十有九个舞哥,心是邪的,恨不得将自己陷进她体内。这点,牛滚龙最气愤,也为万人迷着急。他抱她,是解救她,抱住,就不松手。跳舞,就得要抱,他抱,仅限于抱,不像别的舞哥起淫心。每次跟她跳,他的内心特别宁静,像梦里妈妈爱抚着他。挨了打,牛滚龙不记恨万人迷,还认为,自己活该。

现在,见万人迷招呼他,他吃惊地问:"不在大浪淘找钱,跑这里干啥子?"

万人迷说:"有事,请你帮个忙。"牛滚龙嬉皮笑脸地说:"要帮忙,就找我,我的忙,还没人帮哩。"万人迷说:"帮我这次,跳一曲,不收你钱。"牛滚龙说:"当真,不踩假水①?莫又喊王十块打我。"

万人迷说:"哎呀,都过去了,还记心上。"

牛滚龙说:"不是我要记,是周身皮肉要我记。"

万人迷说:"他也遭关过了,还除脱了工作,两相抵消。"

牛滚龙想了想,说:"也是,两相抵消,要我帮啥子忙?"

万人迷说:"带我找王十块,他住在这条街上。"牛滚龙说:"带你找他,我可不敢。一到下雨天,胸口还隐痛。"

万人迷说:"放心,是我请你帮我找的,跳两曲,不要钱,怎样?"

其实不用说请跳,只要万人迷答应让他陪在身边,就是最高奖赏。他故意拿乔一阵,才假装勉强同意。他带着万人迷,从西往东走,有意将脚步放慢,把时间拉长,好多陪一阵。

挨家挨户找的过程中,牛滚龙问:"为啥找王十块?"

她说有事。再追问,却说:"找我干哥哥,不该吗?"这话呛得牛滚龙闭嘴收声。

一条街,问过大半,终于找到了。牛滚龙很遗憾,嫌街太短,

---

①方言,原意为一种游泳姿势,引申为弄虚作假、说假话、装样子。

怎么这么快就找到。万人迷却说:"真傻,何不一开始从这头问起。"

到王十块家门口,牛滚龙不敢进,依依不舍地跟万人迷道别。

转身离开时,他又回头对万人迷说:"答应的事记着哟,两曲,明天大浪淘见。"

王十块见万人迷上门,不知她来干啥,十分激动,却把住门不放她进。

不放她进,是有二怕。一怕街坊议论,家中无人,男女授受不亲,搂她跳过舞,但彼时是在大浪淘,而此时是在家,何况上门有事;二怕打腰鼓的母亲回来。

他母亲姓刘,街坊叫她刘妈。刘妈热爱社区活动,七十有五,喜打腰鼓,加入老妈子腰鼓队。平时早晚,在马路边的空坝打打,锻炼身体,王十块赞同。

一天王十块喝茶回家,路过十字街口,鼓镲喧天。一家火锅馆开张,请来腰鼓队招揽顾客。他上前一瞅,母亲排列其中,弯腰打花样。队伍为清一色的老太婆,涂脂抹粉,画眉毛,搽口红,穿红色镶黄边队服。这打扮,王十块觉得恶心。还好,无人知晓某个老太婆就是他妈。他反怕被母亲看见,赶快离开。当天母亲着队服,妆未卸,腰间挎着腰鼓,兴冲冲回家。王十块说:"别再去打了,丢人现眼。"

母亲不以为然,摸出二十元说:"看,酬劳,平常谁会给你,二十块哟。"见到钱,王十块收了声,转身忙事,此话当没说。以后再打,王十块不再干涉。

今天又一食店开张,老妈子腰鼓队受邀。王十块怕母亲回来,那副装扮太妖艳,怕遭万人迷讥笑。

于是他把万人迷带去嘉陵江江边。

路上,王十块问:"怎么找来的?"万人迷说:"听你说过,具体在哪里,不晓得,碰见牛滚龙,帮我问的。"

王十块说:"想不到,这娃不记仇。"

万人迷嘿嘿笑两声,才说:"不好意思,跑家里来找。"

王十块说:"费力找来,说明有急事,我俩,不用客气。"

落日黄昏,晚霞映江,江边绚丽而浪漫。江滩上,有人在玩耍。

在一块石滩上,两人坐下。万人迷将哥哥的事,告诉王十块,说:"我得靠你,拿主意。"

王十块说:"跟他秤砣对生铁——实打实说。"

万人迷说:"要能这么撇脱①,还用来找你?!"王十块说:"那怎样,不要各人把它搞复杂了。"

万人迷说:"这要看怎么说,不复杂也复杂。"

王十块问:"为啥子?"

万人迷说:"哥哥很爱我,不能让他晓得我在干啥,那样,他会难过死。"

王十块沉默了一会儿,说:"瞒多久,一辈子?舞厅,不是现在才有,有啥丢人?我还在那里当过门神。"

万人迷说:"本质不同,反正,不能让他晓得。"

两人都沉默了。有人放风筝。一小男孩仰头,望风筝。风筝越放越高,他拍手追赶,边跑边叫。大人喊:"别跑,谨防摔倒。"

王十块说:"那只有离开大浪淘。"

万人迷说:"一个女人,能到哪去?"王十块内心经过一番挣扎,说:"我陪你,到哪里都可以。"

万人迷感激地对王十块一笑,说:"你说的是真的?"

王十块信誓旦旦,说:"还说假话,把手放我胸口摸摸,看是不是热的?"

万人迷说:"说的啥子话,大活人一个,还不会是热的?就会说好听的。"

---

① 方言,指轻松、容易。

王十块搂住万人迷的肩,说:"我敢对天发誓,句句真的。"

万人迷让王十块搂了一会儿,轻轻让开,说:"我还是不能走。"

王十块说:"为啥不能走,那地方,我都烦了,你还不烦?"

万人迷说:"我走了,他来找哪个?"

王十块果断地说:"叫他来找我。"

万人迷又笑了,说:"你不是跟我走了吗,他怎么来找你?"

王十块拍了一下脑壳,说:"看,把我都说绕了。"

万人迷说:"张长寿劝过我,去当服务员,当保姆……他劝我,我还斗嘴……"那天的事,万人迷给王十块讲过,当作笑话。此时,她感到歉疚。

王十块说:"过去的事,提它干啥,别放心上。"

万人迷说:"我想,他说的,不晓得现在行不行。"

王十块说:"噫,这倒是个办法,那好,我替你去打听。"

万人迷说:"要快哟,哥哥后天到。"

王十块又搂住了万人迷的肩,说:"晓得。"

万人迷说:"起码,在他安定前,不能让他晓得。"

五

送万人迷出了小河顺城街,王十块望着她的背影,心像冲击的嘉陵江,一阵阵潮动。

双双坐江边,搂了她的肩,这让王十块无比激动。此时的搂,跟大浪淘的搂,有本质的不同,不同的是多了此时的潮动。在大浪淘里也潮动,但那潮动没这潮动回味绵长,味道正。

万人迷有事,能来找他,说明心里有他,且放在重要位置,这让王十块很喜悦。她当跳神，哥哥不明就里，来投靠，王十块又为她郁闷。王十块想，自己是干哥哥，干妹子的忙，一定要帮，现在潮动过后，这忙，就更要帮了。

王十块没回屋，直接去了十八梯人市。

当地人称呼的人市，即劳务市场。

时过半下午，市场还聚着不少找活路的人。两眼瞪大，似灯泡发光，来回扫射生人，巴望是要雇人的老板，好运砸在自己头上。

王十块一进场，有人围上前，叽叽喳喳，问是否雇人。另有些女子，不好挤来，站外围观望，眼里充满询求。来此为万人迷打听行情，不谐，这里也是僧多粥少。王十块有些烦愁，拨开众人，说："我是过路的。"

不来人市，王十块不急，一来，就成了一条鱼，被丢在烫铁板上，急得快被烧焦了。

只要万人迷离开大浪淘，当服务员，当保姆，干啥都好。真这样，他为她高兴。王十块更为自己高兴，因为他心里，从此不会再起化学反应。可是这高兴，目前还是个影子，在眼前晃，还吊半空中。她一天不离开，他心里还会起反应，多一天，多一次反应。于是想到，张长寿敢揽瓷器活，定有金刚钻。莫非，服务员、保姆的活路，他手里攥着？

王十块拨手机，找到张长寿。张长寿还在茶馆。王十块要他再坐一会儿，有事找他。

每天如是，茶友都起身回家，张长寿还要枯坐一阵。

张长寿不愿早回，怕面对老婆。不是怕人，是怕目光。那目光里，哀怨中还掺着哀求，叫张长寿承受了痛苦，还要承担起拯救她的义务。即使同桌吃饭，也是这一副目光对他，仿佛虫虫出事，该他负责。这目光太过沉重，压得他抬不起头，叫他心里发紧。

老婆的病，直到现在，时好时坏。当然，好时多。好时，也就那双目光。坏时,她不闹,不砸东西,枯坐床头,默默掉泪,一掉一整天。经日累月,掉得人瘦薄如纸,轻似灯草。这个时候,就是张长寿最苦。帮老婆苦,还苦自己。苦得他神志恍惚,几次走上长江大桥,泪眼俯视桥下的急流。江涛声此刻骤然放大,似乎在向他召唤。他禁不住这种引诱,几次都手撑栏杆,使劲想往上冲。但江风拂面,又唤醒他。下去后,自己倒是一了百了,丢下个疯老婆儿怎么办,遂压下纵身的念头。

张长寿晚回家,是采取逃避法,眼不见,心不烦。能逃避眼前,却避不开自己内心。对虫虫的思念,张长寿不比老婆少。见到女子,他两眼发直,显出虫虫的幻影,落下的这毛病,就是证明。

再有一出剧中剧,更让张长寿心虚。原本,生虫虫前,老婆怀过,张长寿没让生,好说歹说,劝她做了人流。没生,不是响应"计划生育",当时没这一说,同时代的,生两三个都有。那时,添丁添一双筷,下米多瓢水,养得起。那时,是张长寿心气高,要干事业。虫虫出事后,老婆以此埋怨张长寿,发过脾气,若是多一个,无论是儿是女,也不至于如此孤苦。其他,张长寿好解释,唯独此事,百口莫辩。这是他,最悔的一次失策。

万人迷,像虫虫,但肯定不是虫虫,张长寿心里却把她当虫虫。当成虫虫,却分明又是跳神,于是虫虫,好像也成了跳神。从此张长寿眼前,两个女子晃来晃去,虫虫、万人迷,万人迷、虫虫,分不清哪个是哪个,搞得他心绪不宁,坐卧不安。跟茶友摆龙门阵,时常走神,前言不搭后语。茶友都咕哝:"张长寿,你魂被鬼偷啦!"

王十块赶来茶馆,张长寿果然在座,正双手撑着脑壳发呆。王十块额头冒汗,喘口气,坐下,挪屁股靠近,对他说:"生怕你走了,她,来找过我。"

张长寿从发呆中醒来,扭头见是王十块,问:"说啥子,哪个她，找过你？"

王十块说："万人迷。"

张长寿问："哦，她找你，干啥子？"

王十块说："她想离开大浪淘。"

张长寿真醒过来，很兴奋，说："那好嚜。"

王十块说："她哥哥在义乌打工，跟我们一样，失业了，要来重庆投靠，她怕哥哥晓得她是跳神。她说，你跟她说过，喊她去当服务员，当保姆，是不是你有门路，才跟她说起？"

张长寿说："哪有门路哟，是在劝她。"

王十块说："哎呀，不好办啦，后天她哥哥来。"

张长寿眼前，两个女子又晃起来。这一晃，他也急，就埋怨自己，出了主意，又帮不到忙，这算个啥子哟……

张长寿长声哟哟的，拿手拍打脑壳。他有这习惯，遇事解不开，就啪啪啪地拍打脑壳，像拍西瓜，仿佛能听见嘭嘭嘭的空响。他一下一下地拍打得很认真，像脑壳是个不争气的东西，一拍打，就能让它听话，逼出主意。

王十块反安慰他："莫打，莫打，慢慢想。"

张长寿不听，依然拍打自己。过一阵，真拍打出个主意。其实，是个念头，像道闪电，从他脑子里划过，但被他抓住了。他没再拍打，又双臂抱胸前，低下脑壳想了一阵，对王十块说："把她照片借给我，行不行？"

王十块看他，不说借不借，看好一阵。好一阵，仍未看透张长寿为啥要借照片。让他放心的是，起码张长寿眼里没有作祟的意思。

王十块拿出照片，递给张长寿，说："不要弄丢了。"

张长寿说："放心，就借今晚，明天上午还。如行，帮她躲过这一劫，过后，她走阳关道还是独木桥，就不管了。"

入戏 / 029

王十块说:"当然是这样。"

张长寿老婆姓苏,人称苏娘娘。

苏娘娘没甚爱好,麻将也不会。虫虫出走,苏娘娘自责,前世作孽,今生遭报应。大病初愈后,她听人劝导,便去了小什字罗汉寺,拜菩萨,保佑虫虫不受小鬼欺负。当晚,梦见虫虫着花衣,来她跟前,望着她笑。醒来,她把此事告诉张长寿,说罗汉显灵,虫虫得保佑。从此她信了佛。每月十五、三十,她提瓶香油,去罗汉寺五百罗汉堂,烧香,跪拜,随喜功德箱,放十元钞票。前不久,她从罗汉寺请回一尊笑罗汉,客厅设佛龛,把笑罗汉供上面,香火不断,一天三拜。

最初,苏娘娘信佛,张长寿说迷信,但不大反对。见她在客厅设佛龛,供罗汉,一天香烟袅绕,就很来气,叫着哪天要把佛龛拆了。叫归叫,他未付诸行动。却见苏娘娘,把精力用于佛事上,以前,她精神无处落根,空虚缥缈,现有了寄托,恍兮惚兮的病情,也开始好转,且再没发过,他就默认了。

张长寿回到家,苏娘娘刚做完佛事。

苏娘娘信佛以来,饭桌上的荤菜绝迹,莫说大肉,鸡鸭鱼也缺席,她不愿杀生。这样的饮食,张长寿也能过。苏娘娘怕亏他身子,要他自己一星期去吃一回馆子。张长寿反安慰她,这样好哦,更养生。

这晚饭菜,别无异样,苏娘娘神情却异样,眼中,少有往天的哀伤。张长寿见她好,也说些好话,自问自说:"今早出门,第一声,听见啥?不是马路上的汽车喇叭,是黄葛树上的喜鹊。"

这些年,城里连麻雀影子都少见,更不消说喜鹊。俗话说,喜鹊叫,喜事到。平时寡言的苏娘娘,接过话说:"难怪,今天拜佛,听见菩萨跟我说话。"

原本讨老婆欢心,不想反被吊了胃口。张长寿问:"跟你说啥子？"

苏娘娘绽开少见的笑容，说："菩萨说，虫虫要回来啦。"

张长寿赶紧移开目光，不敢接茬，埋头搛菜扒饭。一听她又说疯话，可是，又觉不对，口气不似发病，用眼一瞟，见她笑容正常，神色与语气相匹配。张长寿窃喜，要的就是这机会。于是，顺她意说："菩萨这样说了，我信。"又说："给你看张照片，不用急，仔细看。"

虫虫出事，苏娘娘被厄运击倒，整天神志不清，疯兮兮的。为把她从疯况中拉回，张长寿曾找来歌星、影星、广告模特的图片给她看。这些女子的年龄、长相与虫虫相仿。

张长寿一番苦心，却事倍功半。神志，被拉回现实，人，却不愿回来。她枯坐床头，时时流泪，说这不是虫虫，是在哄骗她。

一半回来，一半不回来，比全不回来，更让张长寿恼。全不回来，病恹恹，打不起精神，不缠人；神志回来，成天向张长寿嚷叫，还虫虫来。有时兴起，扭住张长寿不放，好像虫虫被他藏在了什么地方，搞得张长寿一起流泪。精灵人，办傻事，张长寿再不敢冒失。

这次，他敢冒险，是相信这张照片，跟以前的不同。不同的是照片后面，有个真实的人。把这个真实的人带回家，他敢打赌，苏娘娘的心病不会再犯。

张长寿动作，不急不躁。急了躁了，怕吓到苏娘娘，引起反感，怪他又找来女子图片哄她。他说了，却不拿出，继续吃饭，揣摩苏娘娘的反应。

苏娘娘神情自然。看照片，是因菩萨说话引起，两者便有了联系。苏娘娘放下碗筷，空出手来，准备接照片。见他不拿出，就着急说："照片，快，给我看呀。"

照片到苏娘娘手上，就像粘住了，一双眼睛放光，久不移开。

张长寿过来，一起品评，指着照片说："像不像，该像吧！"

苏娘娘说："像像像，像虫虫。"

一滴泪水，啪地掉照片上。张长寿赶紧从她手中抽走照片，拿衣袖揩干，说："又流又流，简直不敢拿啥给你看啦。"

要是以往，苏娘娘不会出声，就叫泪水直流，现在却说："是高兴，是菩萨叫我高兴。"

相信菩萨，超过照片的真实。照片只是个应验，应验菩萨的话，虫虫要回来。苏娘娘又拿过照片，要将这个应验，牢牢地抓住不放。就问："哪来的？"

张长寿故意说："是照片，还是人？"

苏娘娘反问："莫非还有人？"

张长寿说："当然啦。"

苏娘娘又问："怎么在你手里？"

张长寿说："同事王十块的亲戚，从农村来，想找工作，让我给她指条门路。"

这番话，张长寿早想好了。说完，看反应。苏娘娘没反应，心思在照片上，对张长寿的话，就顺便问："找到没有？"

张长寿说："没有。"

说完，又看反应。苏娘娘有了反应，比较强烈，语气也显急切，说："那赶快，给她找噻。"

张长寿说："找也容易，要看你，同不同意。"

苏娘娘说："为啥看我，我会不同意？"

张长寿说："你同意，就好，让她来我们家，当保姆。你也需要一个人来照顾，这样的保姆，打起灯笼也难找。"

苏娘娘不吭声。原来是要她同意这个。

照片，多像虫虫，毕竟是外人，靠长得像，就引进屋，当保姆，苏娘娘没有思想准备。温情的心，一下变得冷淡。

退休前，苏娘娘的同事小李生了孩子，育婴期满，双方老人不在身边，请来保姆照看。保姆嘴上能干，孩子却不见长好，小两口怀疑，其中有因，又愁找不出证据。一天上班，小李溜回家察看。走至小区门外，见一中年女乞丐坐街边，怀抱婴儿，跟前摆一纸，写着：婴儿先天白血病，乞求好心人资助。小李顺便一望，乞丐一副可怜相，怀里的婴儿似曾在哪见过。小李来不及想，进小区，到家，悄悄开门，保姆脚放茶几上，一边喝果汁，一边看电视。家里不见小孩，小李问保姆。保姆支吾。再追问，保姆无法掩盖，带小李出小区，从街边乞丐怀里取过孩子。乞丐扭住保姆，说："退半天租金。"原来，小两口上班，保姆将孩子每天十五元出租给乞丐，好行骗。保姆拿工钱，孩子出租，不费力气，还收租金。小李两口子气得要死，撵保姆出门。小李不敢再请，干脆退职，当全职妈妈。

保姆的龙门阵，苏娘娘听过不少，请过的都说，保姆跟主人是一对冤家，永远两条心。

龙门阵，那是别人的事，无关自己，不紧要。紧要的，只有一个理，啥事有个度，忙，可以帮，虱子，不能放自己头上。这照片，就是虱子。苏娘娘将照片还给张长寿，端起碗吃饭，意味着谈话就此打住。

快靠岸的船，又一篙杆撑出老远。张长寿不愿罢休。

万人迷的这个忙，他是帮定了。想到失去的虫虫，对万人迷的同情又加重几分。他拿着照片，深情地看着，看着看着，又自顾自说："要是虫虫还活在世上，不晓得此时在何方，愿菩萨保佑，遇上好心人。"说着，张长寿起身，去佛龛前，将照片，端端正正放罗汉前。跪在蒲团上，给罗汉磕头。

张长寿聪明，先假设虫虫活着，再求菩萨保佑。这点很投苏娘娘意，与菩萨所说，基本合拍。因此，张长寿磕一下，苏娘娘心狂跳一下。狂跳三下，冷淡的心，就跳暖和了。将心比心，虫虫活着，一时回不来，也去求人，那人也像我这无情，岂不贻害虫虫？这一比，照片，就不是照片，上面的人，就不是像不像，融进了亲情，就是虫虫。苏娘娘放下碗，去拉张长寿，说："好啦，好啦，把我心磕碎了，就照你说的办。"

张长寿双手合十，说："阿弥陀佛，信佛好，信佛之人，慈悲为怀。"

六

昨晚，张长寿约王十块，今天下午，带万人迷去茶馆。声言，先说断，后不乱，当保姆，为权宜之计，时间不能长。并强调，这是做戏、障眼法，不付工资。

重庆的天气，灰蒙阴沉，难见好天气。这天上午，吹过一阵风，扫去阴霾，阳光明媚。吃过中午饭，王十块到坝坝茶馆。满坝子茶客。王十块眼尖，一眼瞧见张长寿坐在老地方，正跟茶友天南地北聊得欢。

王十块没往里去，在外面大喊张长寿。

王十块不进去，怕茶友留住喝茶，影响说事。本来，说的不是歪事，但事与万人迷有关，就难保不被说歪，菠菜煮豆腐都会传成三鲜汤。

王十块张口喊，张长寿已向他招手了。事在张长寿心里装着，喝茶，摆龙门阵，却一直留意来的方向。张长寿很懂，丢下茶友过来，眼睛往十块的身后看。

王十块说："她来了，怕这里人多，嘴杂，让她在外面等。"

领着张长寿朝外走，王十块说："她不叫万人迷，真名叫邱小惠。"

张长寿将照片还给王十块，笑了说："知道了，才不会那样叫她。"茶馆外是一坝子，安装了双杠、单杠、漫步机、转轮之类的健身器材，一些中老年人在运动。站在黄葛树下，王十块介绍了邱小惠，却不知如何介绍张长寿，竟不知所措地看着他。

现在，张长寿也一愣，笑了，对邱小惠说："哦，我姓张，叫张长寿，就叫张叔叔。"

又说："十块可能跟你讲了，你是他表妹，这段时间，来我家当保姆，我只解决你吃住，别的，就自己克服。"

王十块来之前，已将此事向邱小惠交代。她说："张叔叔，我晓得，这已经很感激了。叔叔放心，保姆的事，我做，工钱不要。等哥哥安定后，我就离开，到时，还付你伙食和房费。"

张长寿说："给伙食和房费，那倒不必，你明白就是了。"

重庆主城分上下半城。张长寿住下半城，靠长江边，与王十块家隔座山脊，是老婆原单位宿舍。

张长寿把万人迷领回家，对老婆说："保姆来了，叫邱小惠。"对万人迷说："你叫她苏娘娘。"

万人迷嘴甜，连喊两声苏娘娘好。

苏娘娘一把拉过，上下左右看，看着看着，眼里含起泪花，说："小惠，我们有缘，要不，你不会进我家门，进了门槛，就不要见外，就当我和老张是你长辈，你是我们女儿。"说着，泪花聚成团，顺脸颊滚下。

长得像，菩萨又说过，莫不是虫虫真回来了？

其实，这都是虚幻，重要的是，她由此想到虫虫可怜，也想到以前，对虫虫的苛刻，深感愧疚。苏娘娘的一席话和泪水，一场比一场热，万人迷内心感动不已。城里也有好人，当保姆，并不可怕，早知今日，何必当初。

万人迷来重庆当跳神之前，用真名邱小惠，在圆圆鸡餐馆当服务员。

圆圆鸡，是这馆子招牌菜。鸡剖肚，塞进红枣、枸杞、沙参，将鸡团成圆，清蒸。老板说，这菜的奥秘，就在这个圆里面。餐馆门楣上，贴一对联：男人加油站，女人美容院。

老板四十多岁，尖嘴猴腮，成天叼着烟，牙熏得黢黑。上班第二天，老板跟小惠认了家门儿①，说一笔难写两个邱。老板要她喊叔叔。又说她漂亮，让她当大堂领班，每个月，比普通服务员多200块。

小惠初来乍到，胆战心惊，遇到大好人，悬吊吊的心落了地。小惠把这好消息，电话告诉了哥哥邱大。

一天晚上，打烊关门，邱叔叔要小惠留下，说有事情。等人走光，邱叔叔抱住她，亲她，要她陪睡，许诺让她当大堂经理，工资再涨二百。

叔叔忽然变成了狼，这种转换，太急太快，小惠转不过弯，又吓得要命，夺门出逃。半月的工钱，也不敢去索要。

后来十来天，邱小惠再不愿找工作。别的餐馆招工，她不敢应召，家政公司招人，她不敢去。一朝遭蛇咬，十年怕井绳。她觉得重庆城到处都是歹人，陷阱密布。

后来，租赁房同住的女子，带她去解闷——大浪淘跳舞。

虽然她不会，但不难学，两曲下来，便不踩脚了。音乐再起，有男人来请，她有些害怕，不肯。同去的女子，向她解释，人进场，任谁都可以请，这是规矩。再遇男人伸手，她勉强下池。男人一抱住，就要贴紧，又骇得她要死。推开那男人，跑出大浪淘，走上大街，仍惊魂未定。

---

①方言，指本家、同宗，也泛指同姓。

长这么大,未受过这样的欺负,真是奇耻大辱。在僻静处,她泪流满面。

回到住处,她骂那女子。那女子,毫不见气,慢声细语,解释说:"舞场跳舞,就是这样,这是时兴。"又说:"抱紧点,又怎样,外国人见面,还亲嘴哩。"说到最后,那女子深含同情,给她揩去泪水,说:"你我一样,进城的农民一个,一天的吃住开销,你能承受?不找钱,坐吃山空,怎么办嘛,又回大山里?再说,男人跟你跳,你又不蚀本,不仅不蚀本,还可收他们钱。"小惠不信,跳舞,能跳出这等好事?

第二天,她又被带去大浪淘。

原来那女子,是大浪淘的跳神。她无意拉小惠下水。小惠比她漂亮,带出小惠,会坏自己的生意,这种账,傻子都能算。她带小惠,纯属同情。从此,万人迷名字,被舞哥叫开。

万人迷住进了虫虫房间。里面就一张书桌,摆放在窗下,上面无一样摆设。万人迷拉开抽屉,里面空空如也。墙角立一敞门衣柜,几只铁丝衣架,挂横杆上。

这房间,强盗也不会光顾。有关虫虫的东西,早被张长寿该清的清,该藏的藏,生怕苏娘娘触景生情,诱发疯病。房间长时没住人,一股寂寞气息,充溢四角。单人木床上的用品是新铺的。

万人迷坐床头,深出一口气,舒缓心情。她不知,叫张长寿的叔叔,如何跟苏娘娘说的。当保姆,只是暂时,甚至暂时都说不上,根本就是一出戏,观众是哥哥邱大。但从进门的情形看来,苏娘娘好像也成了观众。

第二天,万人迷没去接站。

背着背包的邱大,一出站,见人山人海,心里发憷,接他的是谁,又怎么接?四处打望,瞧见一人,高出其他人一个头,还将纸条高高举起。邱大仰头,见纸上写的正是自己。他来到那人跟前，原来那人站两块砖头上。他放下背包说，我就是邱大。

那人低头看邱大，一笑，从砖头上下来。那人五大三粗，个子并不矮，说："你跟你妹子，是一个模子倒出来的。"

他嘿嘿又笑，说："叫我老王吧。"

万人迷没去接站，却给火车上的哥哥，打了手机说："重庆目前打黑，老板涉黑，企业被查封，我现在出来，在当保姆，这两天才去，不好跟主人请假，请了朋友王十块去接你。"

接他的，是个生人，邱大有些惶惑。王十块说："给你妹子打个电话吧，说我接到了，让她放心。"

邱大用手机联系上妹妹。她告诉他，王十块曾是她企业的同事，叫他跟他走，安排好住处，晚上过去看他。其实这些，她事先跟王十块已商量好。邱大收了手机，朝王十块友好一笑，说："麻烦你啦，真不好意思。"

王十块说："嘿，说这些，要是以前，请我来接，还没空哩。"

有人过来问邱大，要不要发票？话音未消，又有人来问，住不住旅馆？问这问那，一会儿就围上好几人。

这些人，欺邱大是外地人，想在他身上发财。王十块眼也不抬，手往外赶，像撵狗一样，去去去。那些人，知趣散去。王十块去拿背包，邱大抢过，自己背上，说："哪能劳累你，自己来，自己来。"

王十块没争，等他背好，带路朝公交车站走去。走着，王十块回头，跟邱大说起话："我和你妹子，是一个车间的，企业前些日子遭查封了，老板涉黑。你妹子运气好，又找到工作，当保姆。"

这是王十块故意说。他知道，万人迷已给哥哥说过，给他再加点印象，让之后他要见的更像那回事。

邱大在火车上接到妹子手机，通话后，余下的行程，就枯燥而焦虑了。以前的设想，成了打水的竹篮。

离开义乌之前,有人劝邱大去温州,那是民企发达地区,有手艺,找工作容易。这主意,邱大不是没想过,但有件事,不得不让他放弃。

在外打工,生活艰难,更受单身熬煎。刚来义乌时,邱大经不住同事邀约,曾去找过那种女人。玩一次,少不了还要唱歌,喝酒。这种钱,不能回回都是别人出,一月下来,他也要摊一回,一摊好几百元。工资计件,每天十小时,一月才两千来块。找钱针挑土,用钱水推沙。每次摊钱,邱大整个人像被掏空了一样,魂不附体。想到在家过穷日子的亲人,他就悔痛得想把胯下那话儿割掉。从此,拒绝邀约,想了,靠手解决。

邱大成厂里的先进,照片上了光荣榜,一个本地女工,要跟他好。女工姓陈,叫秀娥,是有夫之妇,与邱大同一台机床。厂里开两班,人歇机不歇,秀娥不同班。每次接班,秀娥总要早来个把小时。早来不为工作,为在一旁陪邱大,不说话,图个心里安逸。

秀娥的男人,是厂里司机,拉货跑长途,去年车祸死了,两岁女儿被爷爷、奶奶接去。男人死后,秀娥无所顾忌,以前玩精神,现在想来实的。一次接班,秀娥有话跟邱大说,车间噪声大,就凑近他耳门子,大声说:"我不缺钱,又有房,就缺房里有个你这样的男人。"

邱大被吓到了,不是被她胆子吓到,是怕日久生情,感情受累。

到义乌的当年年底,他妻子生了儿子,寄来照片,是儿子满百天,妻子抱着在镇上相馆照的。照片,夹在钱包里,他怕那两双眼睛的注视。邱大意志坚定,拒绝了。

秀娥的意志比他还坚定,再次说:"只要你人,不要你心。"

这番话,动摇了邱大的意志。

两人相好了。邱大一周去她家一两次,从不过夜。

厂子易帜，一些同事要去温州。秀娥说："去温州，就跟你去。"说是不要他的心，但日久自然生情，心头多了牵绊，变成包袱，又压心上。每每此时，邱大不打开钱包，也能感到两双眼睛灼得心子生疼。多次想跟她了断，脚又拗不过欲念。这次机会终于来了，邱大对她说："不去温州，我要回重庆。"

邱大知道，秀娥舍不得女儿，家人也在这里。秀娥不食言，噙着泪，放了邱大一马。

那天，邱大离开义乌，火车启动，头伸出窗外，多想站台上有秀娥的身影。

岂料现在，义乌那头轻松，重庆这头却重了。邱大真不知道，是该去温州，还是该回重庆。在公交车上，邱大问王十块："老王，你们企业，生产啥子？"

王十块按商量的说："摩托配件。"

邱大又问："我妹是在啥子车间？"

王十块说："组装，组装尾灯。"

邱大又问："那里有冲床吗？"

王十块说："当然有，好多东西要冲。"

这些都是邱大的心不死，明知故问。问后，又被无情的现实，弄得沉默起来。

王十块家的对面，有一香烟摊子，摊主李婆婆，男人当年在轮船公司拖驳司炉。那时江上的轮船是蒸汽动力，锅炉破裂，蒸汽喷涌，她男人被烫死。他俩膝下无子，李婆婆没再嫁，靠男人的抚恤和烟摊度日。

李婆婆的家是男人单位的宿舍。房子建于 20 世纪 60 年代，红砖房，两室一厅，厨卫公用。经过一次改造，厨卫自有。再后来，出台政策，李婆婆一万多块买断了产权。

一个孤老婆子，自住一间，另一间出租。租金不高，但多一笔经济来源。李婆婆出租房子，街坊都知道。

今天一早，王十块来找李婆婆。李婆婆那间租房，已空个多月，门墙上贴着出租启事。王十块是她看着长大的，平日叫她也嘴甜，两家关系不错。王十块说了租房的事，李婆婆满心高兴，说："为我拉来生意，又是你熟人，看你面子，每月三百，少他十块。"

于是邱大，住进了李婆婆家。

万人迷没去接站，该为哥哥洗尘，吃个饭。她请了王十块，要张长寿也去。

给哥哥洗尘，是自己的事，不该叫他们作陪。但因事态已滑向另一个方向，请他们，是为滑得更顺当。同时，她有私心，想让哥哥见识一下，她人缘好，混得不错。

请王十块，好请，像拔沙土萝卜。请张长寿，却给苏娘娘扯了谎。本想一起请，怕原本就没说清的事，变得更说不清。两人商量，跟苏娘娘说，身份证在朋友那里，要去取回来，朋友住小河顺城街，不认路，要麻烦张叔叔带。

苏娘娘信了，还嘱咐老张，街上人多，小惠不要走丢了。

当晚，就近给邱大接风，在小河顺城街顺风餐馆。

几人一进餐馆，万人迷眼尖，一眼瞧见牛滚龙，一个人坐在靠窗，桌上一盘红油猪耳片，嘴对啤酒瓶灌酒。王十块也看见了，与万人迷交换眼色，没理睬，找了一张桌子坐下。

服务员递上菜谱，王十块手快，接过去，说："大家同事一场，没机会请吃，小惠给哥哥接风，借这机会，我来做东。"

万人迷要抢，张长寿制止，笑着说："让十块，给他个面子。"王十块的消费观，张长寿晓得，故意破他的戒，拿他逗乐。

王十块在大浪淘的时间不长，却也不短，足够把万人迷看个一清二楚。她跟他比赛吃瓜子，认他干哥哥，讥笑那些舞哥，在乎哥哥的感情，透过这些，他看到了她还没有被污染的心灵。他喜欢上了她。她是跳神,那有什么?她要生活,这是她的生意,在那种地方还能守住自己,这已经很了不起了,还要她怎样?他还是门神哩。如果没有跳神,他这门神还有什么意义?其实,他们只是一块硬币上不同的两面而已。这次做东,他是三思而后行的,绝不是假操大方。他倒过钱的大霉,已失去老婆、儿子,教训惨痛,一辈子记得,再不能倒钱的霉,失去面前这个女子了。

酒菜上桌,男人喝起啤酒。三杯下肚,话题也逐渐展开。

张长寿年龄最大,又是工程师,数他话多,分量重。他从国际,谈到国内,再到市里。王十块见缝插针,敲边鼓。

斟酒的万人迷,对不上话,有些焦急,怕自己的冒牌企业员工身份露相。这时听到说有企业关门,好不容易接过嘴说:"那还不是,前一阵,大浪淘……"

她要说的是,大浪淘的舞哥多了,就是那些关门企业的下岗员工。

张长寿和王十块一下紧张起来,四目一对,张长寿赶快打断她,说:"小惠真敢踏谑①自己,用起了大浪淘沙这个成语,我们都成淘掉的沙子了。"

王十块说:"成沙子还好,可以和水泥,修桥铺路建房子,我们连沙子都不如哟。"

张长寿说:"那是啥子?" 王十块说:"破砖烂瓦。"

张长寿和王十块笑起来。邱大也陪着笑。

万人迷伸了伸舌头,说:"看我不会说话,乱用词。好,你们说,你们说,我掺酒就是了。"

于是,张长寿又续起刚才的话题,绕了一大弯,最后落脚在工作不好找。他开场,王十块顺着话,也说开来,无外乎是就业难。

这些话,万人迷懂,说给她哥听的。张长寿和王十块,两人

---

①方言,故意贬低之意。

心有灵犀，话，都是顺渠畅流。

万人迷再不敢搭白②了，对两人的唱和，全盘接受，不时还配合着感叹，点头称是。

万人迷成功地借他人的口告诉哥哥，她现在是保姆一个，这颗钉钉太细，承受不住他的重量，要找工作，得靠他自己。哥哥找工作期间，她不会让他花钱，他的钱，家里等着用，她会管他吃住。她有张银行卡，密码是哥哥的出生年月日，卡上有一万多块。哥哥找到工作，可能会很快，也可能很长。要是很长，她输不起。不是钱输不起，为了哥哥，卡上钱用光，她也不会有半点心痛，她是怕夜长梦多，当跳神的事穿帮，怕伤害到哥哥，带累好心的张叔叔和王十块。

在桌上，邱大是生人，不熟此地的情况，又寄人篱下，开不起腔。

王十块比邱大稍大点，就喊他老弟，说："老弟不用担心，明天带你去人市，只要有手艺，运气好，能找到工作。"

邱大带着歉意，端起酒杯，跟王十块碰一下，说："你们也没工作，还为我操劳，真是感激不尽。"

王十块说："我们可以吃低保，你吃啥子？来来来，喝酒喝酒。"

牛滚龙拉客去两江游，又得了回扣。他早就听说，顺风餐馆的红油猪耳片好吃，从码头上来，直奔主题，在这里碰见万人迷一行。

昨天，他去大浪淘，找万人迷兑现承诺。他理发，洗澡，换干净衣裳。进场，坐长凳上，一双眼睛，充满企盼。音乐响起一阵，万人迷没出现，他有些焦急。一个跳神过来问他，跳不跳。他懒得理她。他要等万人迷。结果，到终场，企盼幻灭，承诺被放黄，

---

②方言，接着别人的话说话，有插话的意思。

兑现了一肚子怨气。

万人迷水了牛滚龙，牛滚龙很恼怒：害老子白费理发、洗澡、换衣的工夫。更叫他痛心的是，门票钱白花。

现在，牛滚龙见几人吃喝，想上去质问万人迷，或把她叫到一边，讨个说法。但王十块在场，他的确有些怵他。牛滚龙拿眼睛盯着万人迷，万人迷不看这边。牛滚龙忍无可忍，顾不了王十块在场，借去洗手间，路过那桌，用手碰了下万人迷。

万人迷一惊，扭过身，牛滚龙向她递眼色，要她跟去。

万人迷犹豫。

张长寿和邱大，不认识牛滚龙，但说话喝酒的王十块，不忘用余光注视牛滚龙。王十块站了起来，拿眼色示意万人迷坐稳，说："小惠，你这酒司令，今天要当好，不要光照顾我们，忘了你哥哥哟。"

王十块说着，向牛滚龙走来。牛滚龙心虚，慌忙进了洗手间，对着小便池屙尿。王十块跟了进来，不轻不重给牛滚龙屁股上一脚，牛滚龙一下扑在小便池上，惊缩了尿，裤裆湿了一大块。王十块又拨转他，抓住他的胸口，扬起碗大的拳头要打。牛滚龙举起双手，告饶地说："哎，好汉动口不动手。"

王十块说："动手打的就是你这烂人，你狗×的，又想搞啥子鬼名堂！"

牛滚龙说："我找万人迷有事。"

王十块问："啥事？"

牛滚龙说："她答应过我。"

王十块放下拳头，仍抓住他，又问："她答应你啥事？"

牛滚龙说："那天帮她找你，她答应请跳两曲，不要钱，结果她水了我。"

王十块抓住他往外推，说："水了你又怎样，她再不去大浪淘了。你记住我那句话，再缠她，缠一次，打一次，你要长记性，各人滚。"

七

接风回来，万人迷将身份证交苏娘娘，还说："不巧，那人出门，多等了一阵，耽误久了。"

交身份证是规矩，雇用双方，求个放心，也是为跟张叔叔出门有个交代。

苏娘娘未主动索要，对万人迷毫不怀疑，老公和同事介绍的，双层保险。更主要有相貌打保票，她像虫虫。

苏娘娘接过身份证，端详照片，跟心中的虫虫比较。老公拿回照片，就有过比较。再次比较，是真人，年纪相仿，长得又像。苏娘娘恨不能把心头的虫虫呼出来，贴到万人迷身上。

这天，农历十五，苏娘娘要去罗汉寺。趁苏娘娘吃早饭，万人迷忙准备，找来空酒瓶，洗净，装香油。万人迷儿时跟母亲去过庙子烧香，知晓一些规矩。

苏娘娘出门，万人迷将油瓶送她手上。

苏娘娘很高兴，说她懂事，要她陪去。

罗汉寺在上半城，走路半个小时。苏娘娘大病一场，身子虚弱，尤其虚在心上，一个人上街不敢过马路，哪怕在人群中，也担心车子对准她撞来。倘若没人陪，站马路边一两小时，也不敢越雷池一步。

万人迷一手提油瓶，一手搀扶苏娘娘，说说笑笑，上坡下坎，过马路，照顾周到。不少路人，用羡慕眼光打量，好一对亲热母女俩。这些目光,让苏娘娘找回许多过去的温情。

进罗汉寺山门,苏娘娘逢菩萨便拜。万人迷先给菩萨灯盏添油,然后一脸虔诚地站在苏娘娘身后。拜完罗汉,又拜到大雄宝殿,万人迷将油瓶摆神龛上。苏娘娘说:"小惠,这是如来,也一起拜,许个愿吧。"

出了大殿,苏娘娘问万人迷:"小惠,许的啥愿?"

万人迷说:"祝苏娘娘、张叔叔万事顺心,身体健康。"

苏娘娘一听,眼里涌起泪水,一把拉过万人迷,搂住她双肩。

从罗汉寺出来,碰见以前的同事小李带孩子逛街。招呼后,苏娘娘介绍万人迷,没说是保姆,是干女儿。虫虫出事后,谁都不敢在苏娘娘面前提虫虫。小李见她对干女亲热,就大胆夸干女,真像虫虫。

苏娘娘听了,也盯着万人迷看,嘴上说是吗,拉过万人迷,半拥入怀,脸上绽开笑容。

万人迷已摸清这家的规律。

每天吃过早饭,张叔叔出门去茶馆。他在家里待不住,只有去跟茶友打堆,心里才有依靠。苏娘娘一天忙于佛事,心思全放在菩萨身上。一天三餐,谁爱做谁做,咸淡干稀将就吃。整个屋,又脏又乱。老两口实在看不过去了,想收拾,哪知刚开头,一到虫虫屋,触景生情,又像泄气的皮球蔫兮兮,丢下扫帚抹帕,流泪叹息。整个屋,脏乱依旧。

万人迷来后,每天早起晚睡,把屋子打扫干净。该换洗的换洗,发霉的棉衣、毛衣、铺盖、垫絮,放太阳下晾晒。万人迷在老两口眼皮子底下,进出虫虫房间,老两口简直就当她成了虫虫。

吃过晚饭,看过《新闻联播》,做完事的万人迷,就给老两口唱家乡民歌:"巫河清,巫河长,巫河水,甜又香,浇得开红花,养出乖姑娘。巫山云,巫山雾,云雾缥缈绕山腰,绕得青冈长香菌，绕得斑鸠咕咕叫。"唱得老两口比看电视还过瘾，唱得空虚落寞的家，重新有了人味。苏娘娘如今一天三课，都要感谢菩萨，给她送来了邱小惠，一个不是虫虫的虫虫。

往常家里吃的菜，由张长寿喝完茶，中午顺路买回。现在权力下放，每天三十块，由万人迷在农贸市场选买。农贸市场在街口斜对面，出门七八分钟便到。第一次万人迷去买菜，是张长寿带路，如今都是她自己去。

这天，万人迷刚到街对面，牛滚龙像驾土遁而来，横立跟前，对她说："万人迷，你躲脱初一，躲不脱十五。"

那天在顺风餐馆，牛滚龙听出，万人迷是为外地来的哥哥接风。奇怪的是，几个人的关系，与他所知的有出入。他想要质问万人迷，结果挨了王十块一脚尖。从餐馆出来，他并未走远，在一麻将馆待着，等万人迷他们出来，跟踪到了张长寿的住处。

万人迷想解释，又觉得不知从何说起，事情本身就转了几个弯子，转得自己几乎都失了方向，就说："躲你，为啥要躲你，我没躲你。"

牛滚龙说："你放飞鸽。"

万人迷说："放啥子飞鸽，我不懂。"

牛滚龙说："管你懂不懂。让我在大浪淘傻等，冤枉花了五块门票钱。"

万人迷说："哦，这两天，我不好，没去大浪淘。"

牛滚龙说："啥病，才一两天，就好了？"万人迷说："是真的，人不舒服。"

牛滚龙说："你要人，当我是人，不要人，就用屙尿淋？"万人迷说："等过段时间，我去了，你来。"

牛滚龙说："诓我？在顺风餐馆，我差点又挨王十块打。"

万人迷说："既然他在，该怪你自己。"

牛滚龙说:"听你们说了,王十块介绍你当了保姆。那人我认识,他们厂的工程师,叫张长寿。"

万人迷说:"那又怎样,我不能当保姆?"

牛滚龙说:"跳神都能当,保姆为啥不能当。只是问你,那两抱,哪时了?"说完,他一脸奸笑,眼珠子望万人迷,圆溜溜转了两圈。

万人迷突然有点发虚,语气软下来,说:"答应过你,陪你跳两曲,现在的确不去了,这样,给你二十块,去找别的跳。"

牛滚龙说:"找别的跳神,我不干。"

万人迷说:"那还要怎样,都给你二十块了。"

牛滚龙说:"帮你忙,是想抱你。不抱你,那忙,等于白帮。以为我不清楚,你当保姆,是你们伙起①骗你哥。"

万人迷脸色陡变,冒火说:"打胡乱说,不跟你说啦。"

万人迷闪开,要走。牛滚龙张开双臂,拦在前面,说:"走得脱,就不怕我坏你?"

万人迷站住,说:"想威胁,我是骇大的?"

牛滚龙说大话,是气,其实并不认真,多半是跟她逗玩。哪知,万人迷却认了真,之前还想化解,愿再多拿十块给他,现在火气一上来,分钱不拿,看他能怎么样。要是再威逼,决定叫王十块出面。这样一想,她就不虚了。

万人迷掀开挡道的牛滚龙,昂头挺胸走了。

万人迷这招出其不意,像给十冬腊月的牛滚龙当头一瓢冷水,激得他浑身抽搐。他没想到,万人迷敢这样。他追上去,从后面抓住万人迷。万人迷扭身,怒目圆睁,说:"干啥,耍流氓!"

牛滚龙说:"就是要你流氓,又怎样?"

万人迷说:"快松手,我要喊了。"

---

①方言,伙同之意。

牛滚龙不松手，嬉皮笑脸地说："喊呀，要喊，就喊强奸，喊呀！"

万人迷将手里挎包一举，大声喊："来人哟，有人抢挎包。"

这一喊，牛滚龙始料未及。喊强奸，他真还不怕，一个女人，谅她也喊不出来，也不会有人信。当街抢包，却有可能，他正抓住她，她手里举着包。

有人围上来。说来也巧，两协警提警棍路过，一左一右，上前架住牛滚龙，摔他个饿狗扑食。一个用膝盖，顶住牛滚龙的腰，另一个动手解牛滚龙的皮带，要将他来个苏秦背剑，捆起来。

这一切太突然。扑通一声倒地，腰被顶痛，牛滚龙才从懵懂中回到现实。他伸长颈子喊："我们是熟人，开玩笑的。"两协警停住。解皮带的仰头，问万人迷："你们是熟人，开玩笑？"

万人迷怕事情弄大，点头说："是熟人，是开玩笑。"

协警放了牛滚龙。一个扬着警棍，对爬起来的牛滚龙说："还好，今天没用它，你脑壳上少个娃娃口。"一个说："好得我没使力，要不，你两块肋巴骨分家。"协警有些不悦，离去。一个还回头说："大街上，今后少玩危险游戏。"

看热闹的人，说着各种讥讽话，慢慢散去。

万人迷和牛滚龙尴尬得无地自容。牛滚龙揉着腰杆，一副哭相，眼里却露出凶光。万人迷担心，跟牛滚龙的仇会结深。她不畏惧牛滚龙会对她怎样，自己的命，自己认，最怕有话传到哥哥邱大耳里。牛滚龙继续揉着腰，说："你好狠毒。"

万人迷上去，帮他揉腰，牛滚龙闪开，说："虚情假意。"

万人迷说："对不起，向你道歉。"

牛滚龙说："一声道歉，就能了了？"

万人迷鼻子一酸，眼泪流下，说："哥哥来了，迫不得已，怕他晓得我在大浪淘……欠你的，我一定还，只是要过段时间，要是等不及，现在拿三十块，去找别的……"

万人迷泪水一流，牛滚龙六神慌成七神。

行人驻步，好奇地看着他俩，以为他在欺负柔弱女子。

牛滚龙从不在乎别人眼光，但此刻感觉如刺锥身。他忘了腰痛，冒火连天地说："害我当众丢人，你还哭？哭啥子，我等你就是。"

牛滚龙说完，赶紧抽身离去。

邱大去外地打工，是从老家搭船走的，没到过重庆城，更未见识过人市。王十块带邱大进了十八梯人市，市场上的火爆情形，让邱大惊得咧嘴。农民来重庆城找活路，多半都来这里碰运气。这里是重庆城最大的劳务市场。

邱大对王十块说："看嘛，都是跟我一样，农村来的，跟你们城里人抢饭碗。"

王十块笑笑，说："你以为我们愿意受累呀，吃闲饭才安逸哩。"又说："邱老弟，你有手艺，不用着急。"

邱大说："满眼都是找活路的，没见一个雇主，看来，有手艺，也不定能找到饭吃。"王十块说："莫急，慢慢来。"

邱大说："王哥，你去办自己的事，我在这里，摸摸行情。"

王十块说："那好，有啥子事，给我打手机。"

邱大四下观望，见一旁蹲着两男子，地上摆着纸块，一个写着"会红白案，会调火锅底料"，另一个写着"会泥水工"。看他俩年纪，跟自己差不多，便上去蹲在一起。邱大拿出烟，递给二人，说："两位兄弟，来，抽起。"

两人看邱大是生人，以为是雇主光临，受宠若惊，接过烟。其中一个稍瘦的，问："老板来雇工？"

邱大说："哪是老板，我是来找老板的。"

两人恢复常态，都凑在邱大的打火机上点烟。稍瘦的，吐出口烟，说："难怪，见你眼生。"

邱大问："活路，不好找吧？"

另一个说："我们来这里，都好几天了，老板的鬼影子也没见。倒是有个沿海的大宾馆，前天来选女招待，选了几个漂亮的女娃儿走，结果狗×的是骗子，弄到夜总会去了。"

稍瘦的用夹烟的手，指着一群女子，说："看嘛，都年纪轻轻呀，以为城里街上都能捡到皮包，说是出来见世面，长见识。这全都是屁话，说来宽心的。我看，钱没找到，倒贴进盘缠，世面倒见了，人却变得精怪。一起都拥进城来，又没得本事，吃饭住宿要钱，时间一长，莫说女子，就是我们男人，心里也要慌。"

邱大说："这样空守，不是个办法。"稍瘦的说："那又咋办，当棒老二① 打家劫舍？借一百个胆子，我们也不敢。这地方，人生地不熟，只能来这里，碰命打彩② 。"另一个问邱大："从哪里来？"

邱大说："浙江义乌回来。"

稍瘦的说："不是说，那里好找工作吗？"

邱大说："也不一定，有的企业好，有的差，我们那个厂，还不是垮了。"

稍瘦的又问："在义乌干啥子工作？"

邱大说："开冲床。"

另一个说："兄弟，说句不怕多心的话，开冲床，不是多深的技术，任何人，两天学会，要找到活路，可能难哟。"邱大狠吸一口烟，慢慢吐出来，说："清楚。"稍瘦的说："兄弟，也不要丧气。"

又指地上纸块，说："我们这点手艺，也不值钱，会的也很多。再守两天，还没有老板要，老子就去当'棒棒'。"

①方言，指土匪。
②方言，意为碰运气。

邱大对"棒棒"不陌生,早年在巫山长江边当搬运工见识过,就是挑夫,重庆叫"棒棒"。一根竹棒,一条绳索,爬坡上坎,穿街过巷,替人挑东西。邱大问:"当'棒棒',找得到钱吗?"

稍瘦的说:"找不到钱,会有那么多'棒棒'在街上转?有个同乡,来重庆当'棒棒'三年,他说每月千把块到手,没得问题,运气好,两千出头,只是听起来,不很体面。"

另一个说:"我们蹲街沿,面前摆纸块,卖自己就体面?是条活路,就会有人走。称呼有啥子,就当在叫老总、经理。"

稍瘦的说:"那倒是,去当'棒棒'那天,老子就在面前挂个牌子,'棒棒'老总,'棒棒'经理。"

说完,两人哈哈大笑。邱大也跟着大笑。

这时,有人拍邱大肩头。邱大扭头一看,是生人,还未发问,那人先说:"你姓邱,这两天,从外地回来。"

邱大说:"是的。"那人说:"跟你说件事。"

那人把邱大叫到一边空地。那人说:"我叫牛滚龙,你不认识我。"邱大说:"是,不认识你。"又看着牛滚龙,问:"要跟我说啥子?"

牛滚龙说:"你有个妹,现在给一个姓张的当保姆。"

邱大疑惑,说:"那又怎么样?"

牛滚龙说:"这是他们在给你设局,王十块在打你妹的主意。"

邱大顿时糊涂了。牛滚龙说的,不假,怎么又成骗局了?其中的过节[①],邱大搞不大懂,就盯着牛滚龙,看他是不是也在给自己设局。

牛滚龙满不在乎,抱着手臂,让邱大看,还说:"有没有烟,给我一支?"

昨天,万人迷给牛滚龙吃个哑巴亏,当时她的眼泪让他心软。

---

① 方言,指嫌隙。

离开后,他又觉得像猪尿泡打人不痛——气胀人①。他怨气又生,去小河顺城街李婆婆家,想找邱大,把事揭穿。李婆婆告诉他,邱大一早出门了,要到天黑尽才回来。今天一早,他又去堵邱大,却见他被王十块带走,于是跟在后面,来到人市。

邱大摸出烟,给牛滚龙一支,又摸出打火机,给他点燃,轻声问:"王十块打我妹子的主意,又为啥要骗我?"

牛滚龙一边抖烟灰,一边慢声慢气说:"晌午了,还不饿吗?去喝两瓶啤酒,慢慢说给你听。"

邱大想,就一顿饭,骗不了几个钱。来人市,早饭还没吃,肚子早空了,也该吃午饭了。

离人市不远,有家好味道石磨豆花馆,牛滚龙对这地方很熟,领着邱大像进了自家门。豆花,经济实惠,顾客盈门,六七张桌子,已坐满食客。牛滚龙找到服务员,一阵游说。在街檐下,服务员给他俩临时安放了一张小桌。两人坐定,牛滚龙理直气壮,不问邱大会不会喝酒,自要四瓶,一人一碗豆花,又另点了两菜,一份煮花生米,一份蒜苗炒回锅肉。

邱大见过世面,不显窘色,从点的几样菜上,就看出牛滚龙还不是一个吃狠食的人。酒菜上桌,邱大倒了半杯,将酒瓶往牛滚龙面前一推,举杯,笑了笑说:"我不会喝酒,意思意思。"

牛滚龙不讲客套,抓过瓶子,往嘴里倒,咕嘟咕嘟,灌下两口,说:"随你便。"

邱大心想,人长得瘦弱,酒量不小,一副馋相,好像他是主人,自己倒是陪客。邱大不计较,耐心地看着牛滚龙喝酒吃菜。一瓶酒下肚,牛滚龙用手背,抹去嘴角的泡沫,抓起花生米丢进嘴,边嚼边说:"嚑,怎么称呼你?"

邱大说:"邱大。"

---

①方言歇后语,尿泡,指膀胱;气胀人,指使人极端生气。

牛滚龙说:"那喊你邱哥,这顿饭,不要心痛,肯定值得。"

邱大说:"请一顿饭,不会心痛,交个朋友,当然值。"牛滚龙说:"能交我这样朋友,当然值。"

邱大说:"专门来找我说事,说明看得起我,我听你说。"

牛滚龙说:"看你是个明理的人,那我就明说。"

牛滚龙又灌下去半瓶,攥起一片回锅肉,嚼得嘴角流油,然后说:"邱哥,你听了,肯定会气得要命。先打招呼,有气,不往我身上发哟。"

邱大说:"你说,我不生气。"

牛滚龙说:"王十块说他跟你妹一个厂,屁,诓你的。王十块以前在啥子厂当工人,那厂早垮了,他在大浪淘舞厅当收票的门神。你妹,我们都叫她万人迷,是大浪淘的跳神,就是专门陪舞哥跳舞,跳一曲,收一曲钱。听说你要回来,怕你晓得,王十块才介绍她给姓张的当保姆。这些主意,都是王十块出的。"

邱大脸色变得难看,问:"这些事,你怎么晓得的?"

牛滚龙得意,说:"我时常去跳舞,会不晓得?你可以去问,一问就明白。"

邱大问:"大浪淘,在哪里?"

牛滚龙给他说了。

邱大又问:"为啥子跟我讲这些?"

牛滚龙喝了一口,放下瓶子,说:"真人面前,不说假话,王十块打过我,老子跟他有仇。"

邱大屁股下长出钉子,坐不住了,闷声闷气地叫服务员结账,交钱。然后端起杯子,顺手将酒泼在牛滚龙脸上,说:"狗×的,借我妹子,报你私仇,也是个没安好心的。"

啤酒,在牛滚龙脸上横流,他用手一抹,说:"以为你明理,其实狗屁不是,你不该把气发我身上,够狠的话,去找大浪淘。"

邱大说:"你倒是个狗屁朋友。这些酒菜,慢慢受用。"

八

近来王十块已离不开万人迷,有事无事,总想早点会面。她当保姆,身不由己。去找她,只有中午和晚上,吃过饭后。

吃过午饭,王十块来找万人迷。

一进门,张长寿拉着他,对苏娘娘说:"这是我们厂里同事,小王师傅,小惠就是他的亲戚。"

王十块说:"是我表妹。"

苏娘娘一张笑脸,对王十块说:"小王师傅,快请坐。"

王十块不坐,眼睛在屋里寻。

张长寿说:"小王师傅不是来做客,是找小惠有事。"

苏娘娘就扭头朝厨房喊:"小惠,你表哥来啦。"

万人迷正在做事,响亮答应了一声。过一会儿,她一边解围裙,一边笑呵呵出来,冲王十块说:"表哥来啦。"

这一声,原本是戏词。但王十块听来,像衔了一嘴的蜜,流进心里,甜得他傻乎乎地笑,眼睛成了豌豆荚。

苏娘娘不甘心,叫万人迷泡茶,要王十块坐,听她好好夸夸小惠。

王十块说:"谢了,师母,不用麻烦。"

张长寿说:"不打扰他们,各干各的。"

王十块带万人迷去了长江边。江边有块青石,像头大牯牛,卧江边饮水,当地人称为牛背石。牛背石在朝天门上游,不是码头,没船只停靠，也少人来玩耍，寂寥、清静。

两人坐牛背石上，听着江水冲击石头的哗哗声响。

王十块带来五香葵瓜子，分给万人迷一半。瓜子多，捧不住，都摊在跟前的石头上。两人从石上捡起，一颗一颗往嘴里丢，又噗的一声吐出。瓜子壳飞下牛背石，随江水流走。

在这里，两人不比赛，比赛只在大浪淘。比赛的意义，两人明白，是一种发泄。胸中像憋有怨气，怨什么，两人又说不清，就是想将它同瓜子壳一起吐出去。这些日子，万人迷不在大浪淘了，各自的积怨，自消了许多，又处清静的牛背石上，再嗑瓜子，就成一种享受。

王十块说："再没吃过，你带去拘留所那么香的瓜子了。"
万人迷说："这话，听得耳朵起了茧，就不信，那瓜子真那么香。"

其实，万人迷带去的瓜子，根本没递到王十块手里，连瓜子味，他也没闻到。

王十块说："因为是你送来的，又在那个地方，当然最香。"
万人迷说："是你的嘴，比瓜子香。"
王十块说："又没闻一下，晓得它香，要不要闻一下？"
王十块嘟着嘴，凑上去。

万人迷用手隔开，说："哎呀，现在变成臭烘烘的猪嘴巴。"
王十块顺势在万人迷的手心亲了一下。

万人迷收回手，放鼻前闻，又赶紧在身上擦，夸张说："真臭，真臭。"

两人玩笑一阵，又沉静下来，边嗑边听石下的流水声。

昨晚，王十块做梦，牵万人迷的手，手暖和、柔软，走在解放碑大街上。无数路人，停下来观看，他得意又兴奋。一辆洒水车开来，水柱忽左忽右，又冲向空中，突然一转向，直端端向他淋来，打得他生痛，淋成落汤鸡。那些路人，朝他哈哈大笑。他气得去驱赶,都跑得精光。一回头,万人迷已不见踪影,自己孤零零地站在解放碑下。

从梦中惊醒过来,王十块一阵悲戚,睁眼再无法入眠,老想着梦中事,是不是预示了什么。

沉默中,吃完瓜子,梦中事,王十块想讲给万人迷听,几次欲开口,又咽了回去。因为拿不准,该不该跟她讲。于是他说起,领邱大去人市的事。

万人迷听后,反应不热烈。不好找工作,是意料中的事。她捡起一颗石子,扬手扔出去,石子在空中翻着滚,目光追随着一起掉进了江里。她说:"来找我,就是为了说这个?"

王十块回答不上,嘴里一阵咕哝,竟然说起梦。说完,要她解。

万人迷说:"这好解,和尚脑壳上的虱子——明摆着的,就是我们俩,终归走不到一起。"

王十块急了,连忙反驳,说:"不对,不对,梦是反的。"

万人迷扑哧一笑,说:"那你急啥子,说说看?"

王十块被问得面红耳赤,结结巴巴地说:"我不想……跟你分开。"

万人迷说:"我不是在你旁边吗?"

王十块一下搂住万人迷的肩,贴她耳边说:"想跟你好,喜欢你。"

万人迷挣脱开他,冷静地说:"你晓得,我是跳神。"

王十块:"我不在乎。"

万人迷说:"你不在乎,别人呢?"

别人是谁?王十块明白,是指老妈。王十块没有犹豫,又搂过她,望着她说:"是我喜欢,关别人啥事。"

万人迷说:"不要嘴硬,到了那时才晓得,火石还没落在脚背上。"

入戏 / 057

王十块说:"就是落刀也不会眨一下眼。"

王十块说完,把她抱进怀里。

九

邱大对街道不熟悉,一路问了几次,到中午才找到大浪淘舞厅。

舞厅门面不大,是一幢库房改成的。砖头门柱,挂着长方形招牌——大浪淘舞厅,营业时间:上午9:00—12:00,下午2:30—5:30, 晚上7:30—10:30。上午场刚结束,大门还没关,最后几个舞哥从里面出来。邱大要进去,守门人拦住他,说:"上午场结束了,要跳,下午来。"

邱大说:"不跳,进去看看。"

守门人说:"要看,也下午来,买票进去看。"

邱大掏出烟,递给守门人,说:"大哥,抽支烟。"

守门人接过烟,点燃,吸一口,变得温和。

邱大说:"大哥,打听个人,这里有个叫万人迷的吗?"

守门人吐出烟雾,眼珠子躲在烟雾后面,目光落在邱大脸上,滚了又滚,然后冷冰冰地说:"我才来,不清楚。"

守门人说完,转身进门,哐的一声,将大门关上。

邱大来到一条背街,在街边吃快餐,四块钱,一荤两素,饭尽管吃,素菜可添。吃客多是过路人,还有几个"棒棒"。邱大吃饭时,故意问老板:"大浪淘舞厅在哪里?"

老板正忙,来不及回答。

吃饭的一个"棒棒"接过嘴,说:"出这街口往右,不远,过街就是。""棒棒"又问:"老板,是去那里跳舞?"

邱大反问:"你去过那里?"

"棒棒"说:"没去过,我朋友去过。"

邱大问:"那里,有没有跳神?"

"棒棒"朝邱大有盐有味地一笑,咽下嘴里东西,说:"当然有,听说那里的跳神最安逸。莫非老板要去享受一番?"

"棒棒"投来意味深长的一笑,邱大避开,埋头扒饭,说:"不,只问问。"

吃过快餐,邱大在街上闲逛。两点半开场,时间还早。他不愿走远。大浪淘对他太重要了。附近几条街,他来回走过几趟,那些铺子都卖些什么,记得已经烂熟。他又从街角走过,一个声音在身后响起:"兄弟,算个命吧。"

邱大回头,是个算命的盲人。

张瞎子算命,从不主动揽生意。一个盲人,不能随便开口,随便开口的,只有假盲。真盲人的功力,是在沉默中显现的。张瞎子见邱大,已经三次从跟前走过。一次过,他视而不见。二次过,他开始揣摩:这人,绝不是在等人,等人,会老待在一个地方,四处走动,那肯定是在等个什么时间,在这里,有哪个时间值得等?四处的商铺店门大开,不需要等待,唯一没开门的,只有大浪淘,这样等大浪淘的,都是被跳神勾了魂的,这种人,需要人安慰。三次过,他开口招徕。

邱大从来不信命,命,不是算来的,命,是从妈肚子里带来的。见算命的盲人主动叫,他觉得时间尚早,也想停下来抽支烟。于是返回,蹲在张瞎子跟前,说:"你算命,算得准?"

张瞎子指着面前的纸,说:"不准,敢叫神算子?"邱大掏出烟,顺手递在他面前,说:"来,抽支烟。"

张瞎子顿了一下,说:"不会,谢谢。"

邱大瞧见，张瞎子右手中指和食指，被烟熏得焦黄。

十有九个来算命的，都有戒备之心，谁还会送烟？接与不接，张瞎子犹豫了。怕这支烟，是陷阱，更看得出，递烟的人不好糊弄。于是不接，下意识地将熏黄的手指往里弯。

邱大自己点燃，深吸一口，说："你是神算子，那算一下，我现在要干啥子？"

张瞎子咧嘴一笑，成竹在胸地说："听兄弟说话，语气带惶惑，想必是丢失了东西，想要寻回。"张瞎子把邱大当舞哥，要找回被跳神勾去的魂。

邱大一听，心里咯噔一响，似觉有些对路，又问："找得回来吗？"

张瞎子松了口大气，此人已被拿捏稳住，便说："实则虚之，虚则实之，虚与实，都在兄弟你自己心中。"

邱大听得似懂非懂，又觉不无道理。看来，这人有两把刷子，就诚心地说："师傅，能不能说明白一点。"

张瞎子坐在矮凳上，一阵扭扭捏捏，仰起墨镜脸，对着天说："兄弟，世间事，当不得真哟，当真，水都闹人。话，只能说到这地步，天机，不可泄露。"

张瞎子说的，是一回事，邱大听的，是另一回事。两人把两回事，当成了一回事。

世间事，是得糊涂一点，不然为啥叫糊涂是福？邱大懂这个理，但事情落在自己身上，能糊涂吗？邱大绝不买这个理，但他没再言语，拿出五块钱，放张瞎子怀里，起身走了。

张瞎子收了钱，偷眼望着邱大背影，微微摇头，心想，说算命是迷信，害人，那大浪淘比起算命，还要害人哟。

大浪淘的下午场开始，邱大买票进场。

场内一片昏暗，睁大眼睛也看不清眼前的景象，音响震得他耳朵发麻。他进场好一阵，眼前才渐渐显出晃动的人影。他伸出双手，小心翼翼地摸索前行，迈出两步，摸到一堵墙似的冰凉肉体，吓他赶紧收回手。站了一会儿，走出几步，又撞着抱在一起的人。他不敢再往前走，正不知所措，昏暗中，伸来一只手，抓住他的臂膀。一女子贴近他，说："大哥，跳一曲吗？"

邱大心想，跳神拉客了，就问："价钱怎样？"

女子说："第一回来吗，不晓得价钱？"

邱大说："是的，第一回来。"

女子说："不欺生，明码实价，跳一曲五块。"

邱大又问："跳，是怎样跳？"

女子说："看来大哥是生手，没关系，教你。"

女子说着，抓起邱大双手，放她的腰间，身子跟随贴了上去。

邱大慌了神，推开她说："莫忙，莫忙，还没有讲好。"

女子说："还有啥子没讲好？只要有钱，就行了，来来来，曲子都响过一阵了。"

邱大说："我不跳，跟你说两句话，照样给钱，行不行？"

女子一愣，说："一曲，还是五块。"

邱大说："这里，太闹了，到外面去说。"

女子迟疑了一会儿，感到不踏实，去跟旁边一女子商量，这生意，是否可做。又回到邱大身边，说："那，先给钱。"

邱大说："好，我给。"

女子把邱大带到后面的露天阳台。一上阳台，女子就伸手要钱。邱大没五块的，给了女子十块，说："不用找，就当跳两曲。"

女子接过钱，狐疑的目光消失，露出轻松笑容，说："大哥干脆，要想说啥，荤的、素的，都由你，说吧。"

邱大问："你们陪跳的，都被喊作跳神？"

女子说："这有啥子，一个喊法，跟喊张三李四一样。"

邱大说:"跟你打听个人,你们有个叫万人迷的吗?"

女子警惕起来,盯着邱大,说:"舞不跳,要说话,说话,就打听人,你这大哥,有点怪呢。"

邱大说:"不要惊奇,是听朋友说,这里有个万人迷,长得漂亮,想找她跳,第一回来,又不认识,想请你帮个忙,介绍一下。"

女子说:"哦,这还差不多。"

邱大说:"我晓得,你们的名字都是乱取的,叫万人迷的,也多得很,钱拿了,怕不是跟真的跳。"

邱大说着,摸出一张照片,递女子面前,又说:"要照片上这个万人迷哟。"

这是万人迷在水塘前,穿白底蓝碎花连衣裙,站柳树下,右手牵柳枝的那张照片。王十块也有这张照片。女子瞟一眼照片,说:"这,就是万人迷。"

女子又问:"大哥,你不认识她,怎么会有她的照片?"

邱大收好照片,说:"是她送给我朋友的,朋友怕我认错人,叫我带上,里面那么黑,哪里看得清。"

女子说:"好几天了,万人迷没来,不晓得去哪里了。大哥,你可能有点失望吧?"

邱大说:"花了钱,面也没见到,是有点失望。"

女子说:"为弥补你的失望,钱用在我身上,我陪你跳。"

邱大说:"不用了,谢谢你,陪我摆一阵龙门阵,那钱,就当是咨询费。"

邱大离开女子,返回舞场出去。昏暗中,他一连撞了好几对,引来一顿责骂。他正想回骂,见舞哥肩头上,一双眼睛发出幽光,呆滞而忧伤。这像一把锥子,插进他的胸口,一阵剧烈的心痛中,眼前又浮现出另一双眼睛。

那年他在老家县城的火葬场，当运尸工，推尸体上车，再从车上卸下，推进火化间。有时候，运尸的地方狭窄，他都自告奋勇，去抬、去背，只为多得几个劳务钱。每个月他回家一次，把卷成一卷的钱，交给爸爸。妹子每次看他交钱，那双目光里就充满这种忧伤。看着妹子，他心里难受。有次，他叫住她，说："只要你读下去，哥哥都供你，哥哥有用不完的力气。"

哥哥的力气，做了无用功。妹妹书没读出来，被舞哥供成了万人迷。邱大摇头，想把心里那双忧伤的眼睛摇掉，没有成功。那眼睛却越来越大，占据了整个心间。听到音响里的舞曲，像针刺耳膜，阵阵生痛。他想赶快逃出舞厅，又仿佛看见妹子被舞哥搂住，形成一个铁桶，把他围在中央，任他喊叫，任他冲撞，都无法逃遁。他突然觉得自己是如此虚弱，走南闯北聚起的勇气，霎时消失得一干二净，眼里泪水禁不住流下。

怎样出的舞场，邱大恍兮惚兮，记不大清。站在舞厅门口，感到晕眩。

邱大从进舞厅到出来，时间不长，就几首曲子，却像过了一趟鬼门关，重新投了胎，搞不清自己还是不是原来的邱大。他狠狠地扇了额头一巴掌，啪的一响，除把自己惊一跳，椅子上打瞌睡的守门人，也被惊跳起来，慌张地问："是啥子响？"

一巴掌，把自己扇清醒了，邱大空虚的心间，嗖地升起愤怒的火焰。他红着一双眼，盯着守门人说："是老子，在打自己。"

守门人被他凶相镇住，眨了好几下眼睛，搞不清楚是得罪了这人，还是对方发生了什么不测。

邱大转身，来到砖柱前，伸出双手，抓住砖柱上大浪淘舞厅的招牌，右脚蹬墙，双臂使力，嚓的一声，招牌被他硬生生扯下来，砸在地上。他抬起右脚，踩成两半。

守门人真被惊呆了，反应过来，上前扭住邱大，说："哎，怎么敢砸招牌。"

邱大理直气壮地说:"砸这个狗屎招牌,老子就敢。"

大浪淘招牌遭砸,消息飞传,门前围起看稀奇的人。

老板被惊动了,带着几个光头把邱大围住。光头说:"狗×的胆大,不睁狗眼看看,这招牌砸得?"

邱大没有惧怕,从地上抓起砸破的招牌,一手一半,舞两下,大声武气地说:"招牌,砸了,要赔,拿钱。若要动武,今天敢来,就不怕血溅大街。"

老板是一胖子,平头,一脸横肉,穿花绸子衬衫。小指粗的金项链,嵌进槽头肉的褶子里。他圆溜溜的脑壳里转了几个弯,在家门前摆战场,是自家遭殃,目前正打黑,怕被人设局,让公安抓住把柄,舞厅遭关闭不说,还要抖落出其他事。来者不善,善者不来,他听邱大口气很硬,定有背景。几个光头正手痒,要拉开打斗架势,老板赶紧卷着舌头,操着夹生普通话止住,又对邱大说:"兄弟好汉一条,敢作敢当。不管哪来的,我不打听。跟你无冤无仇,砸我牌子,断我生意,砸我饭碗,我完全可以砸你的盘子(脸盘子),我不会这样做。你知道吗,我是合法企业家,有法律保护,我要让公安来断公道。"

十

派出所的干警查看了肇事者的身份证,知道他叫邱大。两个干警,轮番对邱大问话。从三点多钟到快下班,他就一句话,承认砸了舞厅招牌,愿意承担一切处罚,除此以外,别的,至死不开口。

这时一个外线电话打进值班室。一个自称姓牛的先生，说是事件的目击者，与砸招牌的邱大有一面之交，愿以旁观者身份，为邱大砸招牌辩解。值班干警将内容记录在案：邱大的妹妹，在大浪淘舞厅当跳神（指陪跳的妇女），她长得漂亮，舞哥们叫她万人迷。邱大原在外地打工，对这些情况不了解，一直以为妹妹是在一家企业里打工。最近，邱大从外地回来，晓得了妹妹当跳神的情况，对大浪淘非常愤恨，所以砸了它的招牌。

值班干警，想再多了解一点情况，牛先生却挂了。干警将电话记录念给邱大听，问是否属实。邱大仍然一副死猪不怕开水烫的样子，愿听凭发落，就是不说是，也不说不是。一个干警急了，走到邱大面前，提高嗓音说："你妹妹去干那种事，怪你没管好，还怪哪个？"

邱大垂着的头，一下抬起来，死鱼眼睛发出一束光射向干警。但只一瞬间，那束光又熄灭了，头又垂了下去。另一个干警过来，碰了那干警一下，对邱大温厚地说："真像那牛先生说的，你对那舞厅有恨，也不能砸它招牌呀，不管怎样，它现在还受法律保护。要是有它的违法证据，可以向我们提供。证据确凿，用不着你动手，我们也会砸它招牌。你说，我说得对不？"

邱大抬起头，喉咙管动了动，头又垂下去。

妹妹身陷污泥，已够丢人，再把她扯进来，无疑是一泡屎不臭挑起臭。邱大一进派出所，就铁心不说原因，砸招牌是他个人的事，认打认罚。尽管邱大不配合，但干警根据牛先生提供的情况，再结合当事者的神情，认为事实八九不离十，就对邱大的过激行为，有了几分同情。特别是那个干警。事情不大，未造成流血事件，但案子要了结，派出所将邱大关进拘留室，等待与大浪淘老板调解。

牛滚龙放下电话，对自己先前的冒失做出一点挽救，心里宽松了一些。牛滚龙是烂人,逗不起凶恶,却对勇武之人,佩服得五体投地。牛滚龙去大浪淘,正遇邱大砸招牌,目睹了全过程。老板敢吃舞厅饭,定有人撑伞。邱大砸招牌,无异于虎口拔牙。牛滚龙除了惊讶,对他更像是对英雄一样敬佩。牛滚龙吃过牢饭,知晓里面的滋味,即使说得清、走得脱,没人作保,也得在里面多难过一阵。牛滚龙有前科,不能去当保人,决定找王十块。他在李婆婆烟摊买了一包烟,坐下来边抽边想,是上门找,还是等王十块出门。

这时李婆婆开口,对他说:"小伙子,你好像来找过邱大。"

牛滚龙说:"老太婆,你好记性。"

李婆婆问:"又来找他?"

牛滚龙说:"今天不找他,找对门的王十块。"

李婆婆说:"十块还没回屋,我晓得,他妈背着腰鼓,刚刚才回去。"

牛滚龙说:"不找他妈,找她儿。"

牛滚龙又问:"你跟他们熟?"

李婆婆说:"还用说,对门峙户几十年。"

牛滚龙说:"那请你给王十块传个信,邱大砸了别个的招牌,关在西三街派出所,见他回来,叫他赶快去。"

李婆婆问:"你贵姓?"

牛滚龙不回答,抬屁股走人。李婆婆对他哎了两声,他也不理睬。

天擦黑,李婆婆看见王十块,把他喊过街来,着急地说:"邱大闯祸了,砸了别个招牌,关在西三街派出所,你快点去。"

王十块问:"是哪个说的?"

李婆婆说:"一个像抽大烟的人,叫我跟你传话。"

王十块再没多问,家也没回,直奔西三街。

在派出所，王十块出面保邱大。经干警调停，大浪淘老板松口，说："看王十块的面子，赔两千块钱了事。"

邱大身上搜完只有四百五十多块，说："钱放家里的，第二天送去。"

老板不答应，要兑现，否则不同意放人。王十块给他凑了一千六百块。

办完手续，半夜十二点过了。两人没回家，来到江边的夜啤酒摊。

从王十块进派出所那刻起，邱大就铁青着一张脸，连正眼也没给过他。王十块晓得是万人迷的事露了馅，自己成了替罪羊。一路上，邱大像在拉风箱，出着粗气。王十块清楚，自己不能先提，耐着性子等他发作，再见机行事。王十块要了两样凉菜，两瓶啤酒，也给邱大斟满一杯，不说请，自己端起，先咕嘟咕嘟下了肚，抹去嘴边白沫，夹起菜送进嘴，吧嗒吧嗒，吃得很香。

邱大忍不住了，端起酒杯一饮而尽，吐出口长气，终于说："王十块，你没真心拿我当朋友。"

王十块说："真心不真心，不用我说，你心里有数。"又问："哪个给你当了耳报神？"

邱大说："一个叫牛滚龙的。"

王十块说："猜就是这狗×的。"

邱大说："别人没说假话吧。"

王十块不吭声，又斟满酒，浅喝一口。他号不准牛滚龙的脉了，既然掺进来作祟，又为啥当好人？又一想，也不全怪牛滚龙，万人迷的事，明摆在这里，只是他说了，让里外的人难堪而已。王十块骂了牛滚龙一句，再没有下文。下文不该他来说，这是邱大两兄妹的事，他是外人，一个喜欢他妹的外人。但他见不得邱大一副杨白劳含血愤天、深仇大恨的样子，就为万人迷抱不平，说:"不晓得你打工的地方,称跳神叫啥子,晓得吗,跳神,就是陪男人跳舞的。"

邱大当然知道,在义乌,叫作抱肉肉。一些同事去抱过肉肉,听他们说起的滋味,当时他还跟着一起嬉笑。这块火石,现在落到脚上,自己的妹子也被人抱了肉肉。他一想,浑身就起鸡皮疙瘩。

邱大说:"不要给我提这些。"

王十块说:"觉得脏,是不是?"

邱大说:"等你姐姐妹妹当了跳神,再来问。"

王十块没有姐姐,也没有妹妹。他想说,你当跳神的妹子,是我喜爱的女人,结果舌头打绊,就说:"不要把自己的妹子想得那么坏,我清楚得很。"

邱大说:"既然这样,为啥又要联手来骗我?"

王十块说:"是想你妹子承认,她在当跳神,这才安逸?"又说:"就是这样,你还去把它招牌砸了。"

邱大说:"回答我,你有姐儿妹子没有?"

王十块说:"没有。"

邱大说:"等你有了,也去当了跳神,这样才能公平说事。"

王十块气胀了,猛地放下酒杯,说:"原本是你家的事,有啥子权利要我跟你讲公平?你妹子闯进重庆城来求生存,要过日子,还有家里人要过日子,你这个当哥子的,那阵在哪里?跑得倒远,把艰难丢给了她。你是不是也很艰难,我不想问,只问你,你这个哥子有担当吗,保护好她了?你轻轻松松来,却要你妹子这样那样,对你妹子公平吗?"

一席说完,歇下嘴来的王十块心里宽畅多了。他把邱大剥个精光,丢在了太阳底下,一顿暴晒,晒得像架子上的蔫丝瓜。

王十块又说:"不要以为,我们伙起在设局,我和张长寿都是局外人,是想帮你妹子。她给我说过,你很爱她,不能让你晓得她在当跳神，怕你会难过。现在该说的都说了，事情你也弄清楚了，以后要怎么弄，与我们无关了。不过有句话说在前，如果你对你妹子做出个啥子不好的事来，我王十块不认人。"

王十块说完，摸出钱，丢桌上，喊老板结账。

十一

这些年来，张长寿的睡眠在跟他扯皮。吃过晚饭，《新闻联播》还在播，他坐沙发上，握着遥控器，瞌睡虫就袭来了。一旦上床，他翻来覆去又睡不着，半靠床头，似睡非睡，要挨到天快亮了，才能入眠。

苏娘娘信佛后，睡眠比他好。每晚洗漱完，做完佛事，在床上跟张长寿刚说完张家长、李家短的话，就进入到梦中。

这晚，张长寿正靠床头，经受煎熬，忽听门铃响。夜深人静，响得叫人心惊，连苏娘娘也被惊醒。啥子急事，半夜敲门？张长寿忙天慌地下床，万人迷却比他先到了门前，隔门往外问："是谁？"

门外声音说："是我，王十块，要找张老师。"

万人迷见张长寿来了，后面跟着苏娘娘，就说："是我表哥。"

张长寿说："那快开门吧。"

万人迷打开门，王十块一步跨进屋，见面前站了一家子人，眼睛鼓鼓地望他。王十块愣了，有些手脚无措。他望了万人迷一眼，又朝苏娘娘傻笑，拉起张长寿往外走。

苏娘娘睡眼惺忪，神志还没回来，问："是哪个这么不懂事哟？"

王十块说:"苏娘娘,是我,小惠的表哥,有事来找张老师。"

苏娘娘说:"啥子事,这么急?"

王十块说:"是以前厂里的事,睡觉想起了,怕明天忘,反正也睡不着,就来了。"

苏娘娘有点不悦,咕哝道:"深更半夜的,以前的事?"万人迷直觉,事情肯定与自己有关,要跟出去。王十块拦住她,说:"我找张老师说几句话,你和苏娘娘回去睡吧。"

苏娘娘也叫住万人迷,说:"小惠,男人家的事,我们不管,走,睡自己的。"

到了外面,张长寿说:"撞鬼了,半夜三更,把一家人吵醒!"

王十块说:"比撞鬼还急人,瞒她哥哥的事,暴露了。"

张长寿说:"怎么暴露了,你说说。"

王十块说:"街上的一个烂人,晓得了这事,捅给了她哥哥,她哥哥气得冒烟,去把大浪淘的招牌砸了,被派出所抓去,赔了两千块钱,千多块还是我垫的。"

张长寿说:"也好,早晓得比迟晓得好。"

王十块说:"哎,张老师,你不能半路打退堂鼓哟!"

张长寿说:"我是说,纸包不住火,迟早的事,免得大家还演戏。"

王十块说:"想退到干坎上说话?这事,起因是你哟,不要等人下了水,就把人甩了。"

张长寿说:"哪个在甩?小惠在你家吗?我看你十块,从开始就站在干坎上。"

王十块冷静下来,说:"我言语不对,大人不见小人气。"

张长寿说:"你急啥子急,小惠在我家。"

王十块说:"他哥,是个暴脾气哟。"

张长寿说:"那又怎样?"

王十块说:"大浪淘的招牌,他都敢砸。"

张长寿说:"除非,他不是她亲哥!"

王十块说:"闹起来,对小惠总不好……"

张长寿说:"那,十块,你就快拿主意呀!"

王十块说:"我,那点水性,过不了这个滩哟,来找你,是要你撑舵。"

张长寿笑了说:"十块呀,你心头那点存货,我一眼就数清。"

张长寿说完,在街沿石上坐下,用手拍打起脑壳来,啪啪啪的声音仿佛在夜色中回荡。他一边拍,一边喃喃地说:"是得找个两全其美的办法。"

王十块也坐下来,动作很轻,怕打扰张长寿。他很敬佩张长寿拍打脑壳的动作,听起来仿佛是空响,实际里面有东西。

这里是小街,许久没见一个行人。路灯孤寂,照着泛青路面。一辆空载的出租车,懒洋洋地从对面街口驶过,车灯横扫过来,像将舞台紧闭的大幕掀开一角,把幕后的张长寿和王十块,暴露于观众面前。随着张长寿一拍,啪的一声,幕布又关上。又随后,张长寿又一拍,啪的一声响后,说:"有了,明天,不,今天了,你早点去找邱大,就说我要请他,七星岗坝坝茶馆喝茶……"

王十块一大早,去李婆婆家找邱大,邱大不在。李婆婆说:"昨晚一夜,好像没听见回来。"

王十块有些担心,怕他想不通,又干傻事。李婆婆向他打听邱大砸招牌进派出所的事。王十块敷衍说:"邱大与人发生口角,言语不顺,一时性起,打烂了别人的招牌,不过事情已经解决了。"正说着,邱大红起一双眼,蔫头耷脑回来了。王十块叫他,他不理,径直回自己房里。王十块跟进去说:"看样子,码头上一夜的江风,还没退掉你的火气?"

邱大满嘴酒气,说:"怎么退,这退得了吗?哪个人摊到,都一样,是你,说不定比我烧得还凶。"

话,又回到那意思上,王十块不想跟他争,就说:"张老师今天请你去喝茶。"

邱大没吭声,从枕头边的挎包里,摸出一个布包,解开绳子,里面是一叠钱,数了一千六百块递给王十块,不说一句谢话。王十块毫不迟疑,收了。

邱大开始收拾东西。

王十块问:"你想怎样?"

邱大说:"趁脸皮还在,赶快走。"

王十块说:"你那脸皮,没有谁去撕,是你自己。"

邱大喘着粗气,喷出的气能点燃烟。

王十块说:"本来,这是你们家事,我是外人,不该掺和进来。你妹子跟我是熟人,说你要从义乌回来。你两兄妹的感情,你心里清楚。她要我帮忙,掩盖当跳神的事。张老师和师母,觉得她像他们失去的女儿,也愿意让她当保姆,是一片好心。事情就是这样,你还要怎样?难道要大家跟你认错,把她推到解放碑,让全重庆的人朝她吐口水,指鼻子骂,骂她是跳神,是贱人,丢了你这个哥子的脸?我敢跟你拍胸口,还是那句话,你妹子没那么坏,我清楚得很。"

邱大停住收拾,摇摇晃晃去床边,刚一动步,便捂住嘴巴,向厕所奔去,在里面哇哇哇,随后发出轰的一声响。王十块进去一看,邱大倒在地上,昏然睡去。

王十块把邱大弄上床,给他擦洗干净,坐在屋里等他。

两小时后,邱大醒来。他对王十块说:"饿惨了,陪我去吃麻辣小面。"

出门不远,两人来到路边面摊。邱大对老板说:"麻辣放重些,宽汤,提黄。"

面上桌，两人吃得头上都冒汗。吃完，邱大说："张老师要请我喝茶，是吗？"

王十块说："还记得？看来，你还差二两酒。"

十二

大清早，七星岗坝坝茶馆还没开张，张长寿就来了，找到老板，要包场。

跟老板熟了，老板还是说："露天坝坝茶馆，包场，没得先例。"

张长寿说："要在这里办件事，就在今天，这场子，无论如何也得包。"

老板说："茶楼包场，是照人头点，但这里是散坐，恁大个坝坝，随处安张小桌子泡两碗，要包场，你能包完，又怎样个包法？"

张长寿说："反正不亏你，按碗数点。"

老板说："生人，过路的，别个要喝一碗，算哪个的？"

张长寿说："只要肯来落座，都是客，一律算我的，你得挂个包场的牌子，要让人喝个明白，今天茶钱，是我张长寿掏的。"接着，拿出一卷红纸，说："给我贴在进场的立柱上。"

王十块领邱大走拢七星岗坝坝茶馆，快上午十点了。王十块老远就看出，今天茶馆的气氛与往天不同，坝子里坐满了茶客，外面还站有看热闹的人。

进场的立柱上，挂着一块小黑板：今天包场。紧挨小黑板，还贴了一张红纸。王十块和邱大上前看：启事，本人张长寿，人称革知，爱女五年前，离家出走，至今下落不明，令家人悲痛万分。日前，经原厂同事王十块介绍，认识巫山姑娘邱小惠。小惠生性善良、勤劳，酷似爱女，又年龄相仿，深受家人喜爱。经小惠姑娘本人同意，愿认我为干爹，认吾妻为干妈。今日包场茶馆，举行认干女仪式。凡本人同事、熟人，以及本茶馆新老茶客，均热情欢迎参加，茶资免付，并见证共享喜庆。张长寿（革知）启，本月本日。

王十块看完，心里佩服张长寿，拉邱大要往里走。邱大却步不前，望一眼启事，又望一眼王十块，要从两者间望出个究竟来。王十块说："还畏畏缩缩，进去吧！"

邱大说："这是在干啥子？"

王十块说："你'二筒'睁这么大，该亲眼看见了吧，张老师要认你妹子为干女，公开的哟，该不会又说是在联手骗你吧，走，进去！"

张长寿要认万人迷为干女，不是脑子一时发热。万人迷这些天的表现，深得老两口喜爱，感到这个家再离不开她了，都有了收她为干女的念头，只是没有机会把此事说穿。邱大一闹，王十块来找，加快了这想法的实施。张长寿打定主意，办个认干女仪式，为万人迷正名，表邱小惠一身清白，消除邱大的疑虑。他只把认干女这想法给老伴说了，别的没说。老伴也有此心，说就看小惠干不干。当即，张长寿叫来万人迷，在客厅里，老两口把这事说了。万人迷没丝毫犹豫，答应了，还说："只要两位老人不嫌弃，我这个干女，对二老当亲生父母一样对待。"

仪式，十点正举行，恰好王十块领着邱大进场，在正中桌子坐下，泡好茶。同桌上方，坐着张长寿、苏娘娘，万人迷坐在苏娘娘一侧。万人迷精心打扮，化了淡妆，娇羞、妩媚。见王十块和哥哥进来，她投去欢心的一笑。有人过来，给王十块别上证人胸花。这架势，这荣耀，他从来未体验过，害他僵手僵脚，笑容也僵在脸上。

这次仪式，张长寿花了功夫，请了婚庆公司来主持。

主持人用重庆普通话，大声宣布，张长寿、苏娘娘认干女仪式开始。场上麻雀闹林的喳喳声，渐渐小了下去。

露天坝坝茶馆没有台子，也没个主次方位，主持人只好请张长寿老两口、万人迷、王十块，站在正中。主持人问："张长寿、苏娘娘，无论邱小惠富贵贫穷，无论健康，无论病痛，你们愿认她为干女吗？"

主持人按西方嫁姑娘结媳妇的套数主持。站在大庭广众之中的老两口，窘得张嘴傻笑，不晓得如何回答。主持人以为他俩耳背，没听清，又大声念唱了一遍。张长寿缓过神，说："愿意愿意。"苏娘娘也接过嘴，说："愿意愿意，咋个不愿意嘛。"

接着，主持人又这样问万人迷，问她愿意认张长寿和苏娘娘为干爹干妈吗。万人迷爽口答："愿意愿意。"主持人念唱："干女向干爹干妈三鞠躬。"没想到，万人迷当着众人，一下跪在老两口跟前，规规矩矩，磕了三个响头，泪水不断线，掉下来。

万人迷的眼泪，像一波滔天大浪，把苏娘娘的泪水闸门冲开。她不顾场合和自己的老脸，一把抱住万人迷，失声恸哭，喊叫："我的女呀，我的女呀，你就是虫虫，你就是虫虫。"

邱大没有流泪，但比流泪更痛苦。他为当过跳神的妹子难受，为当哥子的自己难受。有一双大手，伸了过来，抚慰着他。他明白，这双大手，是眼前这对老人伸出的。这对老人，这么做，他们经受了怎么样的煎熬啊。

今天天气好，出了太阳，阳光照在王十块的脸上，一片红晕。仪式完，王十块回到座位上，邱大抓过他的手，不停地摇，说："十块，错怪你们啦，我是狗咬吕洞宾——不识好人心哟！"

王十块说："莫这么说，你是误会。"万人迷来到跟前，喜滋滋望着邱大，喊："哥哥！"

邱大双眼一下红了，浸出了泪光，说："妹子，是你哥哥的一些想法不对，委屈了你，哥哥给你赔不是。"

万人迷流下眼泪，说："哥哥没有错，是妹妹没对你说真话。"

苏娘娘一旁听糊涂了，问张长寿："两兄妹在说些啥，对啊错的？"

张长寿说："可能是他们兄妹之间有啥子误会的事，莫去插言。"

又听邱大说："过去了，再不提这事啦。"

万人迷不住地点头。

邱大说："你遇到了大好人，你要像对爸妈那样，待他们哟！"

万人迷又不住点头。

邱大又说："你有王十块这样的哥子，我也放心了。这里的工作，看来也不好找，昨晚想好了，明天我就回老家。听说三峡库区，水位提高，巫河变宽，财神爷光顾，家乡搞起了旅游，去玩的人多得很，好些外出打工的，都回去了。我决定回去，打一条船，接送游客，再把屋子整好，开农家乐。"

万人迷揩干泪水，说："我也跟哥哥，一起回去。"

晚上，王十块又约万人迷，去了江边，坐在牛背石上。瓜子还没开剥，他迫不及待就问："你真有这打算，跟你哥回老家？"

万人迷说："哥哥这次来，无形中改变了我，该跟他回去了。这得谢你，还有干爹干妈。"

王十块望着万人迷，沉默了一会儿，说："才认了干爹干妈，就忍心丢下他们？"

万人迷说："你呀，说话转弯，你那二两心思……"

王十块问："是哪二两？"

万人迷说笑了，说："是怕我丢了你。"

王十块拥过她，说："你明白，就好。"

万人迷说："我已经给干爹干妈说了，我同哥先回去，收拾好了，再来重庆接他们，我们那里，水好，空气好，吃的东西又新鲜，让他们去我们那里安度晚年。"

王十块问："那我呢？"

万人迷说："问我吗？这话，该问你自己。"

王十块亲了万人迷，说："我已经给妈说了，跟你一起走，去你们那里。"万人迷说："你去我们那里，怎么生活？"

王十块说："娶你做老婆，一起开农家乐。"

万人迷说："谁愿嫁你？"

王十块用嘴，一下封住万人迷，半天才缓过气来，说："还说不愿意？"

王十块摸出一张存折，递给万人迷，说："这里是八万元，农家乐的启动资金。"

万人迷没有接，还推开，说："哪个要你的钱，没得个说法。"

王十块将存折往她手里塞，说："啥子说法哟，人在一起就是最硬的说法。"又说："到那时，再把我妈和你干爹干妈接去。"

万人迷说："到那时，我们开农家乐，还开敬老院。"

两人哈哈笑起来，笑声在江滩上飞。

王十块随邱大和万人迷，离开重庆，是在三天后。邱大原说，第二天走，没想到，王十块要跟妹子一起回去。一个人走，利索，多了妹妹，特别是还有王十块，就多耽误了两天。

这一天，难得见到的太阳一早就升上了天空，明晃晃的金色，洒满起伏的大地。重庆城一派喜色。客船，停靠在朝天门码头趸船，上船的邱大他们，找到了自己的座位。邱大留下看行李，万人迷拉起王十块朝船舷跑去。船舷边站满了人，两人挤出一块地方，向岸上望去，张长寿，苏娘娘、王十块妈妈，三位老人，相偎站在码头上。苏娘娘手搭凉棚,寻找他们。他俩向岸上的亲人挥手,万人迷呵呵呵地喊叫。

王十块眼尖,看见牛滚龙站在人群外,正伸长颈子,向这边探望。王十块碰了万人迷一下,给她说了,并指给她看,两人都愣了一会儿。王十块从身上摸出万人迷照片,说:"去,送给他。"

万人迷说:"我要笔。"

王十块说:"我哪有笔……给你找。"

王十块从旁边借来笔,给万人迷。

万人迷就着栏杆,在照片背面,一笔一画写了:我们永远是朋友!

第二篇

弥合

一

金婚的纪念相是上个星期照的。照相那天，老两口就说好，取相片也要一起去，因为这是两个人一生中的大事，任何细节都不能忽略。五十年真够长的，一天一根指头扳着数，也要数半天。在茫茫人海中，两个陌生人相遇相识，组成一家，生养后人，相处半个世纪，且不说恩恩爱爱，相濡以沫，就是平平顺顺地过过来，也得令人高看了。这照片，当然是要一起去取的。

到取相片这天，老两口庄重得很，又穿上那天照相的衣服，周身也收拾得利利索索的。临到出门，老伴突然感到胸闷，出气也困难，站都站不住，脸都变青了。老伴从未有过这种状况，吓得罗长贵惊慌失措，紧张得手脚都发软。他赶忙扶她上床，用枕头垫着背，靠着床头板休息，用瓢羹喂她喝水。他一直坐在床边，握住她的手不放，就像两人平时坐在床上，说着家长里短。过了好一阵，老伴感觉好一些，罗长贵才松了这口气。

老伴不能去，罗长贵遗憾地摇头，对靠在床头板的老伴又叮嘱了一阵，自己带着牵挂出了门。

放大成24英寸的照片，装在描金雕花的相框里。这规格是儿子和媳妇商量定的。照片上的老伴新染的头发，虽然乌黑如漆，那些假却是看得出来的。头发前面烫的是波浪，后面绾着髻，脸上化妆，这整体效果一烘托，又不觉得怪了，还觉得她一贯是讲究的。她穿着红缎暗花滚黑边的中式对襟，左胸别一枚胸针，一朵盛开的菊花，一片花瓣打着钩，斜伸出去，在灯光下发出光泽，映得胸部挺突，整个人很精神。颈上系一条粉红的小纱巾，巧妙地遮住了发福的下巴,稍稍侧身坐在欧式缎面平凳上。罗长贵顶着一头花白,他从不染发,讨厌将化学液体涂在头上,认为那无异是在自杀。更主要是他觉得一头花白,才是一个有风度的老男人应有的,只是那天的三七开,分得又直又清晰。他穿藏青色夹克,衬白色衣领,风度翩翩地站右后边,左手放在老伴左肩上。这造型是照相师设计的,很合老两口的心意,既表现亲热,又体现情感的交融。摄影室的灯光,被照相师调得很好,老两口像处在春阳下,脸上的皱纹被明丽的阳光抚平,一点都不显老迈。两人抿起嘴唇,望着镜头在微笑,笑得含蓄而又甜蜜。几十年的情感,被照相师一并收进照片里。

　　腋下夹着相框的罗长贵,很快就回到家。他是有些着急的,想快点让照片给躺床上的老伴带去喜气,舒缓她的心情。他一进家门,见老伴在做家务,相框来不及放下,就大声埋怨起来:"你不当身子是自己的吗,还不赶快上床去。"他放下相框,去夺老伴手里的事。

　　"咋呼啥子,"老伴说,"老机老器的,有点毛病正常,哪是靠休息能好的?"她不松手,闪开他,依旧做自己的。包装盒里的相片,让她停住了。她叫罗长贵快打开,取出来看看。罗长贵取出来,端起相框对着她。她像照镜子似的看得很仔细,看着看着笑起来,对面的自己起码年轻二十岁。她高兴得连说两遍好。先前身体的不适,这时被她忘到了云天外,像根本就没发生过。

　　照片挂在什么地方,老两口商量好一阵,最终决定挂在床对面的墙上。这是大半辈子的记忆,一刻都不能离开,入睡前要见到,睁开的第一眼也要见到。

　　这天午饭过后,在金婚相喜庆目光的注视下,老两口双双进入午睡的梦乡。在它的陪伴下,都做过些什么梦,大概只有梦中人才知道。反正醒来的罗长贵,是没有记住的。不过,还在熟睡的老伴，是否正在美梦中，就不得而知了。

罗长贵轻手轻脚下床，离去时，他突然生起看她的欲望。他惊奇地发现，岁月并非无情，没有全部收走她身上的曲线，巅峰期的美貌，还依稀可见。他有几分得意，这些曲线，有过他多少亲抚，仿佛体温还留在手上。那唇线分明的嘴，此刻微微开启，像一句悄悄话，刚从里面流出来，惹人的笑意还留在嘴角上。他顿时潮涌起亲这张嘴，抚摸那些曲线的冲动。但行动却被年老的矜持喝止。他自嘲地笑笑，赶快逃离到客厅，坐在沙发上翻报纸，声音也被他压得很低。

满脑子装的都是老伴昔日的身影，直到报纸有则消息，才转移了他的注意力：南岸国际会展中心，土特产展销今天最后一天，所有展品打折销售。明天是周末，儿子一家要回来，孙子早闹着要吃梁平卤鸭子，他想去看看，有卖就买只回来。他要老伴一起去，此刻又不忍心将她叫醒。他耐着性子又等了半个小时，还不见她起来，便去叫她。一叫再叫，甚至摇她，都不醒来，她已经在昏迷中。

罗长贵吓得手直抖，"120"三个数都拨错两次，第三次才拨通。罗长贵不敢大动老伴，在等待救护车时，他一会儿掐她的人中，一会儿给她抹胸口。老伴还是没一点反应。

他现在很悔恨，轻视了灾难的警示，以为老伴是一时的不适，歇歇就会过去。没想到，假象掩盖了真相，骗过他的警觉，给了他狠狠的一击。吓得魂不附体的罗长贵，此时对老伴的严重性还是不愿承认，怕一承认，就真成为事实了。他坐在"120"车厢里，一直握着老伴没打吊针的手，不停地叨念，"你别吓我，你会好起来的……"这与其说是给她鼓劲，还不如说是安慰自己。尽管老伴在昏迷中，他相信她能听见，只要她能挺过来，他也就挺过来了。

救护车一路响着笛声，左拐右拐地行驶在车辆缓行的道路上，不顾一切地超越其他车辆，遇红灯也不停歇。这车尽可能快了，罗长贵还嫌太慢，老伴的生命正搭在它的速度上。

经过紧张的抢救，仍然无济于事，老伴始终未醒过来。

罗长贵早年读书是在涪陵师院。涪陵是长江边的一座县城，离重庆城一百多公里远。每年的寒暑假，他都赶过路客轮溯江而上，回重庆城看父母。涪陵那时隶属四川，按毕业分配的原则，罗长贵本人清楚，他能分到县城里教书，都要靠祖坟埋得周正，分回重庆城，那是癞蛤蟆想吃天鹅肉，更是不可能的。于是对自己的分配前景，罗长贵表面无所谓，从不挂在嘴上，内心其实是悲观到底的，甚至抱着破罐子破摔的心情。家里的人，为他的分配急得不可开交。他是独子，父母都想他回到身边。父亲是重庆南岸一家国营机器厂的车间主任，在厂里好歹算个业务干部，托人办个事，多少能占点便宜。打听到有个同事的儿子，在市教育部门工作，父亲厚起脸皮，提起烟酒上门去求那同事。恰好同事的儿子，是重庆一所中学的校长。好在那时，人情再加一点烟酒，还能办点事。罗长贵毕业那年，那所中学指名要了他，条件是教毕业班，十年不得走人。

罗长贵是班上唯一进重庆城的，羡慕得同学的眼珠子都挺出来了。

罗长贵没想到，去报到的学校才组建不久，叫重庆下城初级中学校。这些对他是不重要的，重要的是回到了重庆城。可是，重庆城里居然会有这样的学校，又是他始料未及的。学校在下半城的花子街。花子街是上半城崖脚下的一条背街，崖上高楼大厦的影子，像张开的翅膀罩着这里，整日阴沉沉的。只有在大晴天的正午时分，太阳才肯露出一张窄脸，照临到街面上。街面上的脏和乱，这时像被放在放大镜下一样，特别显眼。阳光也很短，

弥合 / 083

短得像过街一样,一会儿就过去了。一些做小生意的铺子,卖蔬菜家禽的摊子,摆得沿街都是。空气中,弥漫着烂菜腐肉的气味,浓得风雨也吹打不散。这个学校,只有十来个班,教职员工总共不到三十人,一幢教学楼也垮兮兮的。运动场只有巴掌大一块地方,一个打半场的篮球架,摇摇晃晃立在那里,一阵风都能吹倒。整个白天,买卖的喧嚣声与学生的读书声此起彼伏,像走调的大合唱,从街这头传到街那头,又从街那头荡回到街这头。这哪像一所重庆城的中学,比县份小场镇上的那些学校都好不到哪里去。罗长贵一想到要困在这里十年,骨头都会被熏臭,就有上当受骗的感觉。这学校,被人们称为破学校,罗长贵一点不觉得怪,觉得怪的是一所学校竟没办伙食团,老师吃饭都要跑到邻街的区医院搭伙。每到吃饭时间,老师拿起碗筷,三五成群拥上街头,一路敲碗一路唱"我们走在大路上,一起奔向医院食堂……"引来沿街路人的讥笑。有认识其中老师的,也不管对象是谁,仍然讽道:"哟,讨饭的队伍出动啦。"

　　罗长贵从来不跟吃饭的队伍一起出动,总是找借口,要晚走一步。

　　这天吃午饭,罗长贵又晚去了,正中的饭桌都坐满人,角落的一张小桌子有一位女士在吃,另一方还空着。他端着饭菜过去,用脚钩开凳子,凳子拖出一阵响声。响声惊动了女士,她包着一嘴饭,望了他一眼。他当时没觉得怎样,坐在旁边吃起来。哪知一咀嚼,却嚼出了另一番味道。女士望的那一眼,犹如抛出的一件东西,砸进了他的脑袋,横在里面沉甸甸的,想抠都抠不出来了。她是瓜子脸,尤其那条垂在白大褂肩上的独辫子,特别抢眼。能见到的这边脸上的酒窝随着嘴动,像长有翅膀在飞,又像是在跟他打招呼,吸引他,令他着迷。他对吃饭不在意了,忍不住要去看她。看又不敢正眼看,瞟一下,心狂跳一下,大得声音自己都能听见。

在食堂吃饭很久了,怎么未见过这女士?她是医院的吗?她有男朋友吗?他故意吃得很慢,想想出个所以然来。这些问题,够他想一阵,答案都藏得很深。事可以慢慢想,碗里的饭菜,却是要吃完的。于是他把吃的速度放慢又放慢,慢得不是在吃,像是在数碗里的饭还有多少粒。即便是这样,他也开始焦急起来,怕从此无缘再跟她同桌吃饭,怕机会不会再来。女士这时吃完了,拿起空碗要从他身边离去。他一下子失去了主张,顾不得还没吃完,也跟着站起来。他心是急的,动作是慌的,挨得太近,手倒拐碰落了女士的碗。他慌忙丢掉手里的碗去接,结果两人的碗,同时在空中翻了一个滚,掉地上摔成八大块。啪啪两声脆响,声音很特殊,盖过食堂里所有的响动。食堂霎时静得无人一样,所有的目光齐刷刷地射向他们,刺得两个人脸红筋涨。他赶忙弯腰去捡起地上的碎片,好像碎片到他手上又能复原。他捧着一手的碎片伸向女士,掉碗那刻没受到惊吓的她突然尖叫起来。他的手,被碎片划破,鲜血直流。女士抓住他的手,帮他抖掉碎片,拉他去到治疗室。她给他消毒,上药止血,包扎。她动作熟练,眼里流露出怜惜。他看她做着这一切,手上虽然疼痛,心却是舒服的。她感到脸在发烫,躲开他的目光。"你是学校的老师?"她故意这样问。他不管她的意思,回答:"是的。"还问她:"你是医院的?""难道我们是大街上的?"她说得有点冷淡。他还是不管,又问:"在你们食堂吃这么久了,怎没见过你?""这只能怪时间。""倒是,"他说,"来得早,不如来得巧。"她停住手,抬头望他一眼,嘴上终于闪过一个抿笑。最后她对他说:"明天再来,连换三天。"

第二天他去了。换药时,他将一只金边花瓷碗放在她面前,眼睛落在自己脚尖上,"这是赔你的碗。"声音细得只他自己能听见。

"那用赔吗?"她在给他包扎,却听见了,反问他:"你的伤,流的血,又该怎么赔?""碗该赔,打烂了补不起,流的血不用赔,它会自己又生的。"

他说得很老实,语气是诚恳的。她咯咯笑起来:"你还有点幽默呢。"他也乐了,心头一轻松,便有了进一步跟她交谈的勇气。两人聊起来,知道她是这里的护士,才调来不久。

第三天换药时,他有些痛苦了,不是伤口,是心里恨伤口怎么不再深一些。心里一痛,他就感到有别的一些话想对她说,甚至还觉得,此时不说,再不会有机会说。可是话又被卡在喉咙口,想说说不出来。这天她戴起口罩,遮住整张脸,还有那对酒窝。她没有说话,神情很专注。他想破译那双露出的大眼里的秘密,却没有成功,只看出口罩后面不可冒犯的威严。

换完药,她用镊子把换下的纱布丢进脏物桶。"好啦,"她松了一口大气说,"不用再来了。"

他一下子慌起来,慌得一些疑问也冒出来:流的血和赔的碗,还有和她的交谈,这些都不是事实吗?跟她从此又回到陌生吗?题目出来了,翻遍脑壳里的旮旮角角,却又找不到答案。他沮丧得差点流出泪水。他只得转身离去。这离去,是极不情愿的,又不得不走,犹如明知有一件贵重的东西遗失在身后,掉回头去看,却又不见踪迹。

"喂,"这时她对他一声大呼,"你转来。"

他真像掉了东西似的,被她呼转身去。

她手里扬起一只搪瓷碗,像摇拨浪鼓一样,对他说:"你没有碗,怎么吃饭?"

在他眼里,那只碗简直就是一件宝物,在她手里正发出光彩。他笑了,甜蜜充盈心中。先前还令他沮丧的那些问题,现在像根本就没有过。他自问：这两天里，我没吃饭吗？他真的还有点搞不清楚，究竟吃过没有。管他的，他是奔过去的，伸出双手，郑重地从她手里接过来，把碗一下扣在胸前，双手紧紧地贴住，像在害怕有人要从他手里抢走。他只是望着她一阵憨笑，快活得难以形容，连谢都忘记说。

半年后，那女士成为他人生的伴侣。这么些年，一闪过去了，但他一直没忘这个情：学校虽说破，却培育和承载了他和老伴几十年的恩爱。这个情，他认死要用一辈子来还。于是他坚守三尺讲台，四十多年未挪窝，直到学校与别的学校合并他才退休。

老校长比他先退，退之前，把他叫去办公室，关上门，拉住他手直摇，问："老罗，我是不是太自私了？"他一脸狐疑，不知老校长所云。

老校长直奔主题，声音发抖地说："学校就只有你这样的好老师，误你苦你了半辈子，我是不敢松手呀，你不要对我有怨恨哟！"

他明白老校长的意思了。老校长眼里尽是歉疚，射在他脸上不闪开，反倒让他不敢对视，好像欠情的是他。

"要是你现在想走，还来得及，你说，想去哪所学校？"老校长问他。又说："我这人在教育系统没功劳也有苦劳，人缘还过得去，拼着这张老脸不要，求人也要把事给你办成。"

老校长是个好好先生，同事背后叫他糯米。学校的好与坏，都是他这糯的。他是20世纪50年代末的西南师院本科生，这所中学成立时，从一所市重点中学教务主任任上调来。来时，他的脸是光鲜的，头发是茂密的。几十年操劳下来，脸上皱成核桃，头发磨个精光，一身还落下不少的疾病。罗长贵清楚，全校要说该走的，最该走的是老校长，换个学校，他是真能干出名堂来的。

老校长掏心掏肺的，就差声泪俱下了。罗长贵感动得要命，他抽出老校长抓住的手,"老校长,学校没亏我,你也不愧我,你们都是有恩于我的。你就安心退吧。"他又说:"我哪也不去,就在这里,这里我习惯了。几个十年都过了,哪里还有好去的。"

这些日子以来,父亲衰老了好大一头。以前对父亲岁月的渐失,罗渝感觉不大,现在能明显看见父亲的生命在迅猛地消去,像嘉陵江进入到枯水季节似的。

这天,他下班到父亲家来,一进门,满屋的冷落和凄凉,生硬地扎入眼内,惊得他连打几个寒战。该吃晚饭了,父亲还躺在床上。床上衣物凌乱,被盖缩成一团。罗渝见了,这哪像人睡的,简直狗窝不如。他不好这样说父亲,话只能闷在肚子里。父亲也没睡着,睁起一双眼睛望着天花板,目光是无神的,是浑浊的,是飘散在空中的。谁也不知道父亲脑壳里在想些啥子。可能啥也没有想,就像这屋子一样空荡荡的。看样子,父亲还没吃饭。他打过招呼,就进厨房。厨房里一片狼藉,令他触目惊心。地上是残羹剩渣,几乎成渣滓堆。炒过东西的锅架在灶上,一只蟑螂正在饱餐里面的锅巴。锅巴积起有半指厚,还有层次,是反复用后没洗积起的。洗碗槽油腻腻的,用过的碗筷堆成金字塔似的,碗里的残渣已干成壳,还生出绿黑的绒毛。看来,父亲吃饭是有顿无顿的。刚进屋见过的那些脏和乱,又在他脑子里再现出来:桌椅上积起一层灰,东西四处乱放,书报丢在地上,茶杯里积起茶垢。敢说,那床上凌乱的被物,多久未换洗过了;身上皱巴巴的衣服,像从泡菜缸里抓出来穿上的;人也许久没洗过澡。难怪,去到父亲的床边,还没拢,就闻到一股汗酸味。父亲花白的头发,很久没梳理了,又脏又乱地耷拉在额头上,像半崖上霜打雪压的枯草。罗渝意识到,哀伤击垮了父亲,他的魂已被母亲带走,留下的是一具躯壳。父亲以前的嘴角是往上的,现在往下吊了,像在等待机会,随时要大恸一场。罗渝感到,这个家已经处在悬崖边,稍微一阵大点的风，就会把它吹下去摔得稀烂。看到熟悉的一切变得面目全非，他着实吓一大跳，心里一阵难过和内疚。

罗渝赶紧收拾厨房和屋子，脏物装满两垃圾袋，提出去放在门边，等离去时带走。他做好饭，去叫父亲。父亲仍躺在床上，根本不理他，沉溺在自己的情境中。那架势，像是要在床上生根。

"爸爸，起来吃饭吧。"儿子几乎是在哀求。

父亲躺在床上，一副陌生人的样子，连抬一下眼皮的兴趣也没有，仿佛他根本就没觉得儿子站在身边。儿子去拉他，他像植物人一样，没有反应。

"爸爸，"儿子说，"日子还没有完，生活还得要过下去。"声音是哭泣的。

老伴去世后，罗长贵的生活被割裂成两半，一半跟老伴去了，另一半被丢进孤独中。对留在身边的孤独，罗长贵时常用思念来打发。其实，他清楚思念是一扇磨子，研磨会有疼痛，他恰恰要的就是这种疼痛，以麻痹自己的神经。他也从儿孙的生活中去寻求情感，来填补孤独的空白。好几次他坐在儿孙的身边，同他们一起说话，一起看电视。他们在他面前说话的样子变了，不像以前那么随便，像行走在悬崖的边上，跟他说的话，都经过一番选择，只有闲谈日长日短，才让他全听见。看电视时，谁也不会跟他争遥控器，一直捏在他手中，谁都不会从他手里拿过来。即使他给他们，他们都推让，说"你看你看，我们无所谓"。连号称"电霸"的罗浩，也乖乖地坐在一边，要看什么，全听凭爷爷主宰。家庭的融洽，也被老伴带走了，他们怕他孤独，却又把孤独塞给了他。他其实明白，他们的日子被自己的生活填得很满了，他挤不进去，即使硬挤了进去，也只是亲情的容纳。在里面他感到了别扭，感到了悲怜。更主要的，他跟儿子之间，还有着说不出口的隔阂。为父的难言之隐，为父的尊严，使他无法接受这种别扭和这种悲怜，不得不又缩回自己的孤独中。他几乎是足不出户的，坐在老伴的遗像下，想象老伴是在跟他躲迷藏，随时会走出来。他每天都在绝望中等待，等待老伴走出来的时刻。他把这等待当成希望，这希望成了他生活下去的理由。他一成不变地过着这种日子，过得自己姓什么都忘记了。

儿子的哀求像一把钩子，终于把父亲从虚幻中钩回来，不过眼神还没有回来，还散乱在空中。父亲喉咙里像发出一阵痰响，又像在自言自语，"少跟我说这些，"他看也不看儿子一眼，冷冰冰地说，"继续也是我自己过。"他说时心里在想，我行走中的手杖失去了，余下的路我如何去走？他还想到另一层，儿女是冬天脖子上的围巾，是夏天手里的扇子……这些话，他不想说，说了儿子也未必理解。

"爸爸，就听我再劝一回，搬过去跟我们一起住吧。"儿子说。

早在几年前，罗渝贷款在江北买了房，三室两厅两卫，一百二十多平方米，首付四十万是父母资助的。父母养他付出的艰辛，他不大觉得，像雪片融化在阳光下，看到父母存折上只剩下零头，才觉得特别亏欠父母。他要父母搬过去，一同享受新房的舒适，这样良心好过些。他还有把小算盘，父母过来了，那老房子就出手卖了，钱拿来买辆车。尽管他每天都在开车，那是公家的，自己要用总不方便。这心事，他连梁燕也没透露，怕她嘴不紧，叫父母知道了会难为情。

"不搬，现在更不可能搬了。"父亲不止一次拒绝过儿子的请求，现在又这样说，其理由是再清楚不过的了。

"爸爸……"罗渝哭了。

亮晶晶的眼泪从儿子脸上流下来，父亲见到心里一阵发软。一个大男人，掩饰不住自己的痛苦，暴露内心的软弱，可见他是多么无奈。父亲想，是不是对儿子太无情了？

儿子用手抹一下泪水，似乎也有气。"你这样做，没意思。"他说，"对自己，对大家都没好处。"

"要我怎样，"父亲心存的一点自责，被儿子的气话又冲散了，"要我成天去陪大家笑不成？"

父亲的心死了。对于父亲的冷漠和固执，儿子真想不再回来看他，丢下不管算了。但每次过后，又一筹莫展，还是一有空就回来，还带家人每周过来一次，根据时间，陪父亲吃午饭或者晚饭。梁燕心理脆弱，见不得事情悲伤，去公公家一次，心情坏一次，害她打不起精神，有时要做的事都忘记了。她不好跟罗渝说不去，但罗渝看出征候，主动叫她不去。接着罗浩也失去来看爷爷的兴趣，说爷爷再不对他笑了，再不抱他在腿上一边摇晃一边讲故事。梁燕说，这对儿子心理有负面影响。为了下一代健康成长，罗渝同意儿子留在家里陪妈妈。

再没得一家人来看父亲的景况了，一家人的信息，靠罗渝的嘴巴讲。罗渝一个人来陪父亲，虽说有时不情愿，但他又无法回避这份义务。他一来就投入到繁杂的清扫工作中，然后外出购物，哼哧哼哧驮上楼。做完这些，便陪父亲在墙上母亲的注视下坐一阵，胳膊肘放在桌上的姿势，半天都不会改变。

对悲伤中的父亲还能怎样，罗渝只能耐心等待。他相信时间是个魔法师，会将父亲的悲伤变成沙子，无论他捏得多紧，都会从他指缝间一点一点漏光。

母亲还健在的时候，为搬家的事，罗渝就跟父亲闹过不愉快。

那是入冬后一个周末的清晨，罗渝被一个梦惊醒，醒来时，梦的影子还有一些残留在脑子里。好好的一场觉，不会平白无故被扰坏，是不是预示着什么？他想再复原那个梦，但那梦是破碎的，七零八落的，始终收不拢来。这个说不清楚的梦，让他好一阵郁闷。他看时间，才六点过一点，又睡不着了，干脆坐起来打开电视。被闹醒的梁燕翻过身来咕哝一句,伸手抱住他的双腿。他舒服得又滑进被窝。

电视上,气象局在发布天气预报,说今冬会特别冷,据史载,这冷六十年不遇。

罗渝一下子停止动作,又翻身坐起来。电视正播出霜冻的画面:路边结冰的小水凼,被霜冻打蔫的花圃,一位在滨江步道晨练的人,指着路边一只冻死的野狗,在向记者述说,嘴里像在冒烟似的。

罗渝是区国税局开小车的驾驶员,梁燕在区农业银行搞信贷,小两口会过日子,把一个家弄得很舒适。重庆的冬天不供暖,新房装修时他们装了地暖,六十年不遇的严寒,被地暖挡在了门外头。

她在他胸脯上掐一把,娇嗔他扫兴。

他想到了父母。

他们起床后,儿子还在赖觉,罗渝叫过三次,儿子在床上动也不动。罗渝一肚子火正无处发,冲进儿子房间,一把掀开被盖,顺手一巴掌,打在儿子屁股上。

罗浩一声尖叫,翻身坐起来。"打人吗,"惺忪的眼中,充满委屈,"星期天也不让人睡个懒觉。"

"要睡,滚到露天坝睡去。"罗渝红起眼睛吼道。

昨天说好的,今天要去爷爷婆婆家。

老人住在原学校的教工宿舍,五十来平方米,四层青砖楼是20世纪70年代修的,厨房卫生间公用。老人住在三楼,年轻时不觉得,现在老了,腿脚不便,出门办事,每次都要在走到一半的地方歇歇。那年住房改革,叫大家买房权,谁也不愿掏这个钱,都说一个楼的香臭共闻,哪个愿买哪个买,反正我不买。学校请示后,在每家房子的后面"背个包",才结束锅碗瓢盆交响,如厕等轮子的日子，了却了大家的心愿。即使住这里有诸多的不便，老人就是不愿搬。逢年过节，接过来玩可以，要叫搬过来却摇头，其理由，说是听惯了那里的声音，闻惯了那里的味道。罗渝反驳，说那是噪声，那是臭味，哪值得留恋。罗渝多劝几回，老人生气了，明确说："嫌这里，就没必要回来。"劝搬的话也不敢再提。这天，他想再作一次努力，即使不搬，过来过这个冷冬也好。

梁燕把早餐摆在桌上，稀饭、馒头、涪陵榨菜和三盒酸奶。"你不该打他。"她说。她看出他内疚，还是要说他一句。她知道他为啥发火，但又不能说穿。

吃过早饭临出门，梁燕内急。"浩儿，戴上围巾，你爷爷那儿冷哟。"她坐在马桶上也不忘嘱咐。这话罗渝听起不舒服。"就你事多。"他皱着眉头不满地说。父亲的不悦，没逃过儿子的眼睛，"妈，快点嘛，好热哟。"

他夸张地说，有意取下围巾，丢在沙发上。父亲后悔那一巴掌下手重了。

在爷爷家吃过午饭，梁燕去厨房帮婆婆收拾，两父子陪爷爷闲坐。爷爷越老越倔，大家在一起，从不主动提起话头，坐在桌旁捧着茶杯闭目养神。罗渝想找话说，一时又不晓得该从何提起。不要紧的话，吃饭时都说完了，现在想说要紧的，却总是碍口。一家人相处，出现一阵沉默，本来不该使人难堪，罗渝此刻偏偏就这样。

罗浩的一对眼珠子，滴溜溜在两个大人之间滚来滚去。"爷爷，"罗浩说，"好久没给我讲故事了。"罗渝望了儿子一眼，赞许他很懂事。爷爷清楚，小东西会盯时间，是在找话讨大人喜欢。爷爷睁开眼说："今天不讲，以后讲。""今天要讲嘛，我想听。"孙子扭着爷爷撒娇。爷爷放下茶杯，抱起孙子放腿上。"爷爷的故事都被你听完了，"他抓起孙子的小手放在肚子上，"你摸，里面哪还有故事哟？"

"不懂科学，故事哪在肚子里？"孙子抽出手，指着爷爷头，"故事该在这里面。"

"是是是，爷爷是科盲。"爷爷说，"那你看得见，爷爷的脑壳里面还装得有？"

孙子又用手戳爷爷的脑袋，"还有，还有，"他闹着说，"里面分了许多房间，一个房间有一个故事，还有好多房间的故事没给我讲呢。"

"浩浩是科学家，知道爷爷脑壳里有很多房间。"爷爷哈哈笑起来。他很喜欢孙子，从他小脸上见到自己的儿时，眉毛浓浓的，眼角往上扬，总爱猜大人的心事，只是性格上有点出入，不像他那么含蓄。

"快下来。"罗渝大笑，为儿子得意。他把儿子从父亲腿上抱下来，"爷爷累了。"他见气氛好转，便说："爸，跟妈还是搬过去吧。"

"我和你妈搬过去，过不习惯。"父亲又捧起茶杯，眼珠子都掉进去了。

"你们都一把年纪了，这里这么冷，经受不住。"屋里的空调是单制冷的，取暖靠一只电暖炉。他顺手把电暖炉挪近父亲。电暖炉像只竖起的锅盖，左右摇摆，中间有一个圆形灯管，发出惨白的热光。"电视台都播了，今年冬天最冷，六十年不遇……"

老父亲端起茶杯去续水。"六十年，我早过了，不是一样过来的？"他说。

"时代不同了，何必再苦自己。"罗渝说。

"我苦吗？"老父亲有些惊奇，接着回答，"我自在得很。"

"爸……"罗渝不知如何才能消解父亲的固执。

"好啦，再说就没得意思了。"父亲截住话，果断得不留余地。他揭开茶杯盖,吹上面的茶叶,"我们虽说都一把老骨头了,但还能动,不用为我们操心,带着浩浩,过好你们自己的日子。"老人自个的生活过惯了,要一家三代一屋过,他真不习惯。另外,老人还认死一个理,不使父子两代人闹矛盾,就得要有一碗汤的距离。如今的关系融洽,正是因这距离,尽管汤端拢早已冰凉。

再一次的努力又失败了,罗渝特别郁闷,缓和气氛的话也找不到了。

屋里的确太冷,空气像冷藏库里放出来的,通过鼻腔吸进去,激得心子一阵痉挛。电暖炉开到最大,热气还未到人身上,就被寒气消蚀,暖和的只是人的眼睛。罗渝估摸,离家整整十年,家里还是老模老样的,那只三五牌座钟,在五抽柜上懒洋洋地响着,位置都没动过。不过,电暖炉倒是他走后添置的。

屋子南墙上有扇老式双扇木窗,窗户关不太严,大头钉钉着塑料薄膜挡缝隙。外面在起风,把黄葛树的落叶吹得像地上的蛇,发出嗖嗖的响声,在巷子里梭来梭去。风冲上来,撞得窗户一阵抖,塑料薄膜一会儿鼓起来,一会儿蔫下去,噗嗤噗嗤像在拉风箱。窗下是条一人巷,这面是教工宿舍的墙,另一面是邻房的墙。罗渝小的时候,爱跟同学用这墙来打赌,张开双臂撑住两边,一脚蹬这面,一脚蹬那面,一下又一下地往上蹭,看哪个蹭得高。输家遭指头在额头弹嘣嘣。有一次,他蹭得最高,再两下就够着家的窗沿了,突然听见父亲的咳嗽声,吓得他滑下去,两手磨破流了血。上次他回来去看了,墙上还有小脚板印,他在那些脚板印下站了许久,只只小脚板就像踩在他心上。罗渝经不住窗子的诱惑,目光又不能久留,那儿是他的一个心结。

罗浩一来,便发现了那里的秘密,只要屋里不说话,目光就落到那儿。想象外面有个跟他一样的小孩,又吼又叫在对着爷爷的窗户吹泡泡。他真想出去,像凶恶的大人一样,双手叉着腰,大吼一声，赶跑那个小孩。想着想着，他突然打了个喷嚏，声音响得惊人。

梁燕从厨房里冲出来。"浩儿，"她问，"你的围巾呢？""忘了戴。"儿子理直气壮地说。一道清鼻涕流出来。"不是出门提醒过你吗？"她扳住他的头，用纸巾揩干净，冒火地说，"你是存心在跟我作对哟。"儿子没被母亲的抱怨唬住，望着鼓泡泡的塑料薄膜自己偷偷乐着。"他是孩子，"罗长贵说，"大人干啥子去了？""你只顾自己，暖炉隔他这么远。"老太太赶快过来打圆场，把老头子恨一眼。她拉过孙子靠近电暖炉，"快，幺儿，离近些。""妈，"罗渝说，"是我挪过去的。娃儿烤啥子火嘛！""是哟，你说的。"老太太说。电暖炉的红光也未拂去罗长贵脸上生出的冷色，他生硬地说："好啦，带浩浩回去吧，感冒了，我会成罪魁祸首的。"

二

罗长贵的楼上住着张自力。张自力比罗长贵要小好几岁，两家楼下楼上几十年，两人的交往却不深。张自力是教体育的，前两年也退了。他的专长是篮球，教的学生中有打进CBA联赛俱乐部的。他有个孙儿，今年才十来岁。他想，既然我的学生能行，我孙儿为啥就不行呢？肥水该肥自己田。他不仅想把孙儿培养出来打CBA联赛，还要培养成为姚明第二，把球玩到NBA球场上去。早几年，无论寒暑，天天如是，麻麻亮，他就把孙儿吆喝起来，像吆鸭子出圈一样，吆到那半个篮球场上去跑步，练习运球、传球、定点投篮、突破上篮。两爷孙汗流浃背的，要练到吃早饭。

那还是罗长贵老伴在世的一天,老伴在收拾屋子,天花板上突然有东西在跳击,忽左忽右,时疾时缓,天花板像要被击穿,叫她惊骇不小。预制的天花板隔东西,却不隔音,凡住楼上的半夜里都很提防,生怕弄出点说不清的声音,第二天会被人窃笑。张自力的孙子,把家变成练球场,像引发炸雷一样,让楼下人无处躲藏。罗长贵慌忙爬上楼去,气急地敲开张家门交涉。这种事,难免会再发生,张自力就惶恐地下来,难为情地站在门外赔礼道歉。这样一来二往,互相敲门便有些回数,到最后,张自力竟不请自来。

那一天,他孙儿又用篮球发威。据下来的张自力解释,老婆病了,他正在服侍她吃药。"就那么一会儿,眨个眼呀,没想到,那个背时的就把藏的球又翻出来了。"他壮实,至今身上还有一块一块的肌肉,小眼睛,左边眉骨上有一道运动时留下的月牙形伤疤,将浓黑的眉毛斜分为二,光头上新长出的花白发楂,活像地皮上冒出的苔藓。多次上门道歉,他那对小眼睛四下里躲闪,像在为下次藏球找个好地方。"对不起,真是不好意思。"他的语气充满歉意。

桌上一本《象棋棋谱大全》,引起他的注意,歉然之色还未褪尽,随即转换成个兴奋的人。"咦,老罗,没想到你喜欢下象棋?"他为自己的孤陋寡闻惊异。

罗长贵望着棋书,说道:"随便翻翻,当闲书看。"

"那不简单哟,还懂谱,"张自力竖起拇指,钦佩之情溢于言表,"高手,高手。"

罗长贵收回目光,露出的笑意是矜持的。

张自力上前拿起棋书翻翻又放下,食指和中指轻轻地敲击封面。"老罗,你等等。"他拍了一下罗长贵的肩,闪身出门,接着传来他上楼的脚步声。

他再次站在罗长贵面前,双手背在身后。"有件东西,"他试探着说,"想给你看看。"他把藏后面的东西慢慢拿出来,似乎有些犹豫。那是一只温润的紫檀木扁方盒子,盒子正面镶着奶黄色的骨质线,正中雕着一株兰草。他抽出盒子的滑盖,取出叠成四方的麂皮放在桌上,小心地打开。那是一张绘制得极其精细的象棋棋盘。盒子里面是一副精致的小号象棋。"看看,"他说,"真资格象牙做的。"他取出一粒在手中摩挲着,把玩着,抑制不住得意。

那盒子一出现,罗长贵整个人像被通上电,双眼如聚光灯一样放光,随着麂皮棋盘铺开,那束光就定在了棋子上,惊喜中又渐渐流露出些许遗憾。他摇摇头,像在否定自己,最后作出判断:"仿象牙,是牛骨的。"

张自力仿佛没听清似的,"你再说,牛骨的?"他有些质疑,"你掂掂看,有多重。"

罗长贵也拈起一粒,棋子在拇指、食指和中指之间打个滚,"是的,很重,是用牛脊骨做的。"他说,"这有些年深了,我估计该是清末的,也够珍贵的,尤其配上这盒子。"他把棋子放回去,又问张自力:"是你家祖传的?"

"不是,是偷的,真是偷的。"他说得非常肯定,咯咯地笑起来,笑得很坦率,有几分奸猾。他说:"'文化大革命'时,我们红卫兵去斗一个资本家,说那资本家是开面粉厂的,在面粉里加石灰,赚了很多黑心钱。你说我们是天真呢还是傻,面粉里怎么可能加石灰,我们那时偏偏就信了,理由是不加石灰,他成得了资本家?在抄他的家时,我发现了它,一眼就看上了,趁大家在给他戴高帽子,挂黑牌子,我把它藏进挎包,带回了家。后来长大懂事了,我总觉得挺对不起那资本家的。也不晓得他是不是资本家,其实是资本家又怎样?我花一些时间,终于找到那个住处，想把象棋还给他，但那一家人已不知去向了。"他停顿一下，像进入沉重的回忆中，"我对这事很羞愧，为自己那时的幼稚和无知羞愧，更为自己不知人性为何物而羞愧。但有时又想，如果我不拿走，它可能早被付诸一炬，一点灰烬都不会剩。我不是说我做了件好事，只权当是为这副棋的主人暂时保管吧。等我到了那一天，会把它交出去。交给谁？交给棋院？交给博物馆？不管交给哪一个，我都会写个说明，原原本本地写出来，给自己赎个罪。"他又咯咯咯笑了，那道一分为二的眉毛翅膀一样扇动起来，像要从他脸上飞离似的。他可能认为，早年间的一件丑事，现在却有了积极意义。罗长贵有些看不出来，他心里是不是羞愧，不过从表情看，他反倒是有些自鸣得意。

张自力将棋子收好关上盒子。他表示很喜欢象棋，下得不好，更不懂谱。"老罗，你可以教我，"他说，盒子在手里晃了晃，目光落在棋书上，"照棋谱教我下。我想，这会给我们带来很多乐趣的，老罗，你说是不是？"

罗长贵知道，教棋会有什么乐趣，也不会有乐趣的，水平的差距，会使人感到无聊和乏味。但他抹不过情面，更多是觉得对不住紫檀木盒子里的象棋，就勉强点头答应了。

此后的每天午觉后，张自力就捧着紫檀木盒子，准时来敲开罗长贵的家门。他进门是讲规矩的，是罗长贵开的门，就叫一声罗老师好，如果是罗长贵的老伴开的门，就叫一声师母好。罗长贵答应教他棋，他对罗长贵的称呼就改了，再不叫老罗，叫罗老师了。他总是恭恭敬敬的样子，几乎目不斜视，头是低着的，对对直直去到桌前坐下，然后轻轻放下象棋，生怕碰出桌子一点声音，打破屋里的宁静。那种谦虚和腼腆，像个背着书包迟到的学生，当着老师和同学的面进教室。罗长贵的老伴，会热情跟他打招呼，会为他沏好一杯茶，放在他面前。如遇到当时罗长贵手上不空，他就跟罗长贵老伴摆家常,师母长师母短地叫,叫得罗长贵的老伴忍不住抿嘴笑。他并不难为情,那份虚心是从骨子里透出来的。等到罗长贵来了,他们相对而坐,翻开棋谱,照某盘开局,或者某盘残棋,摆好仿象牙棋子,然后罗长贵一步一步地演绎。张自力像所有的好学生那样,听得很认真,提问也经过思考。罗长贵要张自力背一些口诀歌:什么起炮在中宫,观棋气象雄呀;什么炮车边塞上,临阵势如飞呀……开初几天,张自力信心很大,觉得发现了下棋的奥秘,自己棋下得不好,只因不会背谱。只要把这些谱背下来,就能纵横天下。他把罗长贵的棋谱借去抄了不少,像背唐诗一样背,走路时背,做事时背,一睡在床上,脑壳里冒出的尽是那些句子。他也是那把岁数的人了,硬背一段时间也记下来一些,于是很为自己掌握了杀手锏得意。可是一到实战,对方战术灵活多变,他那些背熟的句子,就成了空洞的口号,落不到实处。于是好不容易培养起来的一点兴趣丧失了,耐心也没得了,觉得棋谱原来是个套子,等人一钻进去,就会被活活捆住。他不愿被捆住,他是个大活人,性格是向往自由的。

最后,棋谱成蜡制的苹果,放在桌上做了摆设。最后,张自力自己打起退堂鼓。那天他终于熬到又一次学棋结束,"罗老师,"他收拾棋子时说,"我这个学生不争气,不怕你笑话,我只能打篮球,一动脑筋,就周身不舒服。"他停住话想一会儿,就伸出食指对着太阳穴画圈圈,"可能我少悟性这根弦,我的确不是下棋的料,今后就不再来麻烦了。"

张自力提出学棋,罗长贵就预感到是会空搞灯①,停学是肯定的。只是罗长贵没想到,张自力停学得太快了,半个月都还差两三天。

"哪里会麻烦,教学互长嘛。"罗长贵说,"哪时你想通又

---

① 方言,比喻白费力气,做事无成效。

要学了，只管来就是了。"

　　教学棋，没给两人带来乐趣，两个人的友谊却开始加深。

　　罗长贵的老伴去世，张自力来悼念过，也劝过罗长贵节哀顺变这些话。在安乐堂跟老太太的遗体告别时，张自力站在遗体前，见老太太安详地躺在那里，就像睡着一样，便想到学棋的那些日子，一进罗家门，老太太生怕冷落他，不是为他泡茶，就是跟他摆龙门阵。即使没学棋了去串门，老太太的热情依然如故。那些情景，至今还留在张自力的心里头。这位慈祥的老太太，前一两天见到都好好的，怎么说走就走了？百感交集的张自力，禁不住一阵伤怀，也流下几点泪水。过后，张自力就没进过罗家门了。在那些日子里，罗长贵正处在极度的悲伤中，他怕去打扰他的悲伤。他认为，独处有时是悲伤的解药，对当事者是有益的。但一晃半年都过去了，罗长贵还没从悲伤中走出来，人好像跟着老伴一起去了，罗长贵这个名字，都在同楼的记忆里淡出了。作为同事，作为朋友，作为棋友，张自力开始为罗长贵担忧起来：罗长贵被裹在一个茧子里，这茧子还是他自己做的，茧皮太厚，他无力破出，在里面干脆把悲伤当成了生活的目的。

　　这天，张自力敲开罗长贵久闭的房门，走进久违的屋子。记得有天，他出门买菜归来，在楼道上跟几乎不见出门的罗长贵对撞过，他惊异得还向他发出几句感慨。当时短暂停留，加上楼道较暗，没大注意到罗长贵的容颜，此时面对，不禁大惊：他萎靡不振，愁云苦雨的，一张老脸惨不忍睹。张自力想，人们所说的一副烟灰相，大致就是这样的。张自力进门还闻到股味道，便悄悄耸两下鼻子，想闻出是什么，却没闻出来。那是种混合的气味，反正让人呼吸起来是不舒服的。张自力碰见过几次他儿子出来倒垃圾，现在见满屋子的乱和脏，大概是儿子很多天没来过了。站在屋中间环顾，张自力不晓得屁股该放哪里好。罗长贵也不招呼客人,只顾低头垂脑的。张自力望着罗长贵叹息摇头,有些为他难过。在张自力的印象中,罗长贵比以前老多了,像棵大旱天里的老树,水分流失了,生命枯萎了。罗长贵的身子,被悲伤掏空了,地心引力仿佛对他失去作用,整个人轻飘飘的,坐在沙发上,沙发一点没有起皱。张自力想,他坐在那里可能是不分白天黑夜的,大概还会一直这样坐下去,直到屁股底下生出根来。

见罗长贵的茶杯干了,张自力为他续水,拿起水瓶却是空的,去厨房将水壶灌了水,架在打燃的灶上。回到罗长贵身边,张自力只好把沙发上的乱东西挪开,坐在他的旁边。他离他很近,觉得与他的友谊却隔得很远。他不晓得该跟他说点什么好,想说点劝慰的话,怕说出口来显得生硬、虚情假意。

张自力又想起跟罗长贵下棋的情景:罗长贵在棋桌前端坐如钟,神态自若,不随意玩耍棋子,从不放纵目光对视对手;每次落子,棋子用拇指和中指端着,食指轻轻一扣,动作优雅而庄重。跟罗长贵下棋,感受更是难以磨灭:无论自己使出多大劲,拳拳像打在棉花上;无论自己想得有多高明,步步却落入他设置的陷阱。对坐棋盘前,罗长贵就是一面镜子,张自力从中看到自己的无奈和弱小。但他还是喜欢跟罗长贵下棋,跟他下棋从不会难堪。

罗长贵面对棋盘的定力和自信,被悲伤杀得七零八落。难道他不晓得,人生就是一盘棋吗,为啥子他就不跟自己来一盘呢,这些道理他不清楚吗?张自力想跟他说说,但忍下了。他知道,想几句话帮他把悲伤卸下来,事情不会有那么简单。

水壶噗噗响了。张自力当起主人来,把水瓶灌满,为罗长贵的杯子续上水。从张自力进屋到做完这些,罗长贵像没长眼睛似的。张自力明白,罗长贵其实是有眼的,看得见的,只是看见的是老伴的身影和自己的忧伤。多坐一会儿,张自力也感到压抑。这时他想起一件事来,"哦,老罗,"他的语气很突然,侧过身去对罗长贵说,"你不知道吧,老校长瘫啦。"没学棋了,"罗老师"又回到"老罗",张自力觉得这样叫自在些。

罗长贵像个被救上岸来的溺水者,半天才缓过气来,思绪却还在别处。

张自力再说:"老校长瘫了,脑梗死。当时正在吃饭,上个星期晚上的事,吃着吃着,突然一口饭包在嘴里,就不动了。"

张自力把想起的事,顺口说出来,却起到作用了。他见罗长贵的目光活泛起来,就说:"还好,送医院及时,老命保住了,左半边整个不听使唤,嘴角管不住流清口水。现在住在医院重症室,大小便失禁。"

罗长贵听完,也想起老校长退休之前的那场谈话,手上还能感觉到被握的力度。"那些年也难为了他,"罗长贵说,像在自语,"以前多好的身体哟。"

张自力接过嘴,解释说:"我听说,是气的。吃饭的时候,为件小事情,跟儿子争了两句,那口气没顺过来。"

"人哪,"罗长贵叹息一声,沉浸在自己的思绪中,深有感触地说,"怎么就这么脆弱。"

罗长贵要去看老校长,张自力马上应和,"好。"他兴奋地叫道。能把罗长贵从悲伤中引出来,意义是大的,他很满意这次上门的结果。他说:"我打听一下,看住在哪家医院,再跟他家人约个时间。"

这天上午,张自力打来电话,说他在大坪医院的,老校长上前天醒了,已经从重症室转到一般病房。还说,老校长现在不愿朋友和同事来探视,听说是罗长贵老师要来,他点头了。张自力转述后,又说:"老校长的家人,好像很希望你去。"

听到这里,罗长贵挺感动的,便说:"我跟他缘分深哟!"

张自力被这句话愣在电话里头,发出语焉不详的词。最后他们商定明天去。

　　罗长贵搁下电话，心头乱起来，自己的稀饭都没冷，还去吹别人的汤圆。于是在屋子里转圈子。猛抬头，与墙上老伴的目光相遇。老伴笑眯眯的，似乎在给他说起一件往事：同楼久病的王婆婆，生命熬到最后已昏迷不清，莫说邻居忘记她的存在，连她的后人——两个儿子一个女儿对她的照顾也是推三推四的。罗长贵的老伴却坚持去看她，坐床边把她当正常人一样聊天，跟她讲东家嫁女，说西家接媳妇，菜市场的东西哪样又涨了，龙门阵一摆好一阵。有人劝罗长贵的老伴，去看啥子嘛，她也不晓得你去看过的。他老伴说："她晓得的，她的魂在看呢。"想到这里，罗长贵慌乱的心一下子平静下来。

　　罗长贵去洗脸，恍惚间见镜子里也有个人在望他，那人形容枯槁，面目可怖。他用手擦镜子，擦也擦不走，再仔细一看，原来是自己。他对镜子直摇头，心里一阵难过。他对着镜子把头发抹顺，抹下去又竖起来，抹下去又竖起来，仿佛在跟他作对。上次理发是在祭老伴百日那天，从陵园一出来，被儿子带去理发店。像对待怕理发的小孩一样，儿子把他按在椅子上。当时的行为，现在觉得不可理喻，也觉得好笑。他一笑，镜中人也笑了。他想，是该去找邱灯泡了。

　　一人巷的对面，也是一条巷子，叫窄巷子，比一人巷要宽一点，是通向另一条街的。在窄巷子口，有一个露天理发摊，每天天亮摆出来，天黑收。是摊子，就免不了简陋，一张坐椅，一根方凳，墙壁上挂一面镜子，一边挂着木制的工具箱，一边挂着半圆的白铁桶，白铁桶的水龙头接根皮管。理完发洗头，将温水瓶的滚水倒进桶里，再兑点凉水，试好水温，打开弯折的皮管，水自然流下来。

　　理发匠姓邱，外号灯泡，六十来岁的样子，长相很平常，平常得不知如何来形容他，如果把他合到人群里，肯定半天是分不出他来的。他不是本街人，也不住这里，只是每天来这里摆摊。他是哪里人，住在哪里，本街人也不太追究，只是在记忆中，那摊子在巷子口摆的年深，不少于二十个年头了。邱灯泡和他的理发摊，早就融入到花子街的生活，得到本片区城管的承认，本街人也离他不得了。人们一点不嫌弃摊子的简陋，反而乐于光顾。这里近，价钱便宜，理发匠熟，想怎么理，理个什么样式，只管说来，不会有一丝拘束。邱灯泡从不管生意的好坏，生意好像跟他无关，只是为打发日子才摆摊子的。他整天都是笑呵呵的，笑容像是天生的。人们搞不懂，一个剃头匠，那么多的快活是从哪里来的。

罗长贵走拢摊子，看邱灯泡的五官挤成一团，右手拿剃刀，左手按着头皮，一下一下地在给自己刮光头。他双手配合得很协调，像在演双簧，另有个帮忙的人躲在他身后。他是在享受剃刀的快乐，这快乐在他脸上的反应是十二万分的。见老顾客来了，邱灯泡收住剃刀，要起身让座。

"老邱，"罗长贵从不公开喊他外号，退在一边说，"不慌，不慌，你刮完再给我剃，顶个阴阳头，叫人看起来不顺眼。"

一等生意有空，邱灯泡就爱打整自己的脑壳，本身是一个光头，还用剃刀刮，刮得头皮噗哧噗哧的，亮晃晃的。街坊都喜欢跟他开玩笑，用手遮住眼睛说："背时的邱灯泡，还要好亮，硬要照得我们睁不开吗？"他便笑答："是哟，要不是我，这方不打黑摸，别人上错你的床？"给自己剃头，他很享受：一是肉体的，像手爪子给头皮搔痒，舒服得整张脸扭成树疙瘩；二是精神的，生意不冷清，像有顾客坐在椅子上。

邱灯泡又在脑壳上动起剃刀来。"所以呢，"他说，"我就尊重罗老师你这样的人，做事讲究，就像做人，追求完美。"

罗长贵怕邱灯泡分心伤头皮，对着镜子里的他笑笑，没回应。

邱灯泡一会儿就剃完了，手在头上一阵摩挲，对着镜子左看右看，满意地猛拍几下，啪啪啪像拍西瓜。他抖掉布围子上的发茬，围在坐好的罗长贵脖子上。"现在好多顾客，都去有妹子按摩的理发室。我有啥子法子？要不挂出个牌子，也搞按摩吧，特别注明给女顾客搞按摩。我还想搞这种按摩呢。"他说得自己也咯咯笑起来。这笑里有一种无奈，笑自己的想法好笑。笑过，他又说："关键是哪个愿让我来按摩，所以呢，我总不能一天空守摊子吧，空摊子不说自己不好受，看起也不光彩。所以呢，我就自己充当顾客，不叫剃头刀生锈。罗老师，不怕你见笑，这叫黄连树下弹琵琶——苦中作乐哟。"他又一阵笑起来，笑得拿剪子的手都在抖，骇得罗长贵有些缩颈子。他张开剪子，咔嚓一声，罗长贵脏兮兮的长发，应声而断。罗长贵看见飘下的长发，心里还掠过一丝惋惜。

整个理发过程，罗长贵无语。对老顾客的发式，邱灯泡知道该怎么理。怕罗长贵无聊，他时不时又咕哝两句。罗长贵没听进去，在推子和剪子的嚓嚓响中，心里老是在重复邱灯泡的话：自己充当顾客，不叫剃头刀生锈。

解开布围子，邱灯泡拍罗长贵的肩头，"罗老师，你看，"他指着镜子说，"老样子，三七分，又精神了。"

罗长贵这晚睡得很香，清早醒来，还赖在床上，享受这久违的舒服。他记起是做过梦的，内容却模糊不清了。近来都是这样，做过的梦，没一个记全的。好在昨晚的梦，留下的感觉是温馨的。于是他肯定，做的是个好梦，难怪睡得这么香。他咕哝一声，人老了，不管用了，记个啥都记不全了。他伸个懒腰，抚摸着脑袋，头发不像以前那样黏糊糊的了，还纠缠在一起，翻个身也撕扯得生痛。他又想起邱灯泡的话，沉默了一阵，不解。

连下三天的雨，终于停歇，楼房间露出的天空上，染出一抹亮丽的橘红。罗长贵知道，这就是课本上说的朝霞，这种天色给他带来的愉快，久违了。

罗长贵打开冰箱，发现想要的，里面都有。儿子的身影，像一片朝霞，飘进他脑子里，让他心里热起来。如果儿子在身边，他会拥抱他一下的。他为这种从没有过的感受，有些害羞起来。他做早餐：麦片粥，小火熬得酽稠稠的；荷包蛋煎得恰到好处，外面酥脆里面溏心；一小碟涪陵榨菜。

他舒舒服服地坐在桌前，彻底打开胃口，慢慢吃起来。然后，换好衣服坐在沙发上，静候张自力来敲门。

三

他们坐轻轨去大坪医院，到医院有四站，平时不经意的站名——较场口、七星岗、两路口、鹅岭——这时变得特别亲切，有种想跟它们倾诉一番的感觉。为啥会突发这种感受？想一阵，他没有想透。

"罗老师，"张自力叫罗长贵，望着他说，"我怎么看都看不出，你怎么跟昨天像是两个人呢？"

罗长贵不晓得该如何作答，就笑笑，心情无比好。

一进医院大门，空中仿佛竖有一堵无形的高墙，将里外隔成两个世界，空气也被截然分开。里面空气变得有味道——药和消毒剂的刺鼻味道，疾病和死亡的气息混合成一张恐怖的网，把这里罩得严严实实，人们在里面四下顾盼，寻找奔突的途径。行道树和一些低矮的植物蒙着灰尘，显得毫无生气。通往门诊和住院部的路上，人流如织，车来车往，罗长贵和张自力两次被冲散，大呼对方名字才又会合。罗长贵想，都不情愿来的地方，为什么还这么拥挤？看来人都得面对一些无奈。回想到老伴的安详去世，没把家人拖来受罪，真得要感激她善良的一生啊。

老校长在老年康复中心。他们去的时候刚查完房，中心大厅和通往病房的廊道上，穿蓝白条衣服的病员在走动。这是住院病人的自由时刻，即使是不能下床的，这一时也能得到轻松。打点滴的管子，或者别的什么线，还得隔一阵子才会将他们束缚在病床上。

老校长的病房有三张床位，他是最里边靠窗的。另两张床上的病员在探出身子低声交谈，焦虑着各自的病情。老校长斜躺在床上，一个枕头支撑住左边身子，以防他滑下去。床边坐一位白发苍苍的妇人，用手帕在给他擦嘴。她柔情的眼中带着热望，动作轻盈而怜爱，像在伺候一个襁褓中的婴儿。

张自力跟老校长是一同调来下城中学的。他先上前去叫白发妇人老嫂子，回头给罗长贵说："老校长的夫人李老师。这是罗长贵老师。"

在路上，张自力给罗长贵讲到李老师。李老师是老校长在西南师院的校友，音乐系高材生，歌唱得好，钢琴也弹得好。毕业后同分到一所中学，她教音乐，老校长当班主任教语文。后来老校长工作调动，她仍留在原校，比老校长早退休几年。"老校长住院以来，一直是李老师陪伴服侍。"张自力说，"他们有一儿一女，都在重庆工作，但李老师不要他们来守，说这不是他们的责任，病床旁需要的是妻子，儿女们的爱这时是安慰，只要他们能来看看就行了。"

从李老师的眼神中，罗长贵看出一个妻子深爱丈夫的力量。他又想到家里墙上那双"眼睛"，心里也淌过一股暖流。

李老师向罗长贵点头露出笑意。在干枯又有点凌乱的苍苍白发下，那一丝浅笑是隐含心酸的。想到这些日子李老师守候在病床前，见她衣着依然整洁得体，焦急和忧虑也未磨灭她内在的文雅和艺术气质，罗长贵不由心生敬佩。

"你们请坐吧，"李老师说，目光又流露出遗憾，"要是不忌讳，就请你们坐床边。"

那两病员说，这有凳子搬去坐。

罗长贵去搬凳子。张自力将一个信封轻轻放在老校长枕边。"罗老师和我的一点心意。"他说。那是他们送的一点钱，每人300块。"老校长想吃点什么，就麻烦老嫂子给他买。"

李老师又送出让人心酸的笑意。"太谢谢你们啦。"她说，"他醒过来后，有领导和同事要来看他，我们都谢绝了。但听说罗老师要来，他点头了。"

罗长贵很感动，上去弯腰握住老校长的手，恰好是左手，冰凉的，疲软得没有一点反应，像身体的装饰物。老校长望着罗长贵，双眼没有光，左边脸僵硬得犹如面具，嘴角像有个洞，往外流出晶亮的口水。守在一旁的李老师，见流下来便用帕子揩干净。

老校长的舌头在口腔里嚅动，喉咙里发出一串含混不清的呜呜声。大家心想，老校长是想要说话了。

从老校长的呜呜声和神态中，罗长贵觉得自己猜出了含意：老校长困他大半辈子没松手，把他当了陪衬人，要他来是要得到他的体谅，好卸下背负的包袱。罗长贵坚持认为，老校长想说的，肯定是这意思。他也想说点宽慰老校长的话，但能对他说吗？他听得见吗？他扭头看李老师。

李老师正背过身用帕子揩眼泪，回头见罗长贵征询的目光，"有什么就对他说吧，"她说，"他能听见，心里也明白。"

"老校长，"罗长贵说，"过去的，都过去了，对我们老年

弥合 / 109

人,并不重要了,我也没有记住它。"他很惊讶,话说得如此郑重,感觉像是站在三尺讲台上。"重要的是你现在,配合医生,好好调养,等你康复后,我们再聊。"

老校长嘴角又吊起一串亮晶晶的口水。莫非他听懂了罗长贵的话?李老师赶紧给他揩干,又背过身去给自己擦眼泪。老校长右手无力地抬了一下,能动的右眼转向李老师,喉咙里又响起一串呜呜声。李老师忙放下手里的东西,打开床头柜抽屉,拿出笔和本子。把笔塞进老校长右手,将翻开的本子垫在下面。大家心想:他要说什么?他思路正常吗?目光都落在他的笔尖上。笔尖颤颤抖抖地移动了,缓缓流出几个别别扭扭的字:谢你来,我不是这个意思。思字的最后一点拖得很长,划破了纸。老校长闭上右眼,左眼一直半闭不闭的,吐出一口气来。他似乎很累,像经过长途跋涉到达终点。一颗晶莹泪珠,衔在他的眼皮间。

大家放心了,老校长思路正常,且相当清晰。

罗长贵陷入沉思中,还以为刚才那番话心胸开阔,其实骨子里是狭隘的,总想让别人一辈子来还人情债。惭愧的罗长贵一屁股坐到病床边。"老校长,"他俯近老校长耳边说,"理解上,我出了偏差,请原谅,愿闻您高见。"

老校长的眼皮一抖动,泪珠在蓝白条纹的衣服上溅开一朵花。李老师将他的手在本子上换个位置。他又闭上眼睛,深吸一口气,似乎在积蓄力量准备又出发。他昂起头,浑身都是僵硬的。笔尖又颤抖着移动了,又缓缓流出别别扭扭的字:你的事我知道,我为你悲痛。他的自制力只能供他用这么久,痛字的最后一竖,拉通了整页纸。

罗长贵看得出来,老校长不情愿这次见面充满忧伤,总想送一个微笑给大家。若是以前,老校长肯会握住他的手,对他说一声"节哀顺变"。现在老校长无力完成了,连以前轻而易举的一个微笑都无力完成了。但他还是努力在微笑,结果微笑成为一阵痉挛,定格在他的右脸上。

李老师又背过身去。张自力含泪将头转向窗外。窗外是一株张开枝叶的银杏树,像一把大扫帚,斜伸在空中,在扫除空中飘浮的尘埃似的。

忧伤又一次击中了罗长贵,他不能自持,哽咽声冲口而出。他赶紧张嘴深吸一口长气,等心情平定下来,又俯身在老校长面前。"谢谢老校长,"他说,"我已经走过来了。"不管是不是说的实话,他都惊异自己说得如此顺溜。他清楚,堆积心里的愁云,被老校长伸手拂去不少。他先前是不轻松的,现在能说出这话,他真正感到轻松了。

这次老校长没有闭眼,又艰难地移动笔:这样我为你高兴,哭后该笑,不要像我,想干啥不行了。

老校长尽最大的力气多写出了一些。笔尖每流出一个字,罗长贵心里便咯噔一声。他感到自己被老校长牵着去到一个高处,往下能看见有另一个罗长贵,那个罗长贵正伸出双手在企求过往人们的同情,那失魂落魄、可怜兮兮的样子,叫站在高处的罗长贵都替他无地自容。

罗长贵鼻子一酸,泪水流出来,发出了哭声。人一老,泪水就多了,感情就软了,他有些为自己难为情。张自力碰了他一下,递过来纸巾。这时,邱灯泡的话,猛地闯进他心里。他想,日子也该像他的剃头刀,是不能生锈的。他揩了泪水,露出笑,再次俯身老校长耳边,"该笑,该笑,"他说,"这是喜极而泣。"

老校长右边的脸又动了,右嘴角在微微向上翘,左边脸却没有配合。尽管这表情有点滑稽,但大家看得一清二楚,他是在笑。

这天中午,重庆城刮起一阵风,有点大。石板坡长江大桥上的广告牌被吹得东倒西歪,有几块还被吹落到桥中央,车辆行进的速度受阻。罗渝送局长去市局开会，车堵在上桥的隧道里。等路障排除后，把局长送到局里，还好，离开会还有一支烟的时间。

风吹散雾霾，太阳在空中露出来了，阳光明晃晃地洒下来，照得一切都笑嘻嘻的。只要有一分阳光，重庆人会用十分的热情来迎接。驾驶员都从车里钻出来，聚在办公大楼前的广场上晒太阳，交换这场大风吹出来的故事。广场上的车越停越多，后来的进不来，喇叭按得吵人。管理人员嘴里佯骂，敲着车子的引擎盖，撵着大家把车开进地下车库。驾驶员们一边起哄，一边钻进车里发动车子。

罗渝把车刚停进车库，手机响了，来电是父亲家座机。这些月以来，父亲从没主动打来过电话。他赶快摁下接听键。"喂。"他从车里出来，大声呼应。车库里接收信号不好，他怕父亲挂了，就一路往外跑，一路呼喊，"喂，爸，我是罗渝，我是罗渝，能听见吗？喂……"

"吼啥子吼，"父亲说，"我耳朵又不背。""爸，嘿，你打电话。"父亲终于打来电话，听语气很正常，只是有点虚弱，精神虚弱，中气有些不足，长时间说话少，舌头变得迟钝了，嗓音显得嘶哑。儿子还是感到宽慰，沙子从父亲的指缝间又漏掉不少。"能不能回来一下，"父亲说，"有事要跟你说。""我在上班。啥子事，你说嘛。""电话里说不清。"父亲是武断的。他迟疑了一下，"那，下班我就过去。""那就算啦。"父亲说着，干脆挂断了电话。

父亲能来电话，说明不会有大不了的事，起码人是好好的。罗渝虽然有些受困扰，但他还是放心不少，又加入到晒太阳的队伍。下班前，他打电话叫梁燕去接儿子，吃饭也不用等他，父亲有事要去一趟。梁燕在电话里咕哝，他没有理睬她。

赶到父亲那里，他半天敲不开门，电话没把他招回来，估计父亲正在生闷气。随着年纪的改变，脾气也会跟着变的。父亲以前虽然倔，但明理，颈子昂得再高，心里却在让步。现在不一样了，事事都得让着他，否则他会生一整天闷气。卖老，成为他的武器，抗御一切不合他心意的事。罗渝心里作好准备，任父亲埋怨，不作解释，切莫再掀风雨，让晾干的道路又打湿，叫父亲又滑回悲痛的泥淖里。

他有开门的钥匙。但这次开的感觉是异样的，像是在开别人家的门。

"爸，"他进门就喊，"我回来啦。"眼睛向屋里张望，以为父亲又坐在桌前枯对茶杯发呆。没听到父亲的回应，也没见父亲的身影，屋里空荡荡像许久没住人，一股旷远的气息。他不知道刚才开门的感觉，是不是就这意思？

张望中，一眼看见桌上的茶杯压着一张纸。纸是学校早些年的信笺，上面是父亲用圆珠笔写的工整的楷体字：

渝儿，你妈妈离开我们，已经半年又二十三天。在我眼里，家中无处没有她的身影，我耳畔，无处没有她的声音。这些天日，我是扳着手指度过来的，对我来说，真是度日如年、悲伤欲绝的日子。失去母亲的痛苦，也深深折磨着你，每次你回来陪我，从你眼中就能窥见。我知道，你又不能不回来，因为你不能弃我不管，要尽孝道。你回来一次，就多受一次折磨，而且这久留不去的悲伤心情，还影响你的家庭生活，让我特别不愿看到的是，对浩浩的成长极度不利。为了从悲伤的阴影中走出来，也为了你的解脱，我决定带你妈妈外出旅游。行无目的，随遇而安。这是和你妈妈生前共同的愿望，是对以前和你妈妈枯燥生活的弥补。我权当此后，这双腿，是给你妈妈长的，这双眼睛，是给你妈妈长的。虽然你妈妈去世，对我打击太大，但我总算经受住了考验，身子骨还过得去。我自信，人生还会有个十几年，再不出去，就对不

弥合 / 113

住这十几年，就对不起你妈妈。先准备给你说说，征求你们同意。后一想，给你们说了，你们能同意吗？放心我孤老头走出去吗？你们还会想到，人们严厉地质问：怎么就放心年老的父亲外出受累？你们忍心吗？这些都是你们翻越不过的障碍。于是就不给你们说了，自己先行动，和你妈妈走出去，一出门便觉天地宽。你们不用担心。你见信时，我已出门了，不用联系我，有事我会去电话。

父亲

  突然袭来的事，像重锤一样击中罗渝，从开始看信脑袋就轰轰响，一直看完还不消失。父亲去旅游，该给家人通个气，最好是跟一个旅游团。父亲却丢下一纸信，拍拍屁股就走了，全然不顾家人的感受。对父亲的这种举动，罗渝先是气愤，后是愕然，紧接着是恐惧。他想父亲近来是不是有老年痴呆和精神病症候？即使父亲在母亲像下呆坐，或者不起床，这只能说是忧伤过度，也不能算是怪诞。只是四天前回来，罗渝好像突然进错家门。父亲洗了澡，换了衣服，发式恢复到以前，正在收拾屋子。那样子，仿佛丢失的精神被他找回来了，又安妥地放回到体内。如果这也算是反常，那只能说明父亲已从悲伤中好转。

  他从头至尾又看一遍信，文理顺畅，思维是清晰的，根本看不出脑袋出毛病的那种混乱。他真搞不懂了，父亲这种行为，究竟是正常还是病态？对父亲自己究竟了解多少？问题出现在他脑子里，他又无法得到回答。他坐在沙发上，双手撑着下巴，发呆了好一阵，什么都想不进。他乞求的目光渐渐移向墙上的母亲，对着母亲，他忽然有大哭的念头，一场痛痛快快的大哭，像儿时在她面前耍横。此刻他体味到了，自己看似是这个家的宠儿，实际不是的，这个家反而是把苦难留给了他。他快崩溃了，想从母亲那儿得到支撑,寻求解答。母亲只是慈祥地对着他笑,仿佛在说,不要觉得委屈,一代都有一代的苦难。

他拨打父亲的手机,传来的却是烦人的提示语:你所拨打的用户已关机,请稍后再拨。他不信自己的耳朵,再一次拨打,传来的仍是毫无感情的话语。他拿不准是否去派出所报案,怕父亲觉得外面无聊,回来了,这会叫他难堪。

罗渝想起了在晨报当记者的同学。记者是社会活动家,见多识广。他立马拨通这个寄予厚望的手机号码,传来同学用手捂着的回话:"正在开采编会,一会儿打过来。"

他只得耐心等待,相信记者会让他释然的。他趁空把整个屋子又查看了一遍,想找出父亲外出的蛛丝马迹。他失败了。屋子像母亲收拾过的那样整洁,还没忘关水和气的总开关,电闸没有拉下,因为电冰箱里还有食物。一切说明,父亲的脑子太正常不过,已经恢复到从前做事的精细。

半个小时后,同学打过来电话。罗渝说了父亲的事,想找派出所和报社,又不知是否妥当,希望得到他的帮助。同学略一沉默,说:"我先给你提供一些参考的东西。有关部门,对老人离家出走的原因有个专门研究,主要有以下四种。一是抑郁症,情绪低沉,闷闷不乐,孤独绝望,悲观厌世,企图外出自杀,寻求解脱,这种情况占百分之一十一点四;二是老年痴呆,幻觉妄想,无意识,不受主观控制外出,这种情况占百分之二十二点六;三是爱缺失者,过度渴望亲人之爱、异性之爱、朋友之爱、社会之爱等,渴望却又落空,企求外出找寻,这种比例最大,整整占百分之六十;另还有其他一些难以定义的出走原因,只占百分之六。我认为,伯父的事找派出所,用处不大,他们只能登记备案,不可能为一个出走的老人出警。在我们媒体上登寻人广告,也无异于拿钱打水漂,白送钱。老同学了,不说假话,你要送钱,我们巴心不得①，效益正不好。当然，这点钱，是杯水车薪。况且现在读者大量缩水，谁还去关注一则小如豆腐块的广告。"说到这里，同学停顿了，传来喝水的咕咚咕咚声。同学又说："这些数据是供有关部门参考的，让我们跑这方面的记者挖出来了，但从未公开过，有负面影响。我是看在老同学的分上，同情你，透露给你。我不知道伯父属哪类，你可分析他平时的行为表现进行归类，然后再对症酌情处理。记者不是万能的，在任何事上你要相信我这话。我只能给你提供这些，可能帮不上什么忙，仅供你参考。好，我的采访电话来了，就这样，再见。"

记者同学没帮上忙，反而让罗渝愁上添愁。他后悔打这个电话，让他晓得了不该明白的事。第一种和第二种，听起就让人背脊骨冒冷气，犹如一把刀，悬在家人头上，休想再得片刻安宁。他庆幸，父亲不属于这范畴。第三项说起不吓人，细一想，依然是一把刀。而且这把刀更锋利，自己看不见它冷凝的毫光，外人却能祭起来割开你喉咙。他坐在沙发上，痛苦得哀号一声，把父亲的出走归为第三项。这个事实，叫他不忍回顾：母亲的去世，无情带走了夫妻之爱，父亲的情感世界塌陷一半，还有另一半的爱呢，难道都被母亲一并带走了？莫非物质的享受，冷藏了后辈的温情，平庸的日子，钝化了关注老人的感觉，使父亲感到了家庭之爱、父子之爱、爷孙之爱的缺失？

外面起风了，木窗户响着口哨，塑料薄膜又吹起泡泡了。罗渝眼前出现父亲双手提着孙子胳肢窝放在腿上颠来颠去，叫孙子摸肚子里的故事的情景。这乐融融的情景仿佛被外面的风一下子吹冷了，吹散了，儿媳不来了，孙子不来了，快乐消失了，幻化成父亲枯坐无言的画面。泪水流下罗渝的脸颊，他双手敲击着头颅，似乎要敲掉里面的一些东西，再重新装进一些东西。

---

① 方言，意同"巴不得"，指迫切盼望，非常想。

不知不觉，天就黑了，木窗户上的塑料薄膜透进外面灯的光亮，屋子里影影绰绰，街上的喧嚣也沉寂下来。他坐得太久了，起来时腿有酥麻的感觉，像无数钢针在刺。他打开灯，屋子的逼仄被灯光驱散，一下子变宽敞起来。成家后每次回来，他从未当着父亲的面去看过窗户，窗户的老式和破旧使他羞愧。现在他坦然去到窗前仔细查看，用手一寸一寸地抚摸，心里涌起温流，耳畔仿佛又听见窗下的呼喊。窗户的木料有些腐朽了，榫头是松动的，钉塑料薄膜的大头钉锈了，薄膜上浸出褐色的渍印。他想，哪天请来工匠进行修整，装上玻璃，或者换成塑料钢窗，甚至把屋子粉刷一遍，刷成淡蓝色，那颜色是妈妈喜欢的。心里的小车，他决定不买了，这个曾有过的想法，现在叫他汗颜。这里的家具，该换的换，该添的添，让父亲在焕然一新的家里，感受到爱并不缺失。为什么以前就没想到过这样呢？难道长大走出这个门，这里就不再是家吗？屋子的破旧，能有办法修补，父亲缺失的爱，果真是这样的话，那该从何着手去修补？又想到父亲此刻在哪里，将何处安寝，愧疚在心里不断地扩大，汹涌起来将他整个淹没了。

他把揉皱的信抚平，对折好，仍旧用茶杯压在桌上。目前他不打算带走它，他还没想好，是否将父亲的出走告诉梁燕。对罗浩，肯定是要保密的，不然会吓坏他。他知道这封信是很重要的，将会影响他今后的生活，会改变他以前一些不曾留意的行为和观念。他脑子里还有一个闪念，将这封信装裱起来，挂在墙上，不仅作为家训，那一纸工整漂亮的楷书，也是可当成艺术品来欣赏的。

他该离开了，又迈不出步子，屋子仿佛新冒出一股吸引力，让他留恋起来。生于斯，长于斯，屋子从没有像此刻这样给予他那么多的感触。他想把屋子再收拾一遍，可是已被父亲收拾得无可挑剔了。他打开电冰箱，查看有些什么，还缺什么。父亲特别喜欢吃煎荷包蛋和涪陵榨菜，这两样是断不可缺的。还好，两样

弥合 / 117

都有。他希望无论父亲在哪一天,哪个时候回来,冰箱里都要啥有啥。

他把门轻轻关上,像怕吵醒正在熟睡的父亲,再锁上保险。这个时候,各家正在吃饭,或者在看电视,楼道上空无一人。转角的路灯,孤寂地亮着,昏黄的模糊中,一切都不真实。孩提时在楼道上捉迷藏的感觉,恍若隔世,再找不回了。

他站在门前,惊异这种新奇的感受。

四

罗长贵走出家门,却未走出重庆城。他背起双肩包,步行来到大河顺城街。这里是他的出生地。

罗长贵先走的是另一条路,叫临江街的小街,连着白象街,再过去才是大河顺城街。小时候跟发小们玩"官兵捉强盗",慌不择路的脚步曾带他来过这里。参加工作后,有过一次犯错,他又曾来过这里。

今天,他又走进了临江街。

临江街靠里面一侧是山崖,沿崖是高高低低的穿斗夹壁房,青瓦在阳光下或雨中亮着鱼鳞般的光,屋檐伸向街心,像撑出的伞,护着过往的行人。靠外的临江一侧,稀稀拉拉的吊脚楼依偎着黄葛树,宛如有生命似的,站列在江滩崖边,守卫着长江流过。这条宽不过三米的街,在罗长贵的心中却无比宽广,容下了他岁月中难忘的往事。他出门,首先想的,就是要到这里来看看,更主要的是,要给老伴讲讲那次犯的错。尽管很多年过去了,但事情仍然纠结,心里像有根皮鞭在抽打他。

1995年，申报高级职称，学校有两个人够格，他和一位姓宋的老师。名额只有一个。宋老师半年前才从外校调来，在校实习工厂带学生。宋老师人瘦得像根干豇豆，仿佛风可以把他吹起打旋旋，五十多岁的人，比七十岁的还老。他为学生的事，去找过宋老师，跟他总共交谈过三句，宋老师的回答，两句都是在咳咳停停中说完的，神态还唯唯诺诺，显得畏缩。

跟宋老师接触后，知道此人竟是竞争者，罗长贵便有话说。他找到老校长说出这话："一个带学生实习装订课本的老师，大概不会比执教毕业班的班主任艰辛吧？他们的能力和水平该有天壤之别吧？不看功劳看苦劳，几十年该比半年长吧？"不管语气是否妥当，一连串的质问，石头一样砸向老校长。这是罗长贵几十年来第一次找老校长谈自己的事，他很激动，也很不安。可他的态度很坚决，高级非他莫属，否则辞去毕业班班主任。老校长给他倒了一杯水，要他坐下慢慢说。他不愿坐，站在办公桌前，像只颈子毛竖立的公鸡。老校长从办公桌后面出来陪他站着，搓着手，一副为难的样子，几次欲言又止，最后对他说："我去找上级反映，多争取一个名额。"

名额还是一个，罗长贵评上了。评上高级职称的罗长贵，依然有想法，对手是那么一个没有自知之明的人，评上了也觉得憋闷。有一天班上两个同学在工厂打架，架打得不凶，互相只推搡两下而已。罗长贵却找到宋老师，训斥他缺乏老师应有的责任心，任学生在眼皮子底下打架。宋老师其实当时并不在，去了洗手间，他没推卸责任，咳咳停停地作了自我检讨。见宋老师这么一副窝囊相，罗长贵胸口挺得很高，感到自己无比正确。此后，宋老师在罗长贵的视线中淡出了。

一天老师们说，实习工厂的宋老师倒在了工作岗位上。罗长贵听了，不以为然。一个带学生实习的老师，病倒有什么值得惊

弥合 / 119

奇，人吃五谷生百病，谁也躲不了那一天的。只是事后觉得，自己是不是把有些事看得太重了，又想到宋老师病恹恹的样子，还是生了些恻隐之心。三天后，传来宋老师死在医院的消息。这一天，罗长贵闷闷不乐了，做什么事都提不起精神来。宋老师干豇豆的身影，唯唯诺诺的那副样子，总在眼前晃动，好像在跟他较量。宋老师的追悼会在石桥铺殡仪馆举行，不少老师都去了，罗长贵没去，一则关系不深，二则莫名地郁闷，不愿去。

第二天，老校长将他叫去办公室。"罗老师，"老校长说，"这件事，本想不说，但梗在心里，觉得对不起宋老师。"说到这里，老校长转过身去往杯里倒水，用手背擦眼睛。"宋老师跟我是校友，是南开中学初中部的顶梁柱，跟你一样教毕业班。他身体一向不好，工作又拼命，去年查出肺癌晚期，学校要他病退休息，他不愿意。我通过关系，把他要来，安排一份闲工作，以利于他养病。那年他评高职的年限有了，想他评上，待遇好一点儿，哪想名额就一个。罗老师，你也是我们学校的梁柱子，手心手背都是肉，我报谁好，叫我为难。我的确去找过教委，想再争取个名额，把你们两人的问题都解决。可是高职是一个萝卜一个坑，哪个学校都要用这留住好老师，谁又愿让名额？这情况宋老师知道后跟我说，带毕业班的艰辛他清楚，自己绝症在身，拿那职称来有啥用，只报罗老师吧，他主动放弃了申报。"

老校长的眼泪当面啪啪地往下掉，又实在控制不住，猛地转身出去，把羞愧难当的罗长贵扔在办公室里。一束夕阳的余晖从窗户透进来，将罗长贵的身影投射到地上，似现非现，显得可怜巴巴而又模糊不清。

一夜未眠的罗长贵，第二天去找到老校长，要求把自己评上的高职取掉。老校长对他难言地摆摆手，最后委婉地说："评都评上了，怎么取掉，取掉又有何用？"

就是这一天，罗长贵来的临江街。他也是老师，带学生的甘苦，不言自明。宋老师来自重点校，水平肯定比他高，受的累肯定不比他少，还患上绝症，人家能淡泊名利，他却争名夺利，简直是奇耻大辱。他站在空旷处，面对长江，一声接一声地大吼，要把堵塞在胸中的沉重吼出来才能轻松。他吼到嗓子充血，沙哑失声。他心里明白，自己干了件有生以来最卑鄙可耻的事，羞愧、内疚、悔恨、自责交织在一起，会痛入骨髓，将终其一生。

罗长贵站在那天吼叫的地方，将事件一一复原，怀着忏悔的心情，在心里原原本本讲给老伴听。这件事他一直深埋在心，对老伴也难以启齿，更不会跟罗渝讲，他是父亲，有父亲的自尊。现在向老伴坦露了，他又多了一分轻松自在。他知道，老伴尽管会抱怨他，甚至责骂他，但她清楚他的为人，终归会宽恕他的。可是宋老师会宽恕吗？宋老师不会是带着对他的怨恨离开人世的吧？

再往深处走，街上的情景让罗长贵有种不对劲的感觉。街上没有行人，都关门闭户的，到处是垃圾。在一家的木门上，有红油漆写的斗大的一个"拆"字。一道砖墙，横断道路。砖墙合缝的水泥浆还未干透，砖头有湿痕，上面贴着布告："地区改造，绕道通行。"他原来走进了一条将被拆迁的空街。冷冰冰的砖墙，生硬地切断了他的思路，阻断了他回到过去的路口。他站在布告前目瞪口呆，短时间的惶惑，叫他不知所措：再回不去了——大河顺城街。

一只肮脏的小狗从一幢人去楼空的房子里窜出来，汪地尖叫一声。是谁家的狗，这家是它的主人家吗，是主人遗弃了它还是它回来寻家？被吓了一跳的罗长贵，望着夹起尾巴掉头逃窜的小狗这样想。迅即他在布告前醒悟过来，条条小路通大道，人生岂止一条路呵。他涌起满满一嘴口水，啪地吐在布告上。看着口水慢慢流下来，流过"改造"二字。他很为这顽童行为得意，又摇摇头，自嘲地笑了。

这一折腾，路上又走得慢，到大河顺城街用了两个多小时。

二狗、矮儿、大头，你们在哪里，还健在吗？那时一起站在城墙垛子上，解开裤腰带，把裤子褪到大腿根，喊一二三，一起对着长江撒尿，看谁尿得高尿得远，然后使劲喊："涨水啦，涨水啦。"江边是群洗衣的妇女，笑骂道："背时的娃儿，把水警喊来，看不把你们小鸡鸡割了，丢江里头喂鱼。"于是在咯咯咯的笑声中仓皇收拾，逃之夭夭。这些情形，你们还记得吗？

罗长贵凭着印象，感觉现在站的地方就是原来的城墙垛子。想到那时的情景，忍俊不禁，放眼望去，又平添悲凉。老街的房屋，已被无情的推土机铲平；脚下的青石板路，被冷漠的水泥路替代；坑坑洼洼的老城墙，只存在于记忆中；溅有尿液的青条石，怕早已在江底磨掉了棱角。罗长贵在滨江路上独自往返，大河顺城街仿佛又搬回来重叠在这条路上。他把一些永远都忘不了的事，一桩一桩在心里讲给老伴听。可能有对她讲过不止一次的，但那又怎么样呢？

在涪陵读书的假期，他几次回这里看父母，跟发小们去城墙上和江边玩，谈各自的见闻，谈今后的打算。毕业分配到下城中学那年，他回的就不是这里了，是父亲厂里的职工宿舍。那天他想过江来找二狗、矮儿、大头他们，参加工作了，该请他们去江边吃一顿毛肚火锅。"你去哪里找他们？"父亲说，"大河顺城街没了，全拆了，成了一平坦的滨江路了。老街坊们都各奔东西，连影子都找不到了，唉……"父亲也为失去的许多东西痛苦。市政建设的步伐在加快，速度惊人地摧毁了一些又砌筑起另一些，人们恨不得一觉醒来，就置身在一种全新的环境中，过一种跟以往彻底不同的生活。会这样吗？能够这样吗？罗长贵陷入极度的伤感中。发小们的联系失去了，童年的时光，被一把无情的剪刀咔嚓剪断了。他不明白，城市的发展，为啥要以割裂人们的一部分感情为代价？

罗长贵站在路边水泥栏杆前，回忆发小们的情谊。几十年了，那些无数的碎片，经记忆的胶水一粘，轻而易举就完整了。他望着逝去的江水，感觉一阵温馨。他又想到儿子罗渝，都三十几的人了，跟他的这几十年，又是怎么过来的？他在脑子里却搜不出来多少，那些片段也连接不起。儿子几岁时，吃过晚饭后，有过爬上他腿，闹着要听讲故事的经历。他讲过吗，讲的些什么，现在一点也记不起了。他只记得，他顺势抱起儿子在腿上颠过两颠，只那么一会儿，也会觉得是对时间的一种浪费，备课和批改学生作业还在等着他，他赶紧把儿子打发走。儿子离去时回过头来，要哭不哭的样子，刺得他心里的那阵隐痛，至今也没有忘记。儿子长大一些后，跟他有距离了，他也不会再用肢体语言去填充。例如脸庞挨一下脸庞，或者亲一下儿子的额头，拉拉儿子手，拥过儿子搂搂肩，他不会做的，为父的尊严让他做不出这些亲昵的举动来。他曾为自己辩解过，大概儿子长大了，也不习惯这些。他不知道，如果自己那样做了，儿子会怎样，是退缩还是默不作声地接受。他作过多种设想，但从未试过一次。长此以往，和儿子简直像学校里的一对师生，若即若离的。同事们都说他教学有一套，教自己的儿子肯定更有绝招。其实不然，这恰是他致命的软肋。儿子最终高考落榜，干上摸方向盘这行当。这些年来，他没听儿子抱怨过，越是这样，他越觉得欠儿子的。他只得这样宽慰自己：儿子已经成家立业，在书写自己的故事，他只能是个观众，不能去充当故事里的人物。可是这段时间，儿子每次来看他，两人无言枯坐，近在咫尺，心却隔得很远。想到这，此刻他心里依然绞痛。

这时已近傍晚，中午的一阵风吹出个好天气，天空像洗过一样干净。远处连绵起伏的南山，在天际线上画出深蓝的轮廓。从浮图关方向射过来的夕阳，洒照在江上，江面像打碎的玻璃，发出无数耀眼的光斑，与对岸南滨路上的餐馆和江边的饮食船早早打开的霓虹灯招牌相融合，映得江天五光十色。望着这迷人的景象，他突然有这样的想法：老伴走了，家庭生活残缺了，尽管这样，日子还得过下去，该找时间跟儿子好好谈谈了。

五

那天下午的开头很好，脚步终于迈出家门。罗长贵从未感到过故乡的大地对他这样亲近，任由他行走。现在没有什么能将他拉回去枯坐在桌旁了。几天下来，一切顺利，身体没有一点不适，每顿饭吃得很香，每晚觉睡得特别沉。他不想有什么人来搅和，怕这种感觉被破坏，就像诗人的灵感遭打扰就会消失一样，手机也一直关闭着。

这天的天气不是很好，云压得很低，亮不开，空气也有些闷。罗长贵像往天一样，吃过早饭出门了。从朝天门码头出发，他顺着嘉陵江边的滨江路往上游走，走得不快，像任何上了年纪的老人那样不慌不忙。前几天，他都是走走停停的。累了，在路边找个地方坐一坐，在一棵树下，在一块石头上，取出水壶喝口水，悠闲地观望驶过的车辆和过往的行人。有时与一些年龄不等的人同行，都各走各的，都不会去打探对方的情况，一般交换个问候的眼色，充其量招呼一声也就过去了。有次一辆拉货的皮卡车驶过，又倒回来停在他面前，司机摇下窗玻璃，探出头来问他是不是病了，要不要载他一程。司机是个年轻小伙子，嘴里衔着一根烟，烟雾袅袅，熏得眯起一只眼。摇滚乐的旋律像背景音乐，从驾驶室的窗口喷涌出来，脸上仿佛都能感到阵阵声浪的冲击。他谢了。望着驶去的皮卡车，他心想，倒是个可以摆龙门阵的小伙子，不过他不会上他的车，那烟味和音响会让他受不了的。这些要在以往，都是不会在意的小事，现在他体味到其中的不少乐趣了。每次这样过后他会想，以前的日子过得多单调哟。

赶路不是他的目的，他要的是在路上。

罗长贵这时走到化龙桥，遇见一个也背双肩包的同路人。两人前前后后走过一段路，那人跟他说话了。"老师，"那人问，"你锻炼身体？"

"算是，也算不是。"罗长贵有些犹豫，真不知道该如何回答。

那人说："我出来走，就一个目的，想多活几年。"

"倒是，"对他的直率，罗长贵应和着，"走路是一种很好的锻炼，尤其是对我们老年人。"

"听老师刚才的回答，很有趣，出来走，有这样模棱两可的？"

"你一问起，我的确拿不准该如何回答。"罗长贵说，"算是吧，我又不是为多活几年，不是吧，我又在走，都会说这就叫锻炼。不像你，走的目的很明确。让你见笑了。"老伴的事，他是不会说的。

"哪会笑话你老先生哟，看你年纪比我大，能这样走，很了不起的。"那人向罗长贵伸出拇指扬扬，又颠了一下肩上的包，说，"我才是会让你见笑的，我这走，是在亡羊补牢。"

"你这说法才有趣，"罗长贵说，"又是怎么回事呢？"

"三年前我得了肝癌，动了手术。"那人不隐讳，说得很坦率。

罗长贵认真地望他一眼，看上去那人年纪要小一点，个子不高，长得瘦小，走起来很精神。"很多人被癌症击败，是自己的精神先垮了。"罗长贵说,"你这样做,真了不起。"

那人说:"老先生说得对,跟癌症斗,就是打仗,我就觉得是在打仗。我用走跟它打,我走了三年,跟它打了三年。天天这样走,不晓得明天会怎样,还能不能走。我不管,只要走得动,就一直这样走下去。我想,只要我在走,就不会被它打败。"

"是的,是的,肯定是这样的。"罗长贵由衷地说。他真的钦佩那人了,似乎那人的精神通过对话,也一点一点注入到他的体内。他感到了从未有过的兴奋,力量输送到了腿上。

他们又走过一段路,又说过一些话,罗长贵走得慢些,那人就跟他分手了。他望着那人渐走渐远的背影,心里想,又一个像邱灯泡一样的人。

中午时分,罗长贵走拢沙坪坝小龙坎,这时他站在石门大桥脚下,嘉陵江从跟前流过,汽车在桥上从头顶驶过,一种蔚为壮观的震撼直抵心底。肚子开始唱歌了,食物的诱惑使口水一下子涌上来,他想到了儿时吃过的饮食香。路边正好有一家馆子,是卖豆花的,门楣上有一块木招牌——何豆花。小小铺面,店堂干净,只有一张桌子,煮豆花的锅和摆作料的案板架在店门口。这小馆子的格局很合他意,让他有家的感觉。他毫不犹豫就跨进去了。

店里没有顾客,或者吃完走了。老板是个长得白净的中年汉子,斜挎着人造革包,里外就他一个人,集掌厨和服务于一身。罗长贵只要一碗豆花和一小碗米饭,老板对这笔生意并不嫌小,热情招呼他坐下。罗长贵很安心,饭菜一端上来,就慢慢吃起来。记忆里,妈妈是用胆水点豆花的好手,一锅豆浆有一瓢清的本事,出的豆花又嫩又绵。更叫他难忘记的是妈妈制的作料,不用酱油,用盐,她嫌酱油水分多,咸味不正。妈妈的佐料有葱、蒜、姜、味精、麻油、花椒面,最重要的是,用擂钵把新鲜红海椒杵得稠稠的,叫糍粑海椒,再加入从野外采来的剁得细细的一种叫鱼香草的植物，将这些混合在一起，黏糊糊盛半碗。

吃进嘴的豆花是不错的，可是作料，就差妈妈的十万八千里了。"老板，有鱼香草吗？"罗长贵想作料的味道有一些改善。老板一脸茫然。"它还有个学名，叫留兰香。"罗长贵解释说，"作料有了它，才能吃出豆花的清香。"老板笑眯眯地过来。"是哦，听人说起过，还没见过。"他说，"看来，老先生是位真资格吃货。"

"吃货"这个词，是近些年小年轻从旧书上翻出来显摆的词，罗长贵不太喜欢，它对吃是片面的，太直接。难道对食物的享受，仅是食欲的满足吗？见老板并无恶意，就说："人老了，小时候吃过的东西，一辈子都记得，觉得香。"

老板干脆坐过来，双手放在桌上，好奇地问："老先生不是附近的人吧，是出门走人户？"吃饭时，罗长贵不愿跟人这么亲近，特别是陌生人。"不是，"他有些生硬地说，"出来随便走走，看看。"

"这样好。"老板很赞赏。大概孤单，想找人说话，"这对老年人来说，特别重要，对健康有好处。我那老父亲，不像你，他哪里都不愿去，只去一处地方，麻将馆，屁股一坐，一整天都不挪动。"

"每个人的爱好不同而已。"罗长贵似乎不那么烦他了，边吃边谈起来，"我不会打麻将，我爱下象棋，一下也可以下一整天。"老板说起麻将，瘪瘪嘴，还斜着头摇。他说："下象棋比打麻将高尚，打麻将的，是想把人家的钱赢进自己的荷包。"罗长贵笑了，"打牌嘛，是这样的。"他说，"下棋也有下赌的呀，只是我不喜欢。高尚是相对而言的。""听老先生一开口，就是有文化的人，看问题全面。"这时又有人进店来吃饭，老板起身去招呼，还回过头说："我把问题看得死，为打麻将的事，跟老父亲吵过无数回，倒不是为钱，是为他身体，哪天倒床上了，摊到手的，还不是我？"

不由得罗长贵不想,这都要惹火烧他身,他脑子里闪过这些日子的悲伤情形。于是他想到,是不是对罗渝太不公平?

吃完饭,一算账,便宜得叫他不相信是吃的一顿饭。他对小小豆花馆很有好感,不仅是因为钱。他想再坐一会儿。

老板送来一杯茶水。他摇手谢绝了。"给我来碗豆花水吧,"他说,"好久没喝过它了,想解个馋。"

老板很热情,舀来一碗豆花水,"豆花水好。"他说,"清热,解渴。"

罗长贵捧起碗没喝,先是看和闻。豆花水浅黄略带淡绿,清亮莹澈,一股清香扑鼻。

"放心,"老板说,"用的是真正的胆水,我良心还没抹黑,不会乱用东西点豆花。"

"这我当然知道哟,"罗长贵喝一大口,咂咂嘴说,"只有胆水点的,而且是用石磨推的,才有豆花水十足的清甜味道。"

老板哈哈笑起来,"难得哟,难得,老先生你可晓得,为了每天这锅豆花,我天不亮就爬起来,这些年下来,那石磨前的地都被我站出来一个坑。"

罗长贵说:"勤人对懒磨嘛,所以你的豆花香。"

"哎呀呀,俞伯牙遇钟子期,我何豆花今天也遇到知音啦。"老板欢喜地说着,从挎包里将罗长贵的饭钱掏出来,双手恭敬地放在桌上,"这顿饭,我请客。"

罗长贵想,他没再用"吃货"这个庸俗的词,是用典,也难得遇上这样的老板。白吃他一碗豆花、一碗米饭、一碗豆花水,反倒让他舒服。"那我就不客气了,道谢了。我该上路了。"罗长贵收回饭钱,站起来又说:"哦,顺便问一声老板,令尊贵庚?""那老先生高寿啦?"老板有点文化,这叫罗长贵很高兴,笑笑说:"呵呵,痴长七十八。""我该叫你伯伯,"老板说,"我父亲小你两岁。""听我一句劝,"罗长贵边说边往外走,停在店堂口说,"你父亲都这把年纪了,养成的习惯要他一下改过来,我看很难,不如顺其自然吧,叫他适可而止。"说完便走开。老板跟出来,"喂,"他叫道,"老先生贵姓?""免贵姓罗。""罗伯伯,欢迎下次再来,我给你弄鱼香草。"

半下午时分,罗长贵走进磁器口镇。罗长贵记得这座古镇,是因为父亲早年间跟他的一次述说。20世纪30年代的一天,爷爷带着父亲来磁器口办事,浇糖官刀的挑子,就是在大街上见到的。在那挑子前,父亲的脚步再也挪不开了。挑子的一头是一块油浸光滑的石板,一头是画着各种奖品的转子,旁边一只红泥小炉,木炭燃起蓝色的火焰,烧着一口熬糖的小铜锅。摊主用小铜瓢舀起糖液,在石板上浇出桃子、小鸟、小猴、公鸡、官刀这些叫人流口水的东西,然后用一根竹签子粘上,颤悠悠地插在草把子上。爷爷给了父亲一点小钱,还用眼色给父亲鼓劲。父亲使力掀动了转子,转子在人们注视下飞快地旋转起来,着魔一样停不下来。父亲的心也随着飞旋,又后悔使力太大,转到有好奖品的格子也停不下来。转子慢慢开始减速了,父亲忍不住大喊"大龙,大龙,大龙"。大龙是最高奖品,一般的只需一瓢糖液,大龙需两瓢甚至三瓢。当转子终于晃晃悠悠停下时,那一刻,父亲简直不敢相信自己的眼睛,揉了好几下,爷爷的嘴张开许久也闭不上了,旁边的看客呵呵地起哄。指针不偏不倚,定定地停在大龙的格子上。

不是那条大龙,是父亲赢得大龙的喜悦,叫罗长贵记住磁器口的。

后来,磁器口的热闹被江风吹跑了,沉寂了很长一段时期。重新**繁华**起来是近一二十年间的事,当地政府依托古镇的历史遗迹,把它开发成民俗文化街区景点。在罗长贵退休前一两年,有个周末,学校组织教师带家属来这游玩,他没来。现在想不起为什么没来。老伴为这事还埋怨他,浪费了一次公费旅游的机会,她也失去见识公公赢大龙是个什么地方的机会。老伴这一埋怨,他也挺后悔,恨当时那件忘记了的事绊住了他的脚。尽管回来的同事说起镇上的热闹,说得津津有味,罗长贵还是不心羡。他知道,原本的磁器口已经变味了,不可能再是父亲掀动转子,赢得大龙的磁器口了。

进入古镇是一条小街,并排能过三四个人,两边全是卖旅游产品的铺子,各种玩意从屋里挂到铺面外,小街显得更逼仄。这天不是周末,也不是节假日,不说是人山人海,像罗长贵这样走慢路的人,也挪不开步子。他一点不烦厌,他是代老伴来逛磁器口的。老伴一生喜爱热闹,盼儿孙回家来,图的就是屋子装满欢声和笑语。

罗长贵从正街的上街走到下街,浇糖官刀的挑子是在嘉陵江边见到的。围观的都是些小孩,家长都站在圈子外。他异常兴奋,顾不得老脸老面的,挤进小孩的圈子里去看。油浸光滑的石板,画着奖品的转子,烧着木炭的红泥小炉,熬糖的小铜锅,浇糖液的小铜瓢,插在草把子上的那些颤悠悠叫人流口水的东西,跟父亲的述说一模一样。他像许多小孩一样,花了5块钱去掀动那转子,看着转子滴溜溜地飞转,心里像父亲那样大喊"大龙,大龙,大龙",转子最后却停在桃子上。那桃子很小,半瓢糖液都要不了。他晓得自己没得父亲的运气好,还是感到有点遗憾。他像小孩一样,将桃子衔在嘴里慢慢品,从甜润中去寻找父亲的磁器口。这番心机枉然了。一个老者,居然当众像个孩子似的贪嘴,路人向他投来哂笑,目光却是善意的。他不由得有些悲凉,父亲的磁器口,那时的韵味,纵是本事再大的人都寻不回来了。

他将这里的热闹,用心语讲给老伴听。还有那顿缺少鱼香草的免费的豆花饭。

他站在一个叫过街楼的建筑前,面对高高在上的宝轮寺犯愁了。要进山门,必须要爬一坡石梯。他来不及细数,大约有好几十级,又高又陡,让人望而生畏。他望着在吃力跋行的善男信女,心想,他们是在把这里当作虔诚的考场。他感到庙里的烟火飘上云霄。钟磬声是从天外传来的。都说这庙子的签很灵,他是不是也该爬上去烧一炷高香,站在菩萨面前祈祷个什么、保佑个什么?

那还是在退休前的一天,罗长贵在办公室与同事闲谈,聊到对子女的教育,霎时像火星溅进火药库,整个办公室爆燃起一片火气。性子直的开口咒骂,教了学生,误了自己家的。有的嘴上不响,却憋一肚子气,将手里的东西砸得办公桌啪啪响。直到上课铃声响起,办公室才恢复到宁静。

该上课的都走了,办公室里只剩罗长贵和杜老师。罗长贵刚才没骂,也没砸东西,一脸的痛苦却没躲过同事的眼睛。杜老师拖过凳子坐过来,"老罗,"杜老师一腔热忱,眼里注满关切,"我理解你的痛苦,但你不能背它一辈子,它会压得你失去一切,应该倾诉,把它释放出来。"

他摇摇头,似乎要将困扰他的痛苦摇脱,又像是对杜老师的话的质疑。

"不是跟我倾诉,"杜老师赶紧申明,"我没这么大能耐,是跟我的主——耶稣。"

杜老师双手交叉在胸上,喃喃自语,悲悯的目光从罗长贵头顶越过去,望在南墙上,仿佛主现身在那儿。那是一排终年关闭的斜天窗,阳光软绵绵地打在上面,把天窗上的尘垢投射成一幅模糊的图画,映在地上。

杜老师教音乐,还抽出不少精力抓学生合唱团。年年市里的中学文艺汇演,合唱团都获得了好名次。她名声在外,市艺术馆都想要她。她命运却悲苦,全校老师都同情而惋惜。她丈夫是一家国有大型企业的副总,前途看涨,即将接替快退休的老总。儿子在一所市重点中学读高三,成绩一直是全年级前十。一次她丈夫下基层检查工作,累得在车上睡着,车子突然自燃,迅猛的火势霎时吞噬了整个车厢,来不及逃离的都被烧得面目全非,她丈夫罹难其中。失去丈夫的泪滴还挂在腮边,儿子与同学下长江游泳失踪,两天后,尸体在几十里外的唐家沱江面上被发现。人生的大苦难,集中在一起让她背负,亲人还未必谅解。婆子妈在孙子的葬礼上,当众咒骂她是扫把星,与她断绝了婆媳关系。她吃过安眠药,用刀片划过手腕,阎王爷没收留她,是耶稣收留了她。她感到耶稣非常崇高,帮她卸下沉重十字架,拿去扛在了自己赤裸的肩上。

"从此我轻松了。"杜老师像松了口大气,她从南墙上收回来的目光落在地上的影像上,眼里噙满感激的泪花。"从来没有感到过像现在这样通体透明,没有一丝杂念。我的主,知晓我的一切,我的一切,也毫无保留地交给主了。"说着,在胸前画十字。

杜老师后来带罗长贵去过一次基督教堂,带他去见一个叫杨约翰的中国神父。到的时候,杨约翰正在台上宣讲《圣经》,声音纤细得有点像女人。她安排他坐定后,就到前面的信徒群去了。信徒多是老年人,妇人占大半。罗长贵见圣台上的杨约翰竟长着一张娃娃脸,尽管穿着庄重的祭服,但被年老的信徒们衬得很不适宜这场所的氛围。

在罗长贵印象中,神父都是老成持重的,脸上的每一条皱纹都在讲述人生的经历,浑厚的嗓音让《圣经》神圣无比。而这一切,杨约翰却缺少。罗长贵准备做一次忏悔,此刻他犹豫了,自己隔着屏风在告解,但主会给予里面长着娃娃脸的神父权力吗?这个神父理解一个老人歉疚亲人所郁结的疼痛吗?一位老人去向年轻的神父做忏悔,人生的经验告诉他,这件事,不靠谱。老教师和为人父的尊严,同时在感情上排斥着那张娃娃脸,使他终于忍不住,怀着对杜老师的歉意,悄悄退出了教堂。从那一刻开始,他坚信一个道理,自己的苦痛只有自己才能感受,吾日三省,才是最有效的告解。

罗长贵望着宝轮寺终于摇了摇头。这头摇得自己都不知是为谁。他深深叹息一声,果断打消了烧香许愿的念头。

罗长贵在镇上一家出名的面馆吃的晚饭,一碗麻辣小面,吃得一头热汗淋淋。他离开磁器口是傍晚了。站在出镇口的仿古牌坊下,他抬头望一眼天,灰暗的云变厚了,浓得密不透风。他的膝关节有些酸痛,要下雨了。

他放弃步行一段的打算,直接去到回城的公交车站。

六

局长们在开会,闲下来的驾驶员在车里斗地主,打5块,40块封顶。罗渝有时参加,有时在车里玩手机打发无聊。局长在万州开三天会,他在万州焦虑了三天。他的手机除了玩,就是拨三个电话,一个梁燕的,一个父亲的,再一个是父亲家的座机。打给梁燕的是两件事,一是询问儿子的情况,另是汇报自己一天的所作所为,主要是表明自己没去逛夜总会或搞异性按摩。梁燕对他斗地主不担心,他手一向捏得比她还紧。她曾当面揭过他的短,说他有色心没色胆,怕就怕他跟那些驾驶员在一起,什么事都敢干了。打父亲的手机,每次听到的都是那毫无感情的关机语。他估摸父亲是不会开机的。而座机,响的是茉莉花乐曲,很好听,随后却是一串忙音。三天得不到父亲任何信息，他食不甘味，夜不能寐，口腔起了两个泡，火烧火燎的。

这天会议终于结束了，罗渝以为局长会马上赶回重庆，哪知东道主招待与会者，在机关食堂聚餐。都是市局领导和各分局头头，难得一聚，局长当然不愿放弃。当他把局长送到家，已是晚上十点过了。这么晚，车可以不开回局里，他想开去父亲那里看看。

从局长家的小区开出来，开始下雨了，雨刮声此刻听来特别响。在这有节律的声音中，他的想象力异常活泛起来。父亲出游几天回到家中，经过旅途的跋涉，身体虽然疲惫，精神却很抖擞，苍白的脸也变红润了。和父亲坐在桌前，再不是相对无言，父亲会将旅途的见闻与他分享。要是父亲还有出游的愿望，他会帮他设计新路线。这些路线虽然他未涉足过，但他听同事们用赞赏的语言谈起过。父亲不辞而别这些天带来的忧虑，被他的设想一扫而光。雨刮的节奏在他心中竟奏出一首熟悉的旋律，他轻轻地哼唱起来，还按喇叭来打伴奏。曲子哼完，兴奋还未减退。他想，父亲大概正在盼他回去。他也等不及了，拨通了父亲家的座机，《茉莉花》听起来非常悦耳，可是一直响，悦耳就变成忧虑。父亲没有回到家中，也没有在等他分享旅途的愉快。这些根本都不存在。刚才的兴奋，是他的焦虑引发的臆想。

再开下去的劲头泄得精光，他把车停在路边。他禁不住想，父亲究竟安的什么心？难道我们在他心中就没一点位置？是我们丢下他，还是他丢下我们？

雨变大了，雨刮下的街景，一会儿清晰一会儿朦胧。先前消失的忧虑又返回胸中，并迅速膨胀开来。罗渝望着车窗外的夜空，难过得一声号叫，额头向方向盘砸去，喇叭在雨夜里炸响。

罗渝将车停在小区露天停车场，雨下得很大，他顶着挎包跑回家。在客厅放下挎包，不管衣服湿不湿，就去到儿子的房间。

三天未见儿子，仿佛隔了很久，特别思念。在昏黄的台灯下，他端详着儿子。儿子没有一点变化，酣睡中也是那副顽皮的模样，双臂举过头顶，像要砸谁似的。他把儿子的双臂放下来，掖进被窝。随后手放在儿子头上，不忍拿开，就轻轻地摩挲，手掌便有了一种温度。这温度是柔软的，生硬的内心也随之柔软起来。灯光把他的影子投射在墙上，头比真实的大了许多，更圆，却是模糊的。他猜想，父亲是否也曾这样摩过他，感受过父子间的肌肤之亲？此刻他十分相信父亲是摩过的，像这一刻的柔软温度，至今还在父亲心里保留着。但想到外出的父亲，他眼里涌满泪水。

他把思绪收回来，看见儿子脸上有一条紫色印迹，凑近细看，是手指划破的伤痕。他摸伤痕，已经结成硬痂。大概是昨前天又跟同学打架留下的吧。他一阵隐痛。他关上台灯，关上房门，走进卧室。

罗渝一进家门，就把梁燕惊醒了。欣喜中她却听到他去的是儿子房间，一等好一阵，还不见进来，心里便开始数数。数数是她常用的办法，检验自己的忍受度，又测量爱的深度。数到二百时，欣喜化为一丝心酸，在鼻腔里打起转来。儿子比她重要，她有一点嫉妒。不过这念头，只瞬间又消逝了。

罗渝终于进来了。她打开台灯，撑起半身，"怎么半夜才回来？"她有些埋怨，刚才的一丝心酸又袭来，"看你一身湿，还在儿子房间待那么久，该没弄醒他吧？"

罗渝没吭声，从衣架上取下睡衣，进了卫生间。洗漱完毕才上床。

"你不会有什么事吧，"她关切地问，"进屋黑着一张脸？"

"儿子脸上怎么有伤？"他钻进被窝，气恼地说，"那是脸面，留下疤痕，是一辈子的事。"

"是在抱怨我吗？"她坐起来，终于有机会发泄了，"只见他脸上伤,他把同学手臂弄折了。家长在学校闹翻天,说影响今后的生活,要叫赔原生手臂。你说怎么赔?拿你儿子的赔?我是好话说尽,差点跪下了,又跑医院,花了一万多块才搁平。你那时为啥不去学校,又在哪里清闲?"

"这种大事,怎么不给我一个电话?"

"我累得人跟死去一样,给你电话就能救活我?"

一顿说,说得罗渝的嘴闭得紧紧的。

前天体育课做操,老师叫罗浩领操。以前都是那同学领操,那同学一贯霸道,下来跟罗浩过不去。双方互不相让,推搡起来,那同学抓破了罗浩的脸,罗浩将他推下石阶,手臂摔折了。

"这不是我们儿子的错,"他又出声了,语气明显软下来,"是那同学不讲理,何况先抓伤我们儿子。"

她的气还没消完,却不针对他了。"人们不这样看,"她说,"他伤得比我们儿子重。"

"岂有此理,有这样看问题的?"他的观点,基本与她一致了,他问,"老师为啥不主持公道?"

"出这么大事,息事宁人还来不及,能去质问老师?"她看了一眼他问道,"你不会只为这事吧,气这么大?总感到,这一向你心烦意乱的,该不会背着我干啥事了?"

他双手枕着头,板起脸又不应声了。她转过身来,俯在他上面,死死盯住他不挪开。他受不住她的盯视,怕没事弄成有事,只得说:"我敢有事瞒你?我爸外出旅游了,还是我去万州前两天的事,现在也联系不上他。"

她信他了,从上面挪开。"以为多大的事,"她说,"不就是旅游,值得大惊小怪的不放心?"没在别的事上惹了麻烦,她的心松弛下来,又钻进被窝,一只手就拥抱过来。

他拿开她的手,说:"不是你爸,是不?母亲死了,剩下个孤老头,要我不管了,是不是?"他压低声音,控制住这些天郁结起的烦躁,但太过刻意,结果适得其反,成低沉的咆哮了。

"我没安这个心,我不是没孝心的人。"梁燕自觉说得不妥,把自己当成了外人。她的手又放在他胸脯上轻轻地揉着。"我意思是,你爸能去旅游,说明他现在想通了,久在家里痛苦悲伤,身体不垮才怪,那时炭圆①就落到我们脚背上。"

"如果跟个旅游团,那当然好,"罗渝说,"他可是一个人出的家门,也没给我说一声。""那你怎么知道的?"她问。他讲起那天的事,还后悔当时没回去,没能制止父亲的行为,起码要劝他跟一个团,不至于像现在,他的情况一概不知。"信呢?我看看。""没拿回来。当时心头很乱,没想透该不该跟你说。""这么多天了,一点口风都不透,你也稳得住。"她把手从他的胸脯上拿开了。"发生在这时候,又是在我爸身上,难免不多想。"他说。一辆晚归的车,从窗下驶过,灯光透过窗帘缝射进来,划过卧室一角,利剑一样把屋子划成两半。随即沙沙的车轮声碾过。"现在你怎么办?"她问。罗渝没吭声。"该去派出所报案,让他们帮忙找找。"她说。"我找人问过,现在老人出走的太多,警察顾不过来,报也白报。"他说。"信还在吧?"她问,接着有点碍口地说,"该拿到手,以免今后说不清。"

这正是罗渝忧虑的。如果父亲出事,原因又被人们归结为家庭缺失爱,那他岂不落得个不孝之子的恶名。梁燕话丑理端,这叫他的忧虑更为加重。当初为啥没想到这一层?他后悔没把信带走,今后需要的时候缺少物证。

他打定主意,说:"睡吧,明天我去取回来。"他把手放到她身上了。

车到中途,雨下起来,稀稀疏疏斜打在车窗上,还没等凝成

---

① 方言,指烧红的炭,比喻棘手的事情。

滴流下去，就被风吹走了。靠窗坐的罗长贵望着雨点，竟生出一丝怜悯来，这生命多么短暂哟。眨个眼，雨就大了，从小到大，几乎没有过渡，仿佛有人用水直接在泼，涌起一道一道的浪。罗长贵又生出惊异来，生命又有多威猛哟。

罗长贵的心情也随着窗上的浪涌起伏起来。他想起那年送儿子去高考，儿子进考场那刻，回过头来望他一眼。那一眼，他至今未忘，当时令他打个冷噤。他从儿子眼中，看出的是绝望和无助。他想向儿子大喊一声加油，但他喊不出口，在儿子面前，他缺少这底气。他知道，再要说什么，一切都晚了。望着儿子畏缩的背影融入考生群中，他的心都碎了。他避开人们，偷偷流下眼泪水。他想起曾教给学生的一个词——向隅而泣，居然成为自己的写照。儿子在考场遭受考试的磨难，他在外面经历悔恨的煎熬。当看着儿子垂头丧气地走出考场，父亲的权威一下子泄得精光。儿子无话可说，他的眼睛落地上，父子俩沉默地走上一条路。那是条什么路，为什么走上它，都没有心思去在意，儿子在前面走，他只管在后面跟着，仿佛成为父子俩就是为这一场走。在一个僻静的转弯处，儿子终于停下不走了，他也停下，陪儿子站在路边。过半天，儿子轻轻叫他一声"爸爸"，大滴的泪水滚落下来，哽咽着说："对不起，让你失望了。"儿子这话，说得细声而惨然，却有一股抽得人疼痛的力量。他突然发现，站在他面前的儿子长高了。那一刻，他体味到从未有过的心酸，想对儿子说一声对不起，又没勇气说出来。

两年后，儿子拿到汽车驾照，找到工作。得到通知这天，老伴做好一顿丰盛的晚餐。他跟儿子对饮啤酒，举杯时，终于把两年前那句闷在心里的话说了出来："儿子，你没读完书，爸爸有责任，现在跟你说声对不起。"满满一杯酒，他仰头一饮而尽。

"爸爸，"儿子说，"不要这么说，哪能怪你，只能怪自己，我也挺惭愧。"他一仰头，一杯酒也畅快地倒进嘴，然后抹去嘴边的白沫，"现在这工作挺好的，我喜欢。"

他知道儿子是言不由衷的，一点没减轻他内心的压力。儿子认识梁燕前，有一段时间，下班回来躲在自己屋里自学成人高考课程。他瞧见了，很高兴，同时也有些自责。他花功夫找来复习资料，决定要好好帮儿子考试成功。偏偏这时，教委抽他去参加全市中考封闭式阅卷。半个月后他回来，复习资料被儿子完好地堆在他的书桌上。可能儿子觉得太难了，也可能认识了梁燕，两人在热恋中。他只得一声叹息，失去一次弥补以往过失的机会，丧失了亲近儿子的大好时机。

车子停在牛角沱终点站，没有到家的公交线路，罗长贵想步行回家，最多一个小时。现在雨下得大，他只好在车站里等雨停。又有几班车进站了，雨还没有停的意思。马路对面开来一辆出租车在下客，他来不及多想，一边呼喊一边冲进雨里。人老了，跑也跑不快，相距也就四十来米，坐进车内，一身衣服湿透，累得心脏快要跳出喉咙口。司机回头对他说："老先生性子真急。"

罗长贵隔好一阵才平复下来，说："怕你开走。"

司机说："见你在喊了，正要把车开过来，你就跑过来了。这么大的雨。"

转过头去的司机，平头，圆脑袋，后颈上叠着肉褶子。车厢里的味道都是油腻的。罗长贵说声谢谢，又说了要去哪儿。他从背包里找出毛巾擦干头发，感到后背冰凉，反过手去把衣服抻抻，用毛巾隔上。

车子穿过菜园坝隧道，沿着长滨路向大河顺城街驶去。"看老先生，该有点年纪了吧？"司机无话找话问，"怎么背个包，夜晚一个人在外？"

罗长贵只嗯嗯两声，透过雨水流淌的车窗望外面，模糊的景致匆匆扫过。雨这时小了,变得缠绵起来,看起来犹如恋人在天地间依依不舍。罗长贵知道,这是他对岁月的留恋,对生命的留恋。他惊诧这段时间,心胸变豁达了,短浅的目光变远了,以前心里的沉重事,分量现在也减轻了。他不明白早过七十的自己,以前为啥就不明这个理。山坡上的草,进入秋天,是往地底下萎缩的,人老了瘦弱,头发掉得光秃,牙齿脱离牙床嘴巴瘪起来,无不是这样的。人活一世,就是还时间和人情的债。又想起司机刚才的话,不由感慨,是的,我一个人在外,我也曾有贤妻,可她撒手人寰;我也有儿子,可儿子要营造自己的日子,我只能是我一个人,这就是为啥我一个人夜晚在外。他觉得,谁都会有这样过的一天,没什么值得抱怨的。想着想着,心里空泛起来,就有些犯困,眼皮一闭,打起瞌睡来。迷迷糊糊中听见,司机打开收音机,一位男高音在唱,歌他听过的,名字记不起来。

"老先生,"司机提高声音叫他,又微微侧过头来说,"听听歌吧,胡松华的《森吉德玛》,老歌。"

罗长贵清醒转来,打个寒噤,猜出司机的一番好意,怕他睡过去着凉。心想,今天运气好,碰上个好心眼的司机。

罗长贵开门进屋,熟悉的气味迎面扑来,浑身舒服。他赶快脱掉湿衣服,洗热水澡,换上干净衣服,然后沏一杯茶,放少许的茶叶,坐在沙发上,打开电视机。电视机是二十九英寸的,老式的。儿子早说换成液晶,他和老伴都不同意,说好好的为啥要换,能换电视台吗?他倒换了几个频道,都不想看,最后停在讲养生之道的节目上,便懒得再管了。他只管电视开着,有光影有声音就行了。其实,他是要它来催眠的。

茶,还没喝一口,他睡着了。

七

　　昨夜的雨，没有下透，空中像涂满灰黑的胶冻，一块一块的，凝固得风也推不动。长江升腾起一缕一缕的水雾，雾气遮掩着南山，天地一片黯淡。

　　罗渝把局长送回家，没把车开回局里车库，而是去往父亲家。这一天，他心里总觉得有事，不仅是为取信，还有别样东西梗在心上，是什么，又说不出来。小区外的路边停满车，会车时他占了道，差点发生擦挂，惹来对方叫骂。他平时技术好又小心，这让他很冒自己的火。他知道是那困扰害他烦躁不安。

　　罗渝将车开到父亲宿舍楼下，随意停在空地上。他喜欢这里的停车环境，宽敞得可以随心所欲。

　　学校合并后迁走了，在职的都搬走了，留守宿舍楼的是清一色的退休老师。住户也杂了，新进户几乎都是在这条街上做生意的农村人。相比起来，这楼房的价钱要便宜得多。这幢以前的老师楼，被坚守的原住户戏称为"老朽楼"。

　　一人巷那面墙的房子已经拆除了，被拆除的还有好大一片，现在都用围栏围起来。站在围栏前，罗渝一阵浮想，如果那堵墙还竖在面前，他会再蹬一回，能蹬多高蹬多高。在那高度，从窗子外探视一下家，该是个什么景象？他不会再怕父亲的咳嗽声了。要是父亲正好在，他会跳进去吓他一下。

　　在他印象中，这里拆迁没多久，但废墟中的"老朽楼"与拆迁户的邻界地，到处是倾倒的垃圾，蚊蝇嗡嗡在飞，一股气味随风飘散。罗渝见空地上竟长出了一蓬一蓬的蟋蟀草。小时候，他和伙伴们习惯把蟋蟀草叫官司草,把草绾个扣,互相串起来,抓住喊一二三使力拉,谁断谁输。对这种更考验心理的游戏,他们快乐得不知疲倦。为保持不败的王者地位,那时甘愿走到很远的郊外去采摘,没想到现在伸手就是。他去到场边,掐一根衔在嘴里,一股酸涩的青草味满嘴弥漫,鼻腔也有些酸酸的。

罗渝走进楼道,脚下踢到什么,打个趔趄,赶紧抓住栏杆,栏杆一阵摇晃。他一看,是楼梯露出的锈蚀钢筋。他有些气恼地大吼一声,吼声往上传去,在楼层间碰撞,没一点减弱又返回给他。地面不平了,栏杆松动了,墙面剥落了,整幢楼房像人一样进入到暮年,一副昏昏欲睡、萎靡不振的样子。而年老的父亲还住在这里,爬上爬下地受累。他感怀地抬头向上望去,楼道延伸向昏暗中,爬累的父亲仿佛正扶住松动的栏杆在昏暗处喘息,喘息声在楼道里回响。这里的陈旧和破败,不由使他联想到父亲。这想法使他无法拒绝,又无法思透。他熟悉这里,一生中很长的一段岁月是在这里度过的,现在却疏远了它。如果不是父亲还住这里,他还会回来,还会对它产生思念吗?他走在楼道上这样想着,似乎那段岁月已不再值得追忆了。

他站在房门前,一想到面对空屋,取走那页叫他汗颜的书信,然后怏怏离去,再提心吊胆地等待某种意想不到的结果出现,便又被忧虑压得喘不过气来。这时他说不清为啥,突然有点讨厌这里,感到自己像个过客,跟这里没半点的关系,是这里的破烂叫他好奇,贸然进来看看而已。真要是这样,还有必要进去吗?他在门前有些踌躇。这突然的念头,的确有些叫他害怕。

这时从楼梯上来了张自力,手里提着一袋东西。"是小罗哇,"他主动招呼,"好久没见了,回来看父亲?"罗渝嗯了一声,赶紧侧身让过。走过的张自力倒回来,把提的东西换过手,说:"这些天来,你父亲好像在参加啥子活动,一大早出门,很晚才回来。"

他望了一眼紧闭的房门，里面好像关着什么秘密。"真的？你见他了，张老师？"罗渝一下子兴奋起来。"没有，我在问你嘛。""那你怎么晓得？""嘿，"张自力含蓄一笑，说，"我们这个'老朽楼'，未必你不晓得吗，是透明的，对穿对过，楼上楼下，哪样事瞒得了人？"罗渝开心地笑起来，"是是是，"他说，"哪家屙尿的声音都能听见。"张自力说："形象，形象。"罗渝不想再说下去了，掏出钥匙转身去开门。离去的张自力又转过身来，说："小罗，见你爸，跟他说，张叔叔又想跟他学棋了。"

罗渝一进屋，眼睛首先就望桌子，压在茶杯下的信不见了，茶杯里还泡着茶叶，面上浮起一层隔夜的茶垢。打开的双肩包斜丢在沙发上。电视机在播放节目。这些天来的焦虑和烦愁，被这些激发出的喜悦一下子冲掉，辛酸霎时从他心底涌上鼻腔，委屈的泪水浸满眼眶。

他关掉电视。

"爸爸，"他几乎流眼泪了，"你回来了？"

罗长贵感到生病，是在昨晚下半夜。他睡在沙发上，突然被冷醒。电视节目不知哪时完的，圆形测试图标占满整个屏幕。他想从茶几上拿过遥控器关机，刚下沙发，突然天旋地转的，骨头瞬间像散了架，噗地瘫倒在地上。他以为是睡蒙了，扶住沙发再站，力气不知哪去了，站不起来。他浑身发烫，心却冷得打颤，牙齿抖得咯咯咯的，头像戴着一顶又紧又重的铁帽子。他坐地上好一会儿才缓过气来，硬撑着起来找药吃，然后和衣倒在床上。

他曾听见过电话铃响，没有力气起来接，就由着它响。他体温升高了，进入恍惚的境界：躲迷藏的老伴，从墙后面飘然而至……儿子进考场那双乞求的双眼在无限地变大，最终化为一潭浓稠的泥水将他深陷进去,他在里面奋力挣扎,儿子在岸上呼唤,一声又一声……不知过去多久,他从恍惚中醒过来,是儿子真的在叫他。

听见卧室里有响动,罗渝立即冲进去。父亲仰卧在床上呼喊他,声音像蚊虫在叫,半睁的眼里失去了往日的倔强。父亲想坐起来,想给儿子打招呼,但上身只动了一下。

儿子去到床前,问:"身体不舒服?"

"这几天累的。"话音又像是蚊虫在叫,父亲想把事态缩小。

儿子感觉像接近了一团火,手放在父亲额头上,"哎呀,"他的手本能地一下子跳开,"爸爸,你病了,在发高烧。"

"昨天淋了雨,可能遭了风寒。"

"爸……"儿子想借此发泄,话到嘴边又咽回肚里。

"没大问题,"父亲说,"我吃了药的。"

"不行,"儿子果断起来,不再迁就父亲了,"烧得这么厉害,必须去医院。"

儿子找来衣服,加在父亲身上,然后蹲在床前要背他。

"不用你背,"父亲躲开儿子的背,说,"我能走。"他试图站起来,又跌坐在床上。

儿子什么也不说,抓起父亲双臂往肩上一搭,背起朝门外走。父亲先还扭动,想让儿子放下他,渐渐没力气了,软绵绵地贴在儿子的背上。

儿子背着父亲在楼梯上向下疾走,恨不得两级当一级,甚至巴望医院就在楼下。父亲在他心目中曾是那么高大,现在却感觉不出多少重量。如果不是胸骨硌痛脊背,有一把大腿的骨头握在手中,罗渝真不敢相信父亲在背上。但是他感到另一种很沉的重量,那重量不是在背上,是压在心里的。他相信,那重量即使再沉,咬牙也要承受住。官司草的酸涩,突然从胃里涌上来,冲进鼻腔,激得眼泪掉下来。他记得,那次高考出来,在父亲面前掉过泪,还有那次劝父亲搬过去。为这事,过后自己在心里难堪许久,发誓以后打死都不要在父亲面前掉泪了。现在又掉了。还好,父亲在背上,无法看见。"爸爸,"他想驱散难受,问,"留给我的那封信呢?"

一股凉风一激,罗长贵顿感铁帽子松掉了,迷糊的脑子也清醒许多。"我收回了,"父亲在背后说,"是我那时的想法,才不会留给你呢,我要自己留作纪念。"说完,他给儿子一个幽默的笑。儿子什么都没看见。

儿子却偷偷笑了。他说:"进门的时候,碰见楼上的张老师,要我告诉你,他又想跟你学棋了。"

父亲哦哦两声,"我要去会他的。"他说。

儿子在疾走,父亲俯在儿子背上,尽管颠簸却十分安心,他知道儿子不会叫他掉下去的。他搂抱儿子胸前的双手,触到儿子心脏在跳动,血液在奔流。他想到,这跳动和奔流有着他的一部分,现在又贴在一起,自豪和骄傲霎时充满胸中。他想叫儿子放他下来,自己还会走,又不想开这口。不是怕儿子不放,也不是怕下来自己迈不开步子,是感到儿子背部的宽阔和温暖,舍不得放下这从未有过的体验和享受。在儿子的喘息声中,他看见无数细碎的时光在闪动,串联起许多的人和事,走马灯似的在面前经过。那些人和事,无论让他痛苦还是欢乐,都无可选择地成了他的生活。那些痛苦和欢乐,都失去了支配他的力量而成为记忆,只储存在他的生活中。他感到自己是过来人了,再别无他求,只求儿子他们过得比他好就行。想到儿子还有更长的路,面对的是说不定比他还要多的艰难,他的心一下子痛起来。这种痛,是他没有过的,是悔忆和担忧混合成的锥心的痛,痛点那么集中,那么深沉,痛得他两行浑浊的泪水不由分说地涌出眼眶,无数的皱纹也没有挡住。

儿子后颈窝感到浇来滚烫的冰凉,身子打个激灵,脚步稍一迟疑。他深深吸一口气,耸耸背上的父亲,让他靠得更舒服些,又继续在楼梯上疾走起来……

第三篇

别无他求

一

用座机和手机他都打过几次，那个手机号码已记得烂熟，甚至能倒背如流，他却没有一次能打出去。

用座机打，有些紧张，手指拨号颤颤抖抖的，还犹豫。有时拨到了最后一个数，他也会突然刹住。听筒放得之快，像会烫手，跟丢下的一样。觉得再不快点，号码便会流过电话线，激活对方手机的铃声。随即，那双单眼皮的眼睛，会向他射出鄙夷的目光。

是不是单眼皮，他想不起来，只是觉得这适合她，因为聪慧的女人都是单眼皮。至于那双单眼皮眼睛射出的鄙夷目光，更是他想象出来的了。

尽管没打一个电话出去，事后他还是后悔这半个电话打得轻率。奇怪的是，内心虽说无法平静，他却会再次拿起听筒，继续拨号。如此反复，像在给自己找事耍。

用手机打，心要宽松些，拨号不紧张，也不犹豫，挺实在。可是临到发出，悬在发出键上的手指一下子变疲软了，像只蜜蜂对着花蕊抖索着翅膀落不下去。打座机的不安，不知怎的又从心底翻上来，变成麻绳勒住他，叫他发慌，欲罢不能。挣扎一阵，还是把号码一个一个地删除了。

这晚，他做了个梦，一个奇怪的梦，醒来把梦一一还原：他打开房门，阳光像开闸的水涌进来，晃得他赶紧用手遮挡。在跨门时，一只拖鞋绊住了他，身子晃了一下，无意间回头，屋里一切依旧。当他站到门口，面前的景象叫他傻了眼。宽敞亮堂的院坝，花儿在开放，蜜蜂在飞，青草在风中点头，中央挺立着一棵枝繁叶茂的桂花树,一簇一簇金黄的桂花像星星一样在闪烁,像在呼唤他,要他投进怀抱。他迟疑着,慢慢走向桂花树……

这个梦,非常真切,他仿佛闻到了桂花的香,听见了蜜蜂振翅的声音。

他被梦搞得清醒了,瞌睡一下子跑个精光。

他住的是职工宿舍楼,15-3。门前别说有宽敞亮堂的院坝、桂花树,连一点草腥味都没有,倒是弥漫着一种混合的味道,垃圾的,厕所的,蒸炒食物的,女人的,男人的……走到这里,不闻这些味道都不可能。出了他的房门,是一条昼夜昏暗的过道,连着电梯间,连着这层的八家住户。在过道里,你想灯亮,要声控一下开关。不管是用哪种声音,都要使点儿力气。

在床上,他望着满屋的朦胧。大概是凌晨四点钟,他睁着一双眼,盯着再熟悉不过的天花板,脑筋飞快地转起来:梦里是儿时老家,还是什么时候去过的地方?这一辈子做过多少梦,这样的梦为啥子以前没做过,偏在这个时候做,意味着什么?

他回忆每个细节,圆这个梦,跟现实对照,想找出跟命运相关联的蛛丝马迹。结果是枉然。尽管梦没有给过他一次启示,印证过生活,但他就是迷信。特别是那个手机号码在脑子里鼓动后,他更有理由相信这个梦里暗藏着玄机。

老伴去世半年了,悲痛渐渐衰弱,但另一种痛,在不经意间溜进了他的心里。

这种痛,难以捉摸,不像思念亡妻那样专注和集中。它更广泛、更深沉,像网一样裹住他,叫他周身不自在。他心里像困着个怪物,搅风搅雨,搞得他难过得很,想吼又吼不出来。这种痛一来,便会强行要他默想,什么才叫生活,什么才叫完整的家,不想都不行。一想,这痛就更厉害。

他知道,是老伴将生活和家都带走了,给他留下了这种痛。

他想，难道是梦来告诉他，那一方天地是来帮他抹除这种痛，弥补生活中的缺失的？

在床上躺不住了，他果断起床，并有了喝早茶的念头。

喝早茶本来是他多年的习惯，老伴一走，也变得索然寡味，被他赖在床上的昏睡所替代。他在心里多次说，这习惯也被老伴收走了。现在这念头一起，像久违的朋友相见，叫他兴奋起来。这不会也是一种预示吧？

他想起儿子一家五一自驾去雅安带回的新茶——蒙顶甘露，不知放哪里了。他从儿子回来进门时的场景开始想，像擀面条块似的一点一点回放——他从儿子手里接过茶，包装都没打开，顺手就丢上了衣柜顶。要是以前，他会立即烧水尝鲜，但那时，他没一点兴趣。他还记得儿子当时失望、沮丧的目光，随袋子一起飞上了衣柜顶。

现在他站在凳子上，从衣柜顶翻出茶叶袋子。打开包装，凑近深吸一口。然后抬头，眯起眼慢慢吐出来。一股清幽的茶香穿过迷雾，从记忆深处飘然而至。他想不起，是否从前有过这种享受。

他新烧了开水泡茶，冲泡时，看茶叶在杯子里翻滚，白色的水汽裹着一股茶香在屋里弥漫开来。炒板栗的味道，这是好绿茶才有的味道。他喜欢这气味。

他舒服地坐在窗前品茶。

从城市里的窗户望出去，多半是钢筋水泥森林，他的窗户外却有一番别样的景致。高楼恰好留出一条取景通道，远远目测有三四十米宽。这像是相机的取景器，聚焦着这个季节变清的长江。江水从竖直的墙面流出来，流过一段天井似的剖面，流过一截青山，流过一片楼房，又被墙面锐利地割断。每次他摄取到这景象，都会对江水产生无尽的遐想。他多次想象过自己就是一滴水融汇在江水里，被别的水簇拥着、挟裹着，一路咆哮着向前流去，置身在辽阔的江面、滚滚的急流中。那种身不由己的移动，在他内心深处发出痛快和恐惧的叫喊，就像小时候，跟伙伴们在江中随波逐流一样。但现在又怎么样呢，还是一滴水吗？

茶，喝过三开，他开始给屋子做清洁。有些日子没收拾了，四处又脏又乱。他有条不紊，每件事做得都有目的性。

五抽柜上的老座钟，当当当敲响，十点整。他做清洁，原来是为等这一刻。他喜欢一天的这一刻，天下许多大事，都选定在这一刻。因此他像迷信梦一样，迷信这一刻。

他喝了一口茶，让茶水在口腔里打个滚，然后慢慢咽下，炒板栗的香，浸润着肺腑。

他觉得在沙发上坐舒适了，才拿起座机听筒，一个数字一个数字地拨号。他拨得很认真、很严肃，像小孩咬起嘴唇学写字，一笔一画，吃力而刻板。虽说还是有点紧张，手也有点抖，但这是他第一次拨完号后没丢下听筒。他将听筒紧贴在右耳上，等来里面清晰的嘟嘟声。

为了打这个电话，他什么都想过。她可能冷淡，也可能不冷不热，对这些他都设想好了应付的办法。唯独对打过去无人接听该怎么办，他没想过，也没想到。

这嘟嘟声是对他勇气的极大嘲讽，叫他不知所措。

放下听筒后，他十分遗憾，却轻松了。当他接受这嘲讽后发觉，这个号码，原来并不那么可怕。于是他又拨了两次。再拨，就像拨自己家的电话，自然、放松。不过，听筒传来的还是嘟嘟声。他放下电话，的确有些为自己的勇气可惜。几番踌躇，铆足劲做了，却什么也没得到。看来，这个电话与自己无缘。他又像迷信梦一样，迷信这种因果。

他决定，将这号码从记忆里彻底删除，不要它再来困扰自己。他终于安下心来坐在窗前，品着蒙顶甘露。

远远望去，长江从竖直的墙面流出来，被墙面又割断，江水却波澜不惊，依然平缓流淌。这次他没有想象自己是一滴水，融汇进江流中，而是想到另外的事：不是自己的强求不来，过自己的日子吧。

电话铃声突然响起。他从没觉得会有这么响，惊心摄魄的。在响声中，他放下茶杯，茶水也溅出来了。他没有立即起身，而是回首电话机，目光落在上面，怀疑是它在响。

他不是猛扑过去的，嘲讽已平息了他的激动，似乎现在这个电话已经不重要，可有可无了。他漫不经心地过去拿起听筒，慢慢贴近耳朵。不过，逝去的希望，还是又飘回到心中。别慌，他提醒自己，并决定不先出声，等待对方。他知道，那声音他喜欢，那声音一响起，他的心就会狂跳起来。

"李渝山吗？我是老杨，杨明亮。"

他的心没狂跳，这不是他希望的声音，反而生出一丝惆怅。"你好，"他有些应付，"啥子事？"

"嘿嘿，"杨明亮干笑两声说，"非得有事才打电话呀，好久没听见你声音，出来喝茶，顺城街露天茶园。"

顺城街美食城旁有一片住宅楼，高高低低围出一块两个篮球场大的空地。不知何时起，这里成为露天茶园，茶资三元一碗，茶客川流不息，像坐流水席，生意从清晨热闹到晚上八九点钟。若是夏天，还会延至半夜，甚至更久。

李渝山住得离茶园不远，步行到此二十来分钟。先到的杨明亮已泡好茶等他。坐下的李渝山说："在家喝茶不好吗，到这麻雀闹林的地方来？""坐茶馆的，图的就是这个。"杨明亮呵呵呵地笑，把泡好的盖碗茶推到李渝山面前，"泡的沱茶。"李渝山揭开盖子看了看，"无所谓，泡好就喝它。"又问，"你爱来这里？""几乎天天泡在这里。"杨明亮说。随即，讲起了茶馆给他带来的好处。

李渝山边听边四处打量。坝子上摆有一二十张茶桌,有的桌子坐得满满当当,有的桌子只有一两个茶客,此起彼伏的说话声凝结成一块嗡嗡作响的铁皮,严严实实地悬在空中。但各自谈各自的,并不互相影响。

杨明亮突然问道:"半年了吧?""整整半年。"李渝山的回答中还透出伤感。两人沉默,喝茶。"你夫人怎样,还好吧?"李渝山小心地问。"一言难尽哟。"杨明亮将包在嘴里的茶水缓缓咽下,又慢慢摇着头,强撑出一丝苦笑,"有人还说我因祸得福,我倒情愿把这份福白送给他。"半年前,两人的老伴,一前一后住进市人民医院心脑血管科的同一间病房。

李渝山的老伴是脑溢血,杨明亮的老伴是脑梗死,前者发病后深度昏迷,后者术后深度昏迷,除各自的子女抽空来看一下,昼夜守护的就是这两个老男人。

在杨明亮的老伴终于醒过来的那天早上,李渝山老伴的心脏停止了跳动。两人在病房朝夕相处,时间不长也不短,刚好一个月。

李渝山说:"她手术不是很好吗?出院那天她还是自己走的,走得顺顺当当的。"

李渝山给老伴办丧事,杨明亮来帮过忙。杨明亮的老伴出院,李渝山也专门去了医院。

"是的。"杨明亮说,"家里的人,起初都没注意,只说她术后恢复快,心态比生病前还好。从前整天愁眉苦脸,现在性情开朗,笑声不断。时间一长,才发现她有事无事都笑,是留下的后遗症。"

"影响生活吗?"李渝山有些不解。"怎么给你讲才好,"杨明亮考虑着说,"就说那次,一个朋友死了亲人去吊丧,大家都规规矩矩给死者的遗体鞠躬,她突然爆笑起来。我敢说,她肯定笑得自己肚子发痛都没止住,搞得大家下不了台,朋友为这事跟我翻了脸。事后,我解释,人家不信,说既然这样,为啥还带她来,是存心过不去。我几次登门赔礼道歉,好话说尽,请朋友全家吃饭才搁平。还有,清明节,全家去给先人上坟,她不去还不行,跟她说好不能笑,她答应了。可是一到墓地,她就开始笑,笑得喘不过气来。说来,笑是好事情,俗话说,笑一笑十年少。可是也得分时间和地点呀,生活不单是喜和乐,还有哀和怒。把哀怒当喜乐来过,这颠倒过来的日子怎么过,那不气死人吗,你说我说得对不对?"

李渝山想想也是,光有喜和乐的日子该是怎么样,也想象不过来。可他清楚这半年自己是在悲伤中度过的,日子的确不是个滋味。由此揣度,那种日子恐怕也差不多。这种事,不好评判,怎么说都不合适,李渝山就用点头来应和。

"说句不怕多心的话,"杨明亮望一眼李渝山,又把目光挪开,拿着茶碗盖一下一下地搅茶水,"你这半年来的心情,我倒想借来过一过。"他脸上的那丝苦笑能拧出水来。

"这不能怪她,她也控制不住,神经上的毛病。"李渝山说。杨明亮又苦笑了一下,"老李,你可能没听过叫人掉眼泪的笑吧?"他说,"这种体验我每天要经历十多次。起初,我总在她身边陪着,她笑,我忍着,有时还背脸过去擦眼泪。天天如是,我受不了啦,搞得我神经衰弱,心脏也出了毛病。后来,看她脸上的笑容一起,我胸口就发紧,心开始狂跳,就厌恶。我只好逃避,躲到这里来。我晓得,这样对她不公道,不近人情。我不是个好丈夫,不是那种新闻里宣传的生死相守的好丈夫,这叫我有啥子办法呢?每个人都有自己的日子,把自己的日子捆到别人的日子上,那还是自己吗?好在她生活能自理,儿女也时常回来照顾,我每天把家里安顿好,尽我的责任就行。"说完,杨明亮长长地舒出一口气,嘴角松弛下来。

这些话，杨明亮大概从未跟人说过，郁结得太多、太久，压得他喘不过气来，再不吐出来就要爆炸。

李渝山明白了，这就是今天约他出来喝茶的原因。

这让李渝山想起老伴，想起她的慈祥，在人前总是小声说话，听人说话时，脸上也挂着温良的微笑。从发病到离世，一个月来，她安静地躺在病床上，没给家人带来大麻烦，就跟她在世时的为人一样。

李渝山暗自庆幸曾有过这样的妻子，可当着刚吐露衷肠的杨明亮，只好把要溢出的表情压下去，同情地看着他。

想到刚认识时的杨明亮，虽然守在老伴的病榻前，但当过厂长的架势，一直还端起，说话、手势以及在病房里踱个方步，都还有在任时作报告、当着手下发号施令的味道。人生无常，又曾几何时，现时的杨明亮已变了个样，再找不回当初的他了。

马路上的汽车声从楼房间的空隙穿过来，与嘈杂的人声、袅绕的烟雾搅拌在一起，像厚重的阴云压在茶园上。茶客们毫不理会，各自喝各自的茶，各自摆各自的龙门阵。

说话间，有几拨茶友过来跟杨明亮打招呼，叫他劳模。杨明亮当过市劳动模范。他对那些招呼，都矜持地点头回应。一个茶友过来发烟给他，他瞟了那人手里的烟盒一眼，就礼貌地挡开。"我刚丢了，谢谢。"他说。望着茶友们离去的背影，李渝山说："在这里，你如鱼得水。""别看这里闹喧喧的，"杨明亮说，"但龙门阵大家摆，各喝各的茶，没有利害冲突，泡在这里，你会自由自在。"一个妇人站在杨明亮背后，低声叫他劳模。"要不要擦皮鞋？"她问。

妇人三十多岁，头发在身后束成马尾，穿着黑色绒面西式套装，周身收拾得干干净净。不过衣服过小，显然是二手货，箍得身上肉鼓鼓的。她是盘子脸，眼角有点吊，一副哭相，苦大仇深的样子，即便搽脂抹粉，也难掩盖身上露出的农村小城镇痕迹。

像她一样的还有几个，在茶客之间穿来穿去拉生意。李渝山注意到，她们找的都是上年纪的人。正说话的杨明亮扭过头看她，点头说："我过会儿去找你。" 妇人转身离去。李渝山说："有你的，连擦皮鞋的都这样叫你。"

"这是在茶馆，喊人的名字反倒奇怪。"杨明亮搜寻四周，指点着那几桌的人，"茶友们爱互相取绰号，例如那个叫翘壳，那个叫洋马儿，那个叫酒篓子，那个叫馒头。我这劳模，就当成绰号，没得啥子稀奇的。"

被点到的几个茶友，都投来友善的笑。"老李，你喝会儿茶，我去去就来。"杨明亮说。"你去吧。"李渝山说。

见兴冲冲离去的杨明亮脚上穿的是一双旅游鞋，李渝山纳闷起来。

难得太阳从楼房顶上升起，茶园一下子亮堂起来，烟尘在光柱中飞舞，茶客们的情绪高涨。

李渝山多坐了一会儿，习惯了这里的吵闹，对那些来来往往的茶客也顺眼了，竟回味起杨明亮来。

李渝山与杨明亮有医院里一个月的友谊，时间不长，却联系着亲人的生死感情。在那些逝去的难忘的日日夜夜里，两人守在病床前，望着无知无觉的亲人，其内心的沉重是相同的。那天，杨明亮老伴术后醒来，李渝山陪着杨明亮高兴。李渝山老伴心脏停止跳动的那一刻，杨明亮跟李渝山一样忧伤，眼里浸出泪水。离开医院后，两人只偶尔电话联系，但只要一忆起自己的老伴，都会想起对方。

现在，杨明亮是这里的常客，没别的事，吃过早饭来，中午回家，午睡后又来，坐到半下午。一天两台，雷打不动。他把许多时光抛洒在这里，却认为值。

杨明亮原是一家机器厂的业务营销科长，为厂里的产品打开销路立下过汗马功劳，使得默默无闻的小厂产品行销大半个中国，因此当上了劳模，五年前在厂长任上退休。虽说官职不上品位，可身上光环闪烁，名声不小。赋闲后他才察觉，退休就是强行把他从人们的视线中拽出来，让昔日的风光黯淡。这一发现，他竟觉得日子不是人过的。以前的一天，像兔子跑在阳光下，现在却像乌龟爬在梅雨天，阴暗漫长得不知如何打发，特别落寞。

有朋友给他开出治病良方——坐茶馆。他带着质疑态度来一试，居然有效。他退休前的名声，在茶客间不胫而走，茶客们对他另眼高看。一进茶馆，让座、泡茶、递烟，叫他应接不暇。时间一久，一些茶客竟成茶友，国事家事私房事，都在龙门阵里跟他坦露，求他高见。他成为茶友中的通判官，只要他在茶友中间一坐，以前的荣耀，穿过蜂子朝王般的嗡嗡声，穿过烟雾滚滚的空间，又折射到身上。在这方小天地，在盖碗茶里，他找到生活真谛，人生第二春。

李渝山几乎不坐茶馆，杨明亮说的，他感受不到。来这里个把小时，他把看在眼里的一默想，觉得和杨明亮说的一样。他想，自己的余生是否也该泡在这里？

擦皮鞋是在进茶园的巷道。李渝山见杨明亮被那妇人引进一幢楼房的门洞。

二三十分钟后，杨明亮低着头慢吞吞回来。跟走时比，他像变了个人，先前的兴致不见了，悲戚的阴云在脸上飘忽不定。李渝山偷眼看他的鞋子，之前是那样现在还是那样，连鞋带松弛的样子也没变。

杨明亮忘记了一旁坐着的李渝山，不愿说话，陷入难以言说的冥想阴影中。

这时，卖豆腐脑、凉粉、凉面的小贩挑子放在外面，人在茶客中穿梭，一路吆喝。

"来碗豆腐脑吗，你？"杨明亮问道。

李渝山摇头。太阳偏过楼房，茶园便暗了许多，悬浮在茶客们头上的嚣声，仿佛也不再高亢，整个茶园沉闷起来。

"说点高兴的吧。"杨明亮啪地拍了一下额头，像要把里面的不愉快赶走，"你现在有条件，找个伴吧，寡人的日子不好过。要不要给你介绍一个？"

"算啦，你把各人的稀饭吹冷再说。"

"我认识的人比你多，好歹挂过劳模牌子，各行各业都有关系。你说，想找哪类人，医生、教师，还是行政机关的，你考虑考虑，想通了，告诉我。"

电话再次响起是在晚饭后。铃声不急不躁，跟晚饭后的慵懒很合调。李渝山心想，世上不乏媒人，大概是因为成功的撮合，能带来炫耀的资本。他拿起听筒，准备取笑杨明亮。"喂，"里面先传出的这一声像有魔力，把李渝山傻傻地定在电话机前。"请问你是谁，几次打我手机？"就是这声音，李渝山不会忘记。柔柔的川西口音，每个字咬得仿佛慢半拍，有点老年的沙哑。"请问，你是易华吗？"李渝山明知故问。"是的。""我是秀珍的丈夫，李渝山。""哦，知道了。"听筒里柔柔地回答。李渝山听来，好像在说，哦，原来是这样。他一下子又慌张起来。"有啥事吗？"

"是这样的，"李渝山镇定下来，把想好的说辞放慢速度用柔和的语气说出来，尽量自然，免得听出是先编好的。"秀珍的丧事，全靠你帮了大忙，我们一家感激不尽。外孙女先一直哭个不停，要外婆和她办家家，说啥都止不住。你给秀珍化妆后，给她说外婆现在睡着了，醒来再办家家，她信了。"

"我这本事，就只会哄小娃儿？"易华咯咯咯笑。"不，不是这意思。"李渝山有点心慌意乱,手指绕着电话线,绕紧又放开,放开又绕紧,"我是想说,真的像睡着了。""过这么久才说,感觉迟钝。""当时就觉得,没机会说。""现在打我手机,就为说这个?""我们一家向你表示感激之情,哪时有空,请你喝茶。"李渝山终于走上正路,说得也顺溜了。原本要说请吃饭,话到口边,改为喝茶。吃饭,太复杂,怕自己的那点心思,被她一目了然。

"喝茶,打发我呀?"易华又咯咯咯笑起来。李渝山在笑声中感到自己处于被动,手手被她占了先。"我要喝咖啡,星巴克少来,要请就去江州。"易华说道。

二

半年前的一个夜晚,凉意从纱窗浸进来,搅和着病房里的药味,让人的呼吸也紧张起来。没有新病人入住,住院部少了往日突发的嘈杂,病房里偶尔还能听见外面汽车轮子碾过马路的沙沙声。雨从头一天下起,不大,拖拖沓沓的,一会儿落一会儿停,就这么烦人地持续着。

李渝山和杨明亮各自坐在病人的床边摆龙门阵。这是他两人打发时间的唯一方式,特别是在晚上。每天晚上,陪护人员可租一张医院的收叠床,架在病人床边。李渝山从第一天起就没租,怕睡过去出差错,实在熬不住,就趴床边眯一会儿眼。

这天天亮前,杨明亮的老伴终于从昏迷中醒过来,他高兴得流下了眼泪。

李渝山看着自己的老伴在床上一直保持一种姿势动也不动,心中更是悲切。他还是替杨明亮高兴,听杨明亮讲述老伴出院后要怎样照顾她。

　　后来,李渝山实在太瞌睡了,趴在秀珍的床边睡过去了。突然他被拍醒。杨明亮瞪大一双惊恐的眼睛,指着床头的心电监护仪,手指颤抖着,嘴里打着咕哝声。

　　心电监护仪上的曲线,此时停止了起伏,变成一根直线……李渝山坚持要在家里办丧事,嫌安乐堂喧嚣,会抹杀掉对亲人的哀思,把悲伤变成一种走过场。

　　但随遗体运回家中的,除了悲伤还有混乱。灵堂还没有布置好,李渝山就昏过去两次,躺在床上还要人照理。女儿伏在妈妈身上,哭得死去活来,任谁都拉不开。三岁的外孙女露露也在一旁哭闹,要外婆起来,和她办家家,更添了一分忧伤。女婿被搞得晕头转向,守着这摊子事,哭丧着脸不知如何办好。

　　易华不知从哪里得到的消息,及时赶来。在遗体前,她伤心一阵后,便开始铺排起来。她的果断,缓解了悲伤和混乱。

　　秀珍虽说走得痛快,人还是消瘦脱形了,亲人和前来悼念的朋友都不忍目睹。

　　易华专门回了趟家,拿来化妆用品,给秀珍化妆。化妆时,她要其他人都离开,只剩下李渝山和女儿。她一边做一边流泪,不断叨念和秀珍有过的情谊。

　　她把纱布填进秀珍的口腔,让塌陷的脸盘又变圆了,瘪下去的嘴又变饱满了,给她的脸上也施了妆。人们再看,秀珍真像在午后小睡一样。

　　李渝山听秀珍说过,易华的丈夫几年前得肝病去世,儿子又在外地工作,同学们怕她孤单,跟她介绍过,因高不成低不就,都没有成功,还是一个人过日子。

　　在办丧事的三天里,易华天天都来帮忙,跟谁也不搭话,把对秀珍的怀念,全寄托在行动中。

秀珍和易华是财会校的同学，工作后，同属商贸系统，单位不同。秀珍嘴上时常挂着她。好几年前，一次同学会，秀珍带了李渝山去，他见过她，两人认识，仅此而已。

办完丧事后，李渝山记住了易华。他看到，世上还有一个像他和女儿一样了解秀珍、爱着秀珍的人。这个人和秀珍有深厚的友情，融化了李渝山父女不少哀伤，暖慰着父女俩。

这半年来，易华那原本朦胧的身影，从岁月的深处走出来，越来越清晰地显现在李渝山的面前。

江州是一家五星级中式庭院宾馆，坐落在近郊山水之间，优美的自然景观搭配着精巧的人造山水，宁静典雅。回廊、楼台、池塘、小桥、年深日久的黄葛树、四季不断的蒔花，以及俊男美女服务员，成为这座宾馆的特色，是国内外贵宾下榻的首选。

名叫"隐"的咖啡馆，除了有屋内的座位，还在绿荫如盖的黄葛树下设有散座。安装在花草丛中的音箱，播放着柔和的背景音乐。清一色的明清式桌椅，配着明黄的缎绣坐垫，看上去高档舒适。

从新闻单位退休的李渝山，当然知道这家宾馆，可从未来过。他只适应茶叶的苦涩，喝不惯咖啡的苦涩。咖啡馆里不会有他的身影。

李渝山比易华先到。他认为，跟女人约会，这是男人必须做到的，也是应该的。当坐在这儿的时候，他体验到一种发自内心的轻松，连"隐"这个名字也让他轻松。他很感佩，易华把约会定在这里。他对自己以前没来过这里感到惭愧，甚至怀疑那天在顺城街露天茶园有过的想法，是否显得太低级可笑。

李渝山见一只铁灰色羽毛的斑鸠贴着一排修剪整齐的万年青飞落到草坪上，小脑袋左右顾盼一阵，好像认准了一个目标，然后一步一点头，优雅地迈向那边去。应该说，鸟儿也有年龄，但他看不出。他想,该不会与自己的年纪相当吧,它确定了什么,能够那么自信?他暗自笑起来,想到了自己。

易华晚到个把小时。她朝李渝山点头打了个招呼,脸上缓缓升起一抹轻松的微笑,然后一屁股就坐进椅子长吁短叹,只顾自己释放路途的劳累。对于晚到,她无所谓,半句解释也没有,或者原本就没打算要解释,一副老熟人的姿态。

那天,李渝山的电话叫她意外,却又是她盼望的。

在秀珍的灵堂上,她见到李渝山为亡妻悲痛欲绝,两次昏死过去。一个老男人竟还有这么多的眼泪,还有如此之深的柔情,一下子让她对这个声音苍老沙哑得像鸭子叫的老男人有了好感。

事后,她曾动心想给他打电话,至于约他干什么,没有想透。再说女人的面子薄,电话未打成。

没想到他的电话倒打过来了。太阳从黄葛树枝叶间漏下来,照在她鹅蛋形的脸上,映得五官轮廓分明。她今天略施淡妆,皱纹显得很柔和。

李渝山看着她,眼皮上的皱纹让他分不出是不是单眼皮,但他从心里喜欢这张脸。她穿一件白缎衬衫,外套米色薄羊绒开衫,湖蓝休闲裤,平跟黑色软底鞋,纤细的脖子上系着花条纹小方巾,很有几分漫不经心的优雅。

李渝山想,是秀珍的同学,也该六十好几近七十了吧。可她的面相比实际年龄小,看上去要小十来岁。易华的晚到,使李渝山不由想起与秀珍的第一次约会。介绍人安排在佛图关公园相亲,要李渝山拿一枝红玫瑰在进门处等。他提前赶到,可一个多小时过去,没见一个叫秀珍的人来问他,你是李渝山同志吗? 他觉得再等下去,真成了傻子。他气愤地将玫瑰丢在地上,本想一脚踩碎,但见它鲜红得可怜,又灭了这念头,转身离去。

这时,一个声音响起,同志,你的花掉了。他循声一返身,得以成就了人世间一对恋人近半个世纪的姻缘。

事后,他问起秀珍。秀珍说,我要把一辈子交给你,你是好人还是坏人,检验一下不该吗?不过在后来的岁月里,秀珍证实自己的一辈子是交到了好人手中。

难道易华也要检验他?李渝山向她投去微笑,因为他曾从秀珍身上看到,女人在这种时候这样做,都是认了真的。"咖啡,要哪种?"李渝山问道。"不要小气哟。"李渝山冲她一笑。"一杯蓝山。"易华对服务员说,又将水酒本递给李渝山,"要喝啥?自己点。"好像她在做东。

李渝山把本子还给服务员。"我已经点了,绿茶,永川秀芽。"刚才闲着,李渝山翻过酒水本。蓝山咖啡是这里的品牌,字和画占据整个第一页,一杯250元。价钱很显眼,印在咖啡杯的袅袅热气上,仿佛从咖啡香里喷涌而出。

一会儿,茶水和咖啡都送来,咖啡香味浓得多,盖过茶的清香。不过,对李渝山来说,咖啡的味道哪里都一样,没什么区别。

易华端过杯子,眯起眼先闻,一副陶醉的样子。她浅浅地抿一口,嘴巴咂得吧嗒吧嗒响,有点夸张。她心里对李渝山表现出的在意,远超过对咖啡美味的赞赏。

"该怎么说呢?"李渝山说,"我们对喜欢喝茶的,叫老茶哥,你们喜欢咖啡的,叫什么,叫咖啡迷?"

"咖啡伴侣。"易华呵呵呵笑起来,"我也不知道,没听谁叫过,随便叫什么都可以。"

"咖啡伴侣很好。""那就这样叫吧。"

一阵温暖从李渝山心底生起,像一条清澈的溪流淌过。他喜欢她这种像对啥子都无所谓,仿佛一切都在意料中的样子。她的直率和坦荡,对他的拘束是一种解脱,容易还原真性情,什么也不用去装,自由自在。

别无他求 / 163

"你知道蓝山咖啡吗?"他问道。

退休前,因市场需要,他曾做过介绍咖啡的专版,知道赤道贯穿的肯尼亚东部有一座蓝山,那里出产的咖啡叫蓝山咖啡。它的产量有限,每年大约一千吨,其 90% 销往日本,10% 销往欧美,我国根本没有一粒咖啡豆的配额。他想,这价格定得倒差不多,不过这蓝山咖啡鬼晓得是从哪儿来的。他从不喝这东西,真伪不辨,也不好戳穿,还免得被易华认为小气。

"我当然知道,这不是真正的蓝山咖啡,"易华盯着他说,"就想宰你一回,看你心痛不心痛。"

"我心痛了?今天让你喝个够。"

"不行,就一杯,这是我一天的量。""怎么啦?"

"多喝,大半夜瞪起眼睛看天花板。"她放肆地笑起来。背景音乐传来电影《教父》的主旋律。意大利西西里岛湛蓝的天空、明丽的阳光,仿佛穿越时空,覆盖了李渝山眼中的一切,使重庆灰蒙蒙的天色也变得亮堂起来。

他突然幻想起来:他和她手牵手,沐浴着亚平宁半岛明媚的阳光,漫步穿行在西西里的橄榄树下,他巴望着一辈子这样和她走下去,前面的路永无尽头;或者双双坐在海滨人行木廊道的阶梯上,抛弃世间的烦心事,消除人间的芥蒂,一心守望地中海用澄蓝和金红渲染的日出,陪伴天空用多彩的云霞送走的日落,此时此刻,彼此体抚对方的心境,什么也不用说,什么也不用问,只尽情共享这深沉的宁静和无边的幸福;或者陪她坐在一家小小的咖啡馆露台,她喝着咖啡,他喝着自泡的绿茶,面朝地中海发呆,这时,蓝天上,几只老鹰乘着气流盘旋、滑翔,矫健的身姿叫他激动,让他想起小时候家乡的天空也这样蓝、这样清澄,时常也有它们掠过的身影;他甚至幻想在月光下,双双躺在小客栈的床上互相拥吻着,窗外送来屋前海浪拍打崖石和屋后松涛的交响。

他想象不出，那时的此刻，他俩会交谈些什么，但有一点可以肯定，都会身心沉浸在无限的愉悦中。当他很快回到现实时，他感谢这音乐给了他一次难得的幻想。

《教父》是他的最爱，几乎每年他都会把这套DVD翻出来看一遍，像复习功课一样。甚至其中的台词，他都熟记。唐·柯里昂的"我会给他一个无法拒绝的理由"是他最为欣赏的。现在，这爱好依然如故，退休十年，他至少又看过八遍，每遍都像第一次那样激动。一部充满血腥味的黑手党电影，音乐竟会如此柔美、明丽，为什么，他一直想不透。但他觉得，它是此时"隐"送给他的最好的礼物。

此刻，他面对易华，又想起那句经典台词。"今天请你出来，是向你表示全家的感激之情。"他说道。"你这句文绉绉的话，在电话里已经说过几次了，为啥还要说？"她似乎有些不领情。"这是我的理由。"他的脸红到了脖子根，赶快端起茶杯喝茶。"我可以拒绝。"她目光直勾勾地望着他说。"但你来了。"两人同时爽快地大笑起来。

时间过得比想象还快，不觉华灯初上。他们要了牛排，还点了两杯法国波尔多干红葡萄酒。两人的话题，在时间的推移中愈发广泛，愈发无拘无束。两人都愿把心中的一切告诉对方，让对方从中享受到真诚的魅力。李渝山把杨明亮的事讲给她听，讲他老伴的笑，讲他在茶园里听擦皮鞋妇人的辛酸事。易华听得很用心，听后沉默了。"你们男人到了这个岁数，还有那种需求？"易华突然问道。"哪种？""打飞机。"

"我想有吧，"李渝山小心地说着，目光收回来，落在手上，手在摩挲着茶杯，"至少心理上。"

来了群年轻人，把两个桌子拼起来，摆上自带的蛋糕，吵吵嚷嚷中把一个姑娘推向中心，给她戴上纸制的寿星帽。他们为那姑娘做生。那姑娘双手合十,闭着眼,对着燃烧的蜡烛默默许愿,随后她吹灭蜡烛,霎时掌声伴着生日歌响起。

李渝山和易华一直没有说话,看完他们的祝生仪式。"年轻真好。"易华说,喃喃的声音里充满抑制不住的无限羡慕。李渝山不服气地说道:"我们也年轻过。""不同,"易华说,"我们只是从那段年龄路过而已。你能记住一次过生的情景吗?"语气坚决,不由人反驳。李渝山想想,摇摇头。随后是长时间的沉默。两人坐在当下,思维却穿越时空回到从前,去寻找被时光偷走的记忆,直到牛排红酒端上来。那群年轻人的热闹,此时变为单个的窃窃细语。虽说少了喧嚣的烦恼,却给他俩带来了另一种困扰。"来,"李渝山端起酒杯,"为我们年轻过,干杯。""也为我们现在的老年。"易华端起酒杯迎上去,酒杯相碰,发出悦耳的清脆声。易华问李渝山小时候最爱啥子。李渝山想得很认真,半天也想不起小时候最痴迷什么。在她追逼的目光下,有些尴尬。一个人,小时候竟没有爱好,可见那是个多么苍白和可怜的童年,真让人丢脸。最后他急了,顺口说出他最爱过年。此话一出,他又紧张起来,这个蠢得不能再蠢的爱好也会是个爱好吗?就算是,大概会惹易华耻笑。

但她没笑,而是沉思着点头赞成。"那时候,日子过得苦,好不容易盼来过年,能穿上新衣裳,吃到平时吃不到的东西。"她接着问,"你猜我那时最爱啥?"

李渝山当然猜不出,望着她傻笑。

"橡皮筋,"她说,"缠着各种颜色毛线的橡皮筋,用来扎辫子,每天换种颜色,让它在胸前荡来荡去,惹人喜欢。我现在,梳妆盒里都还保存着那时的橡皮筋,只是派不上用场了,真可惜。"

李渝山看她灰白的头发,在脑后绾个髻,有绺掉在额头上,别着个银灰色梳子形的发卡,既配年龄,又显得潇洒端庄。李渝山放松了，再不为自己的爱好难受了。

这些幼稚可笑的往事，并没有给两人制造出讥讽的笑声，而是烘托出温情，使两人更为接近了。

李渝山和易华离开"隐"，已是晚上十点多钟。

从"隐"出来，她说各打各的车。他要送她，说要送她到住家的嘉陵江北岸。在路边等了一阵，终于打上车。

两人坐在后排，车子摇晃中，身体不时接触。在又一次接触中，李渝山握住了易华的手，易华没拒绝。

她的手干燥，不太柔软，有所谓骨感的味道。握了不久，他感到手开始变得热烘烘了，有点出汗，湿濡濡的。他觉得，她也感到了。他俩握着的手，谁也没有动，怕手会像抹了油一般，一动会滑掉，再也找不拢来。就这样一直握着，到小区门口才不得已松开。

她要他别下车，他执意要下，并付钱叫车开走。

出租车开走了，红色的尾灯渐渐淡去，过了一会儿，声音也渐渐远去消失，街上一下子显得异常清静。他俩站得很近，地上的影子几乎重叠在了一起。开始飘雨了，雨点稀稀疏疏，不经意地敲击着路边的梧桐树，发出滴滴答答的慵懒声响。空气湿润起来。路灯昏黄的光亮，从枝叶间洒下来，躲躲闪闪地落在两人身上，变得柔和而暧昧。

李渝山又握住了易华的手。被握了一会儿，易华想慢慢抽出来，但李渝山握得很紧，没抽动，就随他了。他几次想拥抱她，每次鼓起勇气，都被偶尔进出的人打了岔。

他俩久久地站在小区大门外的阴暗处，时间从身边流过，两人也没有知觉。

李渝山开始不满足起来。"我们就这样站下去，到天亮？"他咕哝着说。

易华装没听见，不回应。

"不请我进去坐坐？"李渝山又说。

易华只得轻轻叹了口气，"好吧，"她说，"那就再喝杯茶吧。"

三

再忙，女儿一家，每周必须来看父母，特别是有了露露，这更是不可触犯的规矩。母亲为此不做脸色，当父亲的李渝山却明说，你们回不回来无所谓，露露得回来。话到这份上，女儿和女婿又能怎样，只得循规蹈矩。

母亲去世后，女儿抽空还得回来做事，把该买的买了，将电冰箱塞满。其实父亲还利索，一些事自己能办，可女儿要尽孝道。这不仅为健在的父亲，还为在天的母亲。即便无事，她也过来陪父亲坐坐，说说话，免他孤单。

女儿是医院的护士，女婿是工商局干部，小两口上个月申请了年休假，定好时间，带父亲去意法瑞三国深度游，散散心。可临到旅行社报名办签证时，父亲打起退堂鼓，说年纪大了，受不起旅途劳顿。女儿和女婿说，有他们，放心，累不到他。父亲摇头说，累是心累，这谁也帮不上忙。最后小两口带着露露去了。

出去刚好两个星期，不长。这天来看父亲，在饭桌上，父亲的一句话，却让女儿有了天上一天，地上一年的感觉。

"你们易华娘娘要来我这里住。"父亲说。

在为母亲操办丧事的那几天，女儿和女婿都叫易华易娘娘。现在父亲还用了"你们"，强调亲近感。说的时候，父亲没有停止吃饭，眼睛依然定在原先的地方，没有看女儿，像自言自语，但语气透出父亲的权威,不容商量。

倒是女儿忘记嘴里包着饭,差点喷出来。"她为啥要来这里住?"女儿瞪眼问道。

"我们相好啦,就是这样。"父亲说着,一副不冷不热的样子,没得半点惊奇。

那晚,他在易华家喝茶,就留了下来。两天后,他又去过易华家。在女儿旅游回来的前两天,易华来他家住过一夜。离开时,他要她干脆住过来,她同意了,并说好到时去接她。

女儿放下碗筷,愣在那里半天回不过神。这无疑是道难题,她的水平、能力,甚至心理,都根本无法解出。

她不自觉地望向五斗橱上母亲的相片。母亲也在望她,对她抛去的题目,是那么沉稳,没有丝毫惊慌,而是用一贯的安详和慈爱安抚。

她想到易华在母亲遗体前哭红的双眼,看到她的眼泪慢慢流下来,滴落在母亲的脸上溅开,溶化了胭脂又补上,补上又溶化,像在跟母亲倾谈。

难道这眼泪,就能溶化两位女性的差异,弥补女儿在母亲去世后的内心缺失?母亲的音容,在女儿头脑里还清晰着,时间还没有将其掩藏。女儿将目光从母亲遗像上移过来,"爸爸……"她痛苦地压制着内心的冲动,有些话,不愿出口,伤父亲也伤自己。但又实在忍不住,还是说了,"才半年啦。"父亲低沉地说:"要我等多久,整个风烛残年!"这不是问,是一种莫名的宣泄。他万没想到事情会这样。女儿潸然泪下。"我忘不了妈妈。"她声音小,却让听见的人心里震动。女婿像受惊吓的兔子,目光在岳父和妻子之间来回奔跑,找不到停脚的地方。最后,一手抱过露露出去了。"没有要你忘记,我也没有要忘记。""那你心里容得下另一个人?"李渝山望一眼老伴的像,很快又把目光挪开。

"必须回答吗？""你爱妈妈吗？"女儿用另一种方式追问。其实这个问，父亲也无须回答，两人都明白，是肯定的。几十年过来，父亲记不得在妻子跟前是否说过"爱"这个字，很可能没说过。

在他们相爱的年代，这个词性复杂的词等同于小资，是遭人唾弃的。他们这代人，即使用"喜欢""在乎""对你好"这类词来代替，也往往都碍口，更遑论充满肉欲的一个"爱"字。

而现在年轻人，无论深浅，都将它得意地挂嘴上，仿佛能给苍白的嘴唇增添血色，能当作向异性进攻的利器。

父亲是个老派人，现在要从他口中说出这个字，特别是在女儿的质问下，依然有难度。但他肯定用别的方式，曾向老伴表达过与那相同的意思。他不会遗憾。

父亲将埋下的头抬起，"你爱我吗？"他反问女儿。一丝狡猾，掠过他的唇边，他为自己的巧妙有些得意。女儿欲言又止，看出父亲在给她挖陷阱。她用沉默抗争着。也许，女儿知道，稍有不慎，家里原有的秩序将会重新编排。

她对易华有感激的一面，但也必须坚守这道不能退让的底线。"她要住进来，我就不进这个门，露露他们也不准进。"她决意地说道。父亲递来纸巾，她不接，也不揩，任涕泗横流，好像这会加大重量，压垮父亲的痴心妄想。父亲闭了眼睛，叹息一声，然后睁开。"如果你非要这样，她不进这个家门，我就去进她的门。"他冷静地说。"妈妈会同意吗？"女儿低声从牙缝挤出这几个字。在李渝山的记忆里，女儿总是百依百顺，从不跟他违拗，关系的融洽也许超过跟母亲。跟母亲，时不时还为生活小事拌嘴，特别是有露露后，这情形更甚。露露吃什么，穿什么，该买不该买什么，总有说不完和意料不到的分歧横亘在两人之间。跟父亲就不同，意见的高度统一是两人和谐的坚实基础。

李渝山想起女儿跟丈夫第一次见面回来的情景。那晚，女儿很晚才回来，母亲已睡了，父亲在客厅沙发上看报。他见女儿一脸兴奋，在跟前晃来晃去，总像有啥事想说。父亲问她原因，女儿忍不住，就依偎在父亲身边说了。那一夜，父女俩的促膝长谈，至今还温暖着他。他问了他的情况，问得仔细而周详，将父爱包容在每个提问里。对她的回答，他认真地听，不敷衍，还替她设想出一些未曾留意的事。当即，他赞同了这门亲事。成婚后，女儿曾多次表示，现今家庭的美满，得力于父亲的支持。

有一次，父亲回身搬板凳，一下子闪了腰，很厉害，在床上翻身都痛得龇牙咧嘴，还引起严重便秘，肚子胀得像鼓。女儿不嫌脏，一点一点用手抠……这些回忆，尤其在老伴过世后，总是慰藉着李渝山孤苦的心。

这天，一切都变了，温情变得冷漠，像锥子一样深深扎进李渝山胸口。

他盯了女儿半天，想从她脸上找出她曾在他怀里撒娇、要他抱的影子，可是找不到了，感受到的只有绵实的韧劲，直接在跟他碰撞。

父女俩严丝合缝的亲密有了裂痕，两人的意愿出现了差距。李渝山想到在丧礼上，儿女叫着易娘娘，感激得痛哭流涕，那声叫声里，透着愿奉献一切也在所不惜的亲切。丧礼结束，拉着易华又是一阵难过，仿佛分开比剥皮还痛苦。没想到，真到这天，女儿将这道敞开的门，关得如此果断迅速。

父亲非常清楚，女儿是在坚守，更是为母亲坚守——父亲对妻子的忠贞，父女亲情的纯净，家庭不可更改的现状。

他真想大声问女儿：在天的妈妈是你这样想的吗？但面对铁石心肠的女儿，他又无法问出来。

多少年的习惯，女儿一家该一起吃过晚饭再离开，这天却没有。

别无他求 / 171

那时，老伴会做几个菜，其中露露的挚爱——糖醋排骨是必不可少的。女婿总要陪老岳父小酌两杯自泡的枸杞酒，家里的事、社会上的事，乃至世界上的事，都会在餐桌上交流。任何人这时都可以畅所欲言，即使老伴说起家长里短，大家也听得饶有兴趣。露露每次听到有关联的人时，总爱发问是好人还是坏人。听说是好人，她放心地一点头，接着啃排骨；听说是坏人，她会二目圆睁，把怒气发在排骨上，狠狠地啃几口。老伴过世后，女儿接过了锅铲，尽己所能，弄几个好菜。露露不满意，排骨没有外婆做的好吃。翁婿俩还是要小酌的，只是老人的酒量明显下降，餐桌上的沉默也多了。不管怎么说，这餐饭，仍是全家一周的盼头。

这天，盼头没了，被气呼呼的女儿，硬拉着一家带走了。露露失望而无奈的眼神，父亲气得双脚跳，都无济于事，都没能打消女儿的决心。

李渝山啥子事都不能干了，坐窗前发呆，眼前的那段江水失去了流动，仿佛凝固在墙面之间。

女儿带着家人离去，屋里留下焦虑和懊恼，还有李渝山对孤独的惧怕。

父亲在女儿跟前从没有畏缩过，但今天，女儿占尽优势，处处让他感到像被泰山压顶。这力量比他强大。在这压力下，他有些力不从心。更让他沮丧的是，女儿的坚守，击破了他为父的尊严，将难堪丢给他，使他有着四顾茫然，孤立无助的悲凉。

晚饭，李渝山只好去照顾田大妈的小面摊。

面摊开在本街的路边，门楣上张扬地贴着"重庆小面前十强"的字样。电煮锅架在店门口，一块案板伸出店外，摆满五颜六色装作料的钵钵碗碗，仿佛这些才是前十强的真正标志。

老板田大妈的围腰上也印有"小面前十强"的字。她圆脸，厚嘴唇，说起话来，一双眼睛热情四溅，吃她的小面也能吃出她待客的感情。食客们像幼儿园的小朋友，排排坐在街边的矮凳上，面前放一只方凳，等着自己要的端上来。有的正吃得呼呼响。

李渝山要的豌杂面。

往天李渝山来吃面，田大妈还要跟他说笑两句，今天见他板着脸在跟人赌气，便不好开口。打作料，下面条，连瞟都不瞟他一眼，怕惹得他心情更坏。

他也无心理会，面条端来，埋头就吃。

离开田大妈的小面摊天已擦黑。楼房的屋顶，在铁灰的天幕上，剪出参差的深色边缘，像苍郁连绵的山峦。不久，街边的路灯亮了，把光晕之外的景象，全遮在幽暗中。

原以为不是问题的事，问题却大了。李渝山心里一团糟，理不出个头绪。他意识到自己老了，话语权不经意就在父女之间发生了转移，权威已名不副实。家中地位的排序，也悄悄发生了改变。聚光灯现在是打在女儿身上，他退在暗影里念着配角的对白。

这个现实，又是李渝山不得不接受的。

他不想回家，家里蛰伏着太多的不安。跟易华说好的事，却节外生枝，该如何跟她讲，他还没想清楚。他漫无目的地走在街上，只为逃离心中的烦躁。

街旁商店的灯饰从楼顶刻板地亮下来，霓虹灯不知疲倦地闪烁，橱窗里的模特站着永不改变的姿势望着他经过。街市的一切生动景象，现在在他眼里，都变得索然寡味。

他避开大街，斜插进一条小巷，下一坡石梯坎，来到长江滨江路，走上东水门长江大桥。这座大桥，前天才举行过通车剪彩仪式。

这时，两边人行道上，踩桥的人依然络绎不绝。车辆驶上桥，驾驶员有意放慢速度，探望外面的景象。大桥被打扮得富丽堂皇。两组装饰着灯的粗壮钢索，从承受塔斜拉下来，让整座大桥像是被两把倒悬发光的折扇吊着。

他顺着人流走去。他走的上游一侧,越走风势越大。栏杆上插的彩旗在风中飘扬,都朝着一个方向。

一些大点的小孩在互相追逐,撞到人,也没谁生气,还说不要摔倒。有的大人让小孩骑在自己脖子上,小孩在上面兴奋得哇哇叫。人群中,他看到不少跟他一样的老人,有的被搀扶着,颤颤巍巍地一路走下去。

他走在兴奋的人流中,却不能与他们一起兴奋,甚至感到烦恼挥之不去。

他走到一半的地方停下来,扶着栏杆向江面和两岸望去。站在高处,眼前的景象不同平视,江水映照出两岸灯影,像一川凝胶,发出黏稠的光彩。那些亮着光的窗口,在他眼前幻化,像一只只眼睛在一眨一眨,传递出让人猜测的神秘气息。

他想到自己家那扇没有灯光的窗户,又想到了易华那温馨的房间。

那夜,在易华的房间,他又尝到家有女人的味道。

两室一厅的格局,简约的摆设,像所有单身老女人那样,收拾得窗明几净、一尘不染。屋里有一股香甜的味道,他细细闻闻,是咖啡香。见茶具柜上放着磨咖啡的机子,他想,她爱喝咖啡,久了,屋子里也熏染了这味道。他悄悄又耸了耸鼻子,觉得这东西喝起来不怎样,气味倒好闻。不像他的屋,自老伴走后,除女儿每次来收整一下,其他时候他也看得惯脏和乱:被子不叠,袜子乱丢,茶杯有了一圈一圈褐色的垢迹,厨房更是一团糟。

他记得,老伴在时,最爱埋怨他乱丢东西,又不收拾。最后老伴在埋怨中把屋子收拾得干干净净。其实,那埋怨,是她在撒娇。

他不知道,家中没有男人,易华的感觉是怎样的。

他坐定之后,很想像在自己家里那样,像当着老伴的面,放肆一下：脚放茶几上，把茶几上的东西碰乱；或者装作无意把茶杯弄翻，让里面的茶水倒出来……看易华又怎样来对待。这个想法转瞬即逝，他还是怕她觉得他是个缺乏教养的老男人，甚至怕她讨厌一个男人的莽撞，就打消了这个放肆的念头。

易华给他新泡的茶是什么味道，他一点回想不起。他俩坐在沙发上，中间隔着一张茶几，说了很多，基本都是与他俩无关的话。

事后是怎么坐在一起的，李渝山也回忆不起，可能是她过来续水，也可能是她打开茶几上的饼干盒，端着过来要他拿一块，总之他俩终于坐在了一起。

那是天快亮的时候。他抱住她，她顺从地倒入他怀中。他吻她，她也回吻他。后来，两人上了床。他们拥吻，充满激情，但他始终不能进入她体内，他力不从心，额头渗出汗水。

她拥抱着他，在他背上轻拍。"都老了，"她说，"我也一样，有啥羞愧的。我感到很舒服，你呢？"

他感激地点头。

他渴望安定、宁静的生活，特别是上年纪后，喜欢家里像深井般没有一丝风波的日子，即使是嫌弃饭菜的拌嘴，或者东西挪了个地方的小错，也不能容忍。可是自从老伴走后，易华走进他心中，让他产生对另一种生活的向往。多少次清晨醒来，他在两种截然不同的生活之间徘徊，顾此失彼，两个都不愿丢手。是那天留宿易华家，才让他铁定了过后一种生活。

尽管他不愿这样想，但事实却是这样，是老伴的死，把易华带到他跟前的。换一种说法，是老伴引荐的，是命运的安排。既然这样，难道女儿反对，就放弃吗？他知道，那是一种不可再得的美好。

他不是忘情无义的人，也曾痛苦地面对老伴的遗像问过自己，为那份美好，会不会伤害她，自己的忠贞是否该带去天堂会合？

在以往和老伴的日子里，无经验可循，最终他只能从老伴和蔼的目光和慈祥的笑脸中寻得答案。但是他却忽视了女儿的存在，以为女儿已长大，是新时代的人，安了家，又有了自己的孩子，该理解老父亲的感情。

人们从他身后经过，脚步和车轮，碾得桥面微微颤抖。他听到人们大声的交谈和欢乐的笑声，言语多是跟大桥有关，什么雄伟呀，什么壮丽呀，仿佛大桥直通的是自己的家门，把一切便利传送到面前。

他站在那里，似乎挡了人们的路，时不时有人碰着他，除了歉意，眼神中还有诧异。

他又随人流往前走。

他想到茶园擦鞋妇人跟杨明亮的倾诉。此刻他也萌发了跟人倾诉的强烈愿望。

四

"妈妈。"易华从这声喊里听出，儿子有一肚子怨气。儿子远在武汉，在一所大学里任教。"昨天跟你打电话，家里座机无人接，打你手机，手机关机，你这是怎么的，让人着急。"

易华在李渝山家住了一夜，回来吃过中饭，这时刚睡了午觉起来。

她刚煮好一杯咖啡，在沙发上享受它浓烈的香味，又想到李渝山在床上的傻样子，就禁不住要笑。这是他们的第二次，李渝山付出全部努力，额头仍然渗出汗水。但他能借用她说过的话来自我解嘲了，"都老了，你舒服吗？"她用手轻轻拍拍他的背，"舒服,你呢?"他的脸深埋在她已失去光滑的胸脯上,他的回答让她感到一阵酥麻。

"妈,在跟你说呢。"儿子在催她。"哦,"易华回过神来,"我有事出去了。""出去了,出去怎么关机?""我办事,不想让人打扰。"儿子停顿一下,又喊道:"妈,凡是外出,都要带手机,更不能关机。你知道吗,你年纪大了,我们又不在身边,如果要去外面办事,手机二十四小时都不能关,要让通信时时保持畅通。你记住,妈。"易华仿佛看见儿子的眉毛又变红了,眼睛焦成一条缝。他死去的父亲一着急,也是这样。她能从话筒里嗅到一股担忧和焦急的味道。

"没那么严重,你妈还精神得很。"她又想到李渝山说的都老了的话,就对着看不见的儿子偷偷地乐。"你要正视现实,妈,"儿子说,"免得老让人担心。""好好好,我今后不关机,任何时候……都不关机。"说到这,她咯咯咯笑。"说正经事,还笑。"儿子口气放软,接着说,"妈,跟你说一下,国庆长假,我们不回重庆。""为什么不回?你们回不回我不管,我要看孙娃子呢。""就是要带他去旅游,坐游轮游韩国,让他长见识。"儿子说,"朋友是一家旅行社老总,搞了个亲属团,游轮从上海出发,价钱比一般的便宜三分之一,好不容易给我匀出三个名额,费也缴了,正在办签证,只好春节回来了。"

"既然这样,你们的事重要,就安心去吧,我好好的,不用担心。壮壮在船上要注意安全,四周都是海,眼睛多留神点,大意不得哟。"

儿子说:"这你就不用管了,我们还能不知道?"她喝口咖啡,杯子放回托盘时发出一声响。

儿子问道:"妈,你在喝咖啡吗?""还会是啥子,你妈就这点爱好。"她望着茶具柜上的咖啡研磨机说。

别无他求 / 177

下午她喜欢煮咖啡，不只是喝，更是为玩味磨煮中带来的乐趣。

其实她对咖啡的品质并不太讲究，云南小粒咖啡豆已令她满意了。那天点蓝山，的确是有意要宰李渝山，看他是否小气。事后也后悔，这种考验，老板得利，挺不值。

她有套咖啡豆手动研磨机，精巧得像玩具，胡桃木的箱体，装咖啡粒的抽屉头上顶着个反扣的铸铁圆帽，那是放咖啡豆的磨盘，一个长摇柄弯曲下来。这是他儿子公差去英国给她带回来的。每次她摇动手柄时，脑子里总会映出欧洲蓝天下巨大的风车，溪水旁古老的磨房。这印象是她从电影和书本上得来的。她慢慢地摇动手柄，将咖啡豆磨得极细。用她的话说，勤人对懒磨，就跟中国人磨豆花一样，急不得。然后用高压蒸汽机煮，那样咖啡豆的特质才能充分得到释放。她还有意把咖啡渣留下，装在一个精致的小瓷盘里，放在一个不引人注意的地方，每天更换，让屋里充满咖啡香。

儿子说："咖啡豆用完了告诉我，我托人在巴西给你买。"他知道母亲最爱巴西咖啡豆。"上次带回来的，都还有一袋没开封。""妈，最近还好吧？"儿子又问。她感到，儿子的眉毛还原本色，眼睛也打开了。"一把老骨头，硬朗得很，基本保持了三得，吃得、睡得、动得。"她说得能听见自己的笑声。

一束光，裹着纷飞的微尘从窗户外射进来，落在茶几前晃动，像个调皮的小孩用玻璃在照射，屋里一下子亮堂了。这是对面大厦玻璃幕墙上反射的阳光。她不用看时间，知道刚好是四点半。她又抿一口咖啡。

"妈，你总结的三得，很好，要继续保持。"儿子很高兴，又说，"妈，我们不求你啥子，只求你身体好。""你们求不求，我自己求不求，都不管用，那是命。"儿子仿佛想了想， 放慢了语速，考虑着说："这倒是。你一个人，让人总是不放心。现在各地都有养老院，老年人在那里有人照顾，配有医务人员，饮食也好。我们学校一对老教授，也不愿跟儿女住，去了养老院，找的条件最好的，一个月的退休金，全开销在那上面。"

"你是想把你妈推出去了事，是吧？"她说着，心里却想，不是我不愿跟儿子住，是儿子要跟媳妇住。"我是怕你一个人孤单，妈。""那我给你找个继父，怎样？"她说起都分不清自己是不是真心。儿子问："妈，你是不是有了意中人？""有了又怎样？"她说完不好意思地笑起来。"有了就好，能不能发张照片来，让我跟你参考参考。首先一条，不能年纪太大了，要身体健康。"

"你以为你妈年轻？"她又问，"你真想你妈给你找个继父？"
"其实，这未必不可。"儿子说。

她沉默了，儿子的回答与她意愿相违。她内心是希望儿子反对的，这说明他是站在传统观念上看问题，是在维护整个家庭，很正常。那她就可以跟他说理由，说自己老了，如果有个三长两短，连个拿药递水的人也没有。或者，要他一家调回重庆工作，一天守在她身边。她甚至逐渐把话题往真心方面靠，到时顺势说出李渝山。没想到儿子的回答，像一道紧闭的闸门突然打开，水流陡然冲来，反倒把她的预想和心里的李渝山冲得干干净净。

"妈，你有这想法，真好。"儿子进一步表态。"你这样认为？"
"真的。"
"就你一个人这样想？"
"不，雨娟也同意，如果听说你有了找老伴的心，她肯定高兴得要死。"

雨娟是儿媳妇，武汉人，儿子就是为她离开重庆的。这是易华始终抹不去的心病，一想到此，心里就要骂三声"九头鸟"。

儿子在重庆工作时，每天都回家，饭桌上的交谈和笑声，是母亲最满足的。多少个周末,老两口在儿子的陪伴下逛公园,坐在草地上,在鸟儿的鸣叫声中,听他讲单位里的事,老人最感兴趣。母亲尤其喜欢一家人下馆子,那是她体味母子情最充分的时刻。一家三口人不多,口味差异却大,父亲喜酸,母亲爱甜,儿子好麻辣。在家里,母亲向来采取中庸,不酸不甜不麻辣,谁也不将就谁,和平共处。儿子说,进馆子是为饱口福,就不能压抑口味,于是由他做主点菜。儿子总是先把征询的目光向着母亲,妈爱吃甜的,点个鱼香肉丝吧。仅这一道菜、一句话,听得母亲心潮澎湃,地位和权威都得到了体现,让她沉浸在幸福美满中,感谢老天爷给了她一个懂得体贴妈妈的好儿子,这真比吃起来还香甜……这些欢愉,都被儿媳抢走了,留给老人的却是酸涩的回忆。

现在要免除自己的男人牵挂老人,儿媳又盼着婆子妈再嫁。这是儿媳的主意,肯定的,没错。想到这点,易华就怒气冲顶,把原有的真心也冲掉,又骂了三声"九头鸟"。哪有这么便宜儿媳的,即使真有这事,绝不能透露,不能让她的念头得逞。李渝山的身影,一下子被易华强制地从心中隐没了。

幕墙上反射来的那束光偏移了,屋里暗下许多。易华端起杯子又抿一口,咖啡已冷,失去了香味。她把杯子轻轻放回,怕再弄出响声,暴露心情。

"你妈没安这份心,"她说,"还要为你死去的老汉守贞节。"李渝山这天没打电话跟杨明亮约,吃过早饭,径自去到顺城街露天茶园。

可能还没到杨明亮来喝茶的时间,找遍每个角落,都没见他身影。他有些郁闷,自己对茶园的规矩不甚了解,拿不准是该喊泡茶,还是找位置坐下等老板来安排。正张皇中,有人在背后叫他大哥,回头看是野山菌。"劳模还没有来,他一般都是十点过。"

野山菌记得他。李渝山心里很高兴,有礼貌地向她点头说:

"谢谢。"

"来,大哥,"野山菌说,"给你擦鞋子,慢慢等。"

李渝山弄不清楚她说的是哪种擦鞋子,不敢回应,就说,"不,我就在这里等。"

"没关系,来嘛,"野山菌伸手拉他,他来不及躲开,被拉着衣袖,"不要害怕,我们又不吃人。"

她不是说的我,而说的是我们,仿佛她是那些妇人的代言人。李渝山不由张望,见几个像她一样的妇人正在茶客中穿梭,四下找生意,其中有个见他被野山菌拉住,向他投来意味深长的笑。

他在犹豫中被野山菌带走。

昨晚回家后,李渝山又是一个不眠之夜。

以前睡眠很好,不说头一落枕就响鼾声,至少他未尝过失眠的痛苦。

自从老伴去世后,睡前的枕边交谈终止,话沤在肚子里发酵,胀得他整夜整夜睡不着。有易华后,中止的交谈又得以延续,睡得那个香,换来第二天精神的清爽。他知道,枕边人尤为重要。

易华来的那天,他把床上用品全换成了干净的,床单、被套、枕头都散发出淡淡的洗衣液清香。他不愿让易华觉得他老了,生活不讲究了,是个离开女人就不会生活的人。

那晚,他俩除睡着外,用爱抚和抵着额头说话度过了其余的时间。他俩设想要到哪些地方去旅游,为这事,两人有过小小的争执。易华喜欢人文景观,李渝山喜欢自然景观,但最后李渝山作了让步,以人文为主,自然为辅,意见遂达成统一。可说到现在朋友间的交往,两人深有同感,他俩决定要用串门去热络单元楼里冷却了的朋友心。

虽然双方的身体已失去年轻时的弹性和光滑,但他俩用激情去填满了那些皱纹。接触才几次,他俩就觉得相识已久,互相知

别无他求 / 181

根知底，即使对方的每寸肌肤，也用吻熟悉了个遍。还有，每当静下来的时候，他爱念易华的名字。这两个发音，在唇齿间轻轻地碰撞，像小时候嘴里衔着硬糖，不停地品咂。他喜欢这名字，总揣摩不透，为什么这两个汉字能给他带来无尽的欢乐。

有时他也会想，这样是不是太随便、太轻率，所作所为，不应是老迈之人对待生活的态度。可是从对方的眼中，他俩看到的是真实的自己，没有虚伪，没有搪塞，没有及时行乐的卑怯，是一个老人对爱坦率而大胆的表白。

枕头上，易华枕下的印痕消失了，可味道还留在上面，并不是香，只是他的嗅觉对这味道敏感，特别专一，叫他不能忘记。时间会将这味道抹除吗，枕上的印痕还会叠上吗？答案在前方，中间隔着女儿，自己却无法够着它。他想迈过女儿，却又做不到，她是他唯一的亲人。

李渝山非常痛苦，整宿在床上辗转。

野山菌把李渝山领进一个门洞。他记得，就是杨明亮那天被带去的地方。

这幢楼，前面临大街，房商把临街全做成商用门面，进出的门便改在侧面，原来进出的门洞废弃了，成为住户们堆杂物的地方。

李渝山刚进去，里面一片昏暗，站一会儿眼睛才适应。这里不到五个平方米，两边上楼的楼道被封死，可能是要利用这里的人，才把这块地方收拾出来。靠楼道的墙壁前，放着擦皮鞋的箱子。两张旧椅子，一张是藤椅，扶手和椅脚的藤条都断了，用塑料带绑着。另一张是人造革面的沙发，靠背裂痕四处漫延，像旱天龟裂的土地，有两处弹簧绷了出来，盖着一块脏兮兮的坐垫。还有两只短凳放在椅子前。

李渝山被引坐在沙发上，弹簧硌屁股，很不舒服，挪动几下才勉强坐定。

野山菌背对着外面,坐在面前的短凳上。李渝山一下子明白,这就是所谓的那种擦鞋子。突然,他想到易华,她是个那么爱干净的人,自己却来到这肮脏的地方,真有些对不起她。"呃,不忙,不忙,"他慌张起来,像小偷被人发现,四处躲闪,又无处可逃。"事情……还没有……说清楚……"他从没有过如此语无伦次的狼狈,如此让人丢脸。

"还要啥子说清楚?"野山菌愣了一下。

李渝山说道:"不,不,我要劳模那样的。"

野山菌松了一口气,好像驮在背上的重负卸掉,"大哥,看来你也是个跟他那样自爱的人。"她叹息一声说,"我来这里,第一次做,就遇到他,他不做,反倒叫我下不了台,向他讲起自己的遭遇,求他做。他听了我的讲,同情我,说只要我给他讲我遇到的辛酸事,一样给钱。我的那些事,只对他讲,他也爱听,这成了我跟他的习惯。大哥,我心头有个数,他是个值得我尊敬的人。我不是说你这大哥就不好,我经历的那些事,毕竟值不得炫耀,就是跟他讲,讲一遍我又像受一遍罪。我不会拿这些再来找第二个的钱。"

"既然这样,给我擦鞋子吧。"李渝山也感到轻松,扬了扬脚,脚上穿的却是一双布鞋。又是一阵尴尬,接着两人都笑了。"我给你刷一下灰吧。"

上午十点多钟,是茶园一天最热闹的时候,有闲而又爱坐茶馆的人,大多都是这个时候到。他们吃过早饭,做完该做的事,像上班一样,心急火燎地往这里赶。一来,这边喊泡茶,那边叫人,茶园里人声鼎沸。

杨明亮坐定泡好茶,便和一些老茶客打招呼。这时见李渝山和野山菌从门洞里出来,他愣一下,随后抿嘴笑,想道,他也有

别无他求 / 183

熬不住的一天哟。他站起来高喊,向李渝山招手,等他过来。

他为李渝山泡的绿茶。他不谈门洞里的事,问起介绍老伴的事,"考虑好没有,"他问,"你想要哪类的人?"

杨明亮抽烟,而且抽得很凶,一根接一根,嘴角上永远叼着烟屁股。随着他说话,烟雾往李渝山脸上扑。李渝山偏又闻不得烟味,一闻喉咙就发痒,忍不住要咳嗽。他一边用手扇,一边咳嗽。听杨明亮这样说,见烟雾后他的眼里流露出异样的光,就知道他心里想邪了,"刚找了野山菌擦鞋子,并没有做那些事。"他说。

"做了又怎样?"杨明亮笑着说,目光有意落在他的布鞋上,"又没问你这个,做贼心虚。"

"真的没有做,不信算啦。"李渝山看着杨明亮那一脸的笑,觉得自己再解释下去也没意思。

杨明亮自觉岔开话,跟他说起一个女人,跟他一样是劳模,多次一起开过会,是市棉纺厂的工人。"她大概不到六十七八,体健貌端。"他为自己套用了婚介广告词得意,笑了一下,"说真的,长相不俗,关键是人随和,没得那些装模作样假正经。跟你举个例,每年五一开劳模会,是我们劳模最看重的,大家都要穿上最好的衣服,收拾打扮一番,西装革履的,头发花白的染黑,没有鬈的烫个大波浪,好面对记者的相机。每次她都最朴实,穿着平时的干净衣服,头发也没专门去染。这绝不是她不讲究,不爱好,她就是那么个实在的人。每次从照片看,她反倒是我们一群中最耐看的,特别显得落落大方。"

"照你说的,这是个好女人。"李渝山说。

"真是个好女人。"杨明亮不容置疑地说。他停下来,把烟屁股从嘴角上摘下,一直熏得眯闭的左眼打开,烟屁股丢地上,用脚踩灭。"就不明白,好女人为啥偏遇上坏男人,你不晓得,她那男人有多坏。"他有些抱不平,激动得又抓起桌上的烟盒,手指微微发抖地往外掏烟。见李渝山一双眼紧张地落在上面，略一迟疑，把烟盒丢桌上。"他是她们厂子弟校的体育老师，自以为是知识分子，处处看不起她，就不明白当初为啥又去追她。他们有一儿一女，她忙完工作，还承担所有家务。男人还看她不顺眼，对她施家暴，当着儿女骂她，甚至动手打她。有一次，她脸上带着伤痕来开会，大家打听出原因，都非常气愤。这事惊动市妇联和总工会，派人去单位批评教育她男人，大家都支持她离婚，但她不愿给儿女一个破碎的家庭，强忍了。她男人不思悔改，依然如故，甚至发展到借培养体操苗子为名，侮辱强奸少女，连他的外侄女也不放过。最后在上课的时候被抓到，判了十五年，她才跟他离了婚。前不久，我听朋友说，她现在生活得很好。这女人是勤劳善良了一生，前半生为国家，退休后又为儿女，从没想到自己过一天悠闲日子。据说她带孙儿去年带到三岁大，现在又在带外孙女。这个女人好呀，老李，家有好女人，生活无忧虑。"

杨明亮又抓过烟盒，手一抖，一支烟从盒里冒出头，他用嘴利索地叼出来，点燃。"怎样，介绍给你，"他说，"有没有兴趣，这女人日子过得太清平了，把她解救出来，让她享几天福？"

李渝山像睡着了，沉浸在白日梦中。"喂，问你呢，怎么愣起？"杨明亮深吸一口烟，吐出来直冲李渝山的脸。

"你说把女劳模介绍给我？"李渝山在扑面而来的烟雾中醒悟过来。他同情女劳模，但要他去救她于平庸，还没有半点打算。他都说不清自己要不要人来解救，更不消说跟他就能享福。"不不不，莫开玩笑，劳模，我高攀不上，留到等你去解救吧。"他赶紧用手扇开面前的烟，一边咳一边笑。

"看来，你缺乏阶级感情哟。"杨明亮想当月老，促成这件好事，没想到李渝山不接招，他深为惋惜，不知是为女劳模，为李渝山，还是为自己。

别无他求 / 185

这时，东转西转的野山菌转过来了，看样子要招呼杨明亮。杨明亮对她说："今天不找你，我在谈事。"

野山菌看他，又看李渝山，吃吃一笑，知趣地转身走开。杨明亮的讲述，无意拨动李渝山的另一根心弦。刚才在沉思中，他像看见自己的老伴、杨明亮的老伴、野山菌，还有不认识的女劳模在向他走来，直逼他的内心：人生几十年，苦乐参半，伴随每时每刻，不明白每每追忆过去，为什么总是苦多于乐？如果问自己，问跟前的杨明亮，都回头去看，身后的哪样多，大概都逃不掉这可悲的结局。

人人都有一本难念的经，何必去烦扰别人？原想向杨明亮倒苦水的李渝山，缄口了。这次见面成为一次纯粹的喝茶。

五

过去的几天，李渝山在痛苦和烦恼中受着煎熬，他又无法将其排除。他没有跟易华联系，易华也没来电话，仿佛两人原本就不认识。但李渝山无时无刻不想易华。他不知道，易华是否像他一样想他。

女儿横立在中间，李渝山迈不过去，不能把易华接过来，急得他嘴上起了两个泡，火烧火燎地痛。

在他家住过的第二天，易华来电话说，万事俱备，只欠东风。他明白这意思，万事俱备，是指她要带过来的东西都收拾停当，装进旅行箱，已放在方便出门的地方；只欠东风，就是随时等候他的敲门声。

易华还在电话里追问，他到底什么时候去接。他随口答道，黄道吉日。哪天是黄道吉日？他觉得已隔得很遥远了。

为去接她，他有过设想。当他敲门，她会对着镜子整装一下，开门，肯定互相一个拥抱。待他把旅行箱拉出门，她关上门，将门锁上保险，像出远门，流连在门前，把身后的一切装在记忆里。

为她的到来，他也做好准备。屋里一番大清除，以前不用的一些东西，该扔的扔，该当废品卖的卖，墙上贴的些年深日久的画也换掉。还有老伴的照片，哪些该收，哪些该换个地方摆，他都有所考虑。老伴是她的同学，又是好朋友，要摆照片，她是理解的。这些打算，他没跟她透露。他觉得，他要给她一个惊奇，叫她一进门，眼睛发亮，来不及放下手里的东西，转着圈子环顾四周，有种彻底的归属感。

这些打算，给他带来欣喜，他每天都在兴奋中一点一点去完成。女儿那双娇嫩的曾被他牵过的小手，现在变得强大有力了，轻而易举，就将他谋划的一切抹去。

这些天，他不仅睡不好，也不感到饥饿，在田大妈的小面摊吃一顿，就忘了下一顿，日子过得人不像人，鬼不像鬼，明显消瘦一圈。

他焦急，不知该如何向易华交代，又不违背自己的心。回想年轻时，朋友的欢聚，男人间的醉饮，操大方的开销，无理的晚归……这些过失，在老伴面前，他曾用过多少谎言去填补。结婚不久的那年，岳父六十大寿，早上出门，给老伴承诺下班早回家，一同去给老人祝寿。那是刚改革开放的年代，他去采访一个烧石灰窑子发家的万元户，采访完，万元户请吃喝，一高兴，忘记了祝寿的事。那时通信落后，无法找到他，一家人等他到很晚。老岳父也很败兴，喜欢喝一杯的老人，连酒杯也没碰，就草草下席睡觉去了。

老伴真正动怒了，他带醉深夜回家，被关在门外，任由哀求、认错,直到第二天天亮才被放进屋。进屋的第一件事,就是写认过书。当时还说好,认过书贴墙三天,每天念诵三遍。老伴留了情面,将认过书收进梳妆箱。几天后,他打开梳妆箱,那认过书已不见了踪影。

人上了岁数,看东西昏花,可心里的那双眼睛明亮。以前模糊的事,现在洞明了,人也随之活得直率真诚。

李渝山清楚,易华没见他去接,肯定明白他有了难处。她不打电话来询问,就是最大的理解。他也不愿找理由去搪塞她,那不是一个老男人的担当。如果明说,他又不愿接受这现实。

他真爱她。爱,不需要谎言来掩饰。

这天,女儿下班,一个人回来,进屋一双眼就四下打量,鼻子轻微耸动。当她明白易华并没有进这个家门,放心了,甜丝丝地喊爸爸。

李渝山埋头看报,不理睬她。

女儿很识相,没再纠缠,自己下厨,给父亲做了回锅肉、青椒肉丝、炒藤菜和番茄蛋花汤。从酒柜拿出泡的枸杞酒,给父亲斟满一杯,叫父亲吃饭。

李渝山不动,手上的报纸翻得哗哗响。

女儿过来,夺下父亲手里的报纸,硬拉着坐在饭桌前。父亲木呆呆地坐在桌前,双眼定在空中某个点上,像沉浸在自己的心事中。其实,他此时什么都没想进去,目光是空洞的,从里望去,可见他空虚的内心。桌上的酒菜,丝毫引不起他的兴趣。他的精神已离他而去,在桌前的只是他空壳的身体。

以往,面对酒菜,父亲总是兴致很高,品着酒,吃着喜爱的菜,总是有话说,感慨人生美妙大抵不过如此。现在女儿见父亲这神情,知道是在跟她赌气,是要争得他的追求,心里虽然有些为他难过,但守住的防线却不能撤。她便过来陪坐在桌前,眼里闪着泪光，声音微微发抖地说："爸爸，对不起，那天我的话，有些说重了。"

女儿的这句话，使父亲的身体动了一下，像触动了他某根关键的神经。他转动了眼珠子，望向女儿，从女儿泪光中看见了木讷的自己，坚硬的心，突然像掉进了熔炉，一下子软化了。他想给女儿一个微笑，化解两人之间的冰霜。这时易华的影子，风筝一般从云端里飘出来，在他眼前摇晃。他突然拿不准，微笑是能化解跟女儿的冰霜，但是否也会变成刀子，割断风筝线，使风筝从此飘失远方？

他强制情绪的波动，把到嘴边的微笑压回去，闷声地端起酒杯，一仰脖子，满杯酒倒进了嘴里。"爸，"女儿往父亲碗里夹块回锅肉说，"今后要想吃啥子，给我说，我给你弄。"女儿说着，眼里的泪掉下来。"人到这岁数，又能吃得动好多东西？"他哀伤地说。"我会服侍你。"女儿说。"服侍一辈子吗？"女儿哽咽说道："一辈子也情愿，想到妈妈都可怜。"她给父亲手里的空杯又倒满。李渝山放下酒杯，定定地望着女儿，软化的心被这句话又冰冻起来。他用眼神追问着女儿：谁又为我想呢？没有谁回答，谁也不能回答。李渝山明白，这答案只能在自己心里。直到女儿离去，李渝山也没给她一个微笑。

除睡觉，白天李渝山基本不落屋。家，仿佛是囚他的牢房，见不到阳光，浑身不自由。更主要的是，易华留下的味道，让他甜蜜而又忧伤，这种感情像朝天门两江汇流掀起的浪波，撞击着他那几乎破碎的心。

他逃离，躲避。露天茶园，再没去过，那里尘世的喧嚣，并不能排遣他心中的忧烦。有些东西只能隐藏在内心，那是自己的，无法让别人分享或承担，只有自己细细咀嚼。

他漫无目的地走在大街小巷，甚至坐上任何一辆公交车，线路也不问，由着它颠簸，由着它载向何方。他只想独处，从孤单中去寻找要找的东西。这样他能思维清晰，厘清思绪，躁动的心也能沉静下来。这天，他又昏头昏脑地坐上公交车，车启动后，售票员开始卖票，才知道是去合川的班车。

合川——嘉陵江、涪江、渠江汇流的地方，著名的钓鱼城古战场遗迹就在那里。他曾多次去合川采访。那是个宁静的古城。既然这样，那就去那里吧，旧地重游，说不定能得到点什么。

公交车在出城拥挤的车流中缓缓行驶，看着车窗外不断变换的景物，川流不息的人，他感到世事如常，而自己却无奈到如此地步，用公交车打发孤独，消弥忧伤，不由生起一阵悲凉。他想，自己能在摇晃中找到归宿吗？他这样追问，却回答不出。又想，既然由着命运，那就既来之，则安之。

靠着坐椅，他在摇晃和冥想中打盹，似睡非睡，感到车在行驶，自己又在沉睡中。他最先感到的是车子停止了驶动，自己不再摇晃，慵懒的瞌睡一下子被赶跑了，随即一阵说话声灌进耳中。原来车子抛锚，停在路边。他睁开眼，向外打量，不知车停何处。司机在车内打开的引擎盖下忙碌。要赶时间的人在抱怨，怪司机开车前没做检查，把故障消除在发车前，又怪自己倒霉，坐上这辆破车。有的高声询问司机，车子几时能修好。一个小孩在哭，母亲拍着背诓他。有人叫司机开门，要下去过烟瘾。

失去了行驶时的秩序，车内一片混乱和嘈杂。司机这时伸起身，一边用棉纱揩着手，一边大声宣布："修不好了，我联系车，大家等着换车吧。"于是他用手机通话。车门打开，要吸烟的最先下去了。车外，行道树夹着公路蜿蜒向前。田野起伏，绿荫丛中几座农家院落，炊烟袅袅，远处青山延绵。

一两个行色匆匆的路人经过，像是本地人。许久未再见行人。一些过往车辆，对抛锚车毫不在意，没有一点减速，飞驰驶过，掀起的风尘扑进车来。

这里前不挨村后不靠店,一些乘客十分焦急,再三问司机换乘车好久到。司机回答厌烦了,干脆下车蹲路边抽烟。

看来还要等一阵,李渝山也下车透气,活动身子。他往前走出几十米,见公路旁有一条石板小路向坡下延伸去。小路边立有一块残缺的路碑,上面积着青苔和灰尘,显得有些年头,上面的三个隶书字是红油漆新描上的:金刚碑。

他返回,问司机这是在什么地方。"金刚碑。"司机不耐烦地回答。"是北碚金刚碑吗?"

司机懒得说,只点头。

李渝山禁不住一阵惊喜,竟会这样遇巧。

退休前,为庆祝抗战胜利五十周年纪念日,报社策划专刊,其中有个专版介绍北碚金刚碑在抗战中的贡献。他负责主编这个专版,查阅史料,做记录,并联系要采访的专家学者。缙云山下、嘉陵江边的这个昔日水码头,尽管是个小地方,当他查阅到抗战时期梁漱溟、翁文灏、梁实秋、吴宓、顾颉刚、翦伯赞、谢无量、孙伏园等名人都曾在那里生活过,就激动不已,坐卧不安,恨不得马上溯嘉陵江而上,去追寻他们的足迹。

他跟同事开玩笑,那时候那地方真了不起,一片黄葛树叶子落下来,能砸到三个名人。

当时他想去实地踏勘,但因出刊紧迫,抽不出时间。后来,因版面不够,这个专版被撤掉。但他记住了金刚碑。近一两年,又听说人们对那里的历史产生了兴趣,兴起了旅游热。他又曾想去踏访,总是阴差阳错,终未成行。

时间一晃,这么多年过去,他没料到今天在无意中遇缘。

"去金刚碑古镇就是那条石板路吗?"他指着前方问司机。

司机的心情不爽,爱理不理地点头。

"谢谢啦。"他扭头走去。

"呃,"司机冲他背影叫道,"一会儿车子来了,我们不会等哟。"

这是九月末的一天,酷热过一季的重庆终于凉爽,路边的植物也显得精神起来。

李渝山解开衬衫胸扣,让凉意灌满胸膛。他走上石板路不久,天色变暗,开始飘起了毛毛雨。雨丝轻柔地洒在脸上,还没成滴就干了,凉凉的,让他想到睡熟的易华微微的鼻息。

路上碰见几个学生模样的男女,一路走一路兴奋地摆谈,看样子是去古镇游玩回来。

李渝山问他们古镇还有多远,他们争着回答,说就在前面不远。

一阵风过后,路边的黄葛树叶子簌簌颤抖,有一两片慢慢飘飞下来,在他前方打着旋,荡向草丛。随即,一股水腥味扑面而来。他知道,那是前面嘉陵江传来的气息,古镇真不远了。他想,要是从前,大概在这里就该听见江上的船工号子声了,于是不由加快脚步。

他不知道古镇原有的面貌,也没听人详谈过它当时的景况,除了文字记载,他只记得资料上那张模糊的照片——黄葛树掩映的石拱桥,青瓦木板墙的商铺,穿长衫的行人。他就是指着这张照片跟同事开的黄葛树叶子砸名人的玩笑。说笑时,他仿佛还听见古镇的喧闹,穿着长衫的名人们走过石板街的嗒嗒脚步声。眼前的,是它吗?一座脏兮兮的石拱桥横跨在小溪上,桥柱上挂着的枯萎藤蔓在风中飘摇,青条石被岁月的风霜染成黑色,桥上石栏杆有两处垮塌,留下豁口。一棵黄葛树伸向桥面的枝丫被雷电劈断,留下火烧火燎的伤痕孤苦地立在桥边。

这石拱桥还是那座吗?这黄葛树还是那棵吗?桥下的溪流死

了，被泥石淤塞，两岸杂草丛生。青瓦木板墙的商铺消失了，通向江边码头的石板街消失了，只有桥两头的三两间破屋还守着这古镇的落寞。

他头脑中那张模糊的照片，无法与眼前清晰的现实重叠。如果说古镇昔日有过辉煌，那么它值得称赞的东西现在连半点痕迹也找不到了。

先前的激动和兴奋，顿时化为乌有。他站在桥头，四顾茫然，像一条路把他引向了绝境。他弄不明白，鬼使神差，为何跑到这里来？又想到自己的处境，心里一阵凄凉。

雨，变大了，砸得黄葛树叶子啪嗒啪嗒响，从树叶上滴下的雨水，砸在他头上，啪嗒啪嗒响。这时，桥头屋檐下，有人出声招呼他，"喂，兄弟，"那人向他招手，"还不快到这里来躲躲雨。"李渝山赶快应声跑去。那是一位老人，稀疏的白发和一撮山羊胡子在风中乱飞，长眉毛几乎要盖住浑浊的眼睛，牙缺了，嘴瘪了，脸上皱纹里嵌着黑垢，皮肤被太阳晒成酱油色，一双劳动的手上，血管弯曲像树根，骨节粗大。他穿的蓝色"的确良"中山装，洗得已变成灰白，肩头和手肘处都打着补丁，居然还严严实实地扣着领扣，显得既庄重又滑稽。

老人有着农民的样子，又透出文质彬彬的儒雅气。他坐在屋檐下的木椅上，头上的梁柱上挂着鸟笼，一只画眉在横木上跳上跳下，跳上去叽叽喳喳叫两声，跳下来叽叽喳喳叫两声，这样乐此不疲地跳着叫着。一只黄毛土狗安静地趴在他身边，动也不动，像一个雕塑。在它眼里，仿佛世上的一切都与它无关。

老人起身进屋搬出矮凳叫李渝山坐。黄狗这时懒洋洋地起来走近李渝山，摇着尾巴闻他，向他套近乎。李渝山怕狗，往后躲。"黄二，"老人喝道，"一边去。"讨好未得好，黄二无奈地摇着尾巴，去门那边趴下，下巴放在脚爪上，一副委屈、伤心的样子望着李渝山。"兄弟，"老人问坐下的李渝山，"大概七十出头吧？""好眼力，七十有二。"李渝山说，"老大哥，今年贵庚？"老人捋着飘飞的胡子说："考考兄弟眼力。"李渝山打量老人，心里盘算，决定按年轻那头说："老大哥好气血，我看就大我三五岁吧。""兄弟恭维我哟，"老人失声大笑，得意地举起右手食指弯下去，摇了摇，"这个数了，北伐起事那年。"

李渝山一算，惊呼："九十，看不出，看不出，老大哥精神。"他想起老人远远招呼他，与他交谈时的声音并不大，真是耳聪目明。又见他动作矫健敏捷，身姿硬朗，李渝山想起一个词：玉树临风，送给老人再合适不过。

一阵寒暄，亲近了两人。李渝山又向老人讨水喝。老人进屋再出来，端来方凳和一杯新泡的茶，放在了李渝山面前。李渝山一边喝着茶，一边探望眼前的情景。从门前的路基可看出，这里原是照片上的石板路，只是现在一些石板不在了，用碎石子补上，有的就是土坑，还长出小草。照片上街两边原来的青瓦木板商铺，现在有的坍塌了，有的只露出长了青苔的屋基，有的只剩下残垣断壁和朽坏的梁柱。整条街显得七零八落，一派荒凉、颓败景象。

这天不是双休日。几个外来的游人，打着伞，稀稀疏疏地经过。寂寞的脚步声，在已不成形的街上飘荡。老人问起李渝山怎么会来到这里。李渝山不便多说，就说去合川路过，顺道来看看。"老大哥是本地人？"李渝山问道。"土生土长，曾在勉仁学校读书。"老人说。"是梁漱溟先生创办的勉仁吗？"老人的眼睛射出光来，"兄弟晓得梁校长。"说罢，朗声大笑。老人说，后来梁校长离开重庆，勉仁学校也停办了。他本来可以转到其他学校就读，但他哪也不愿去，舍不得故乡，就留在老家当了农民。

李渝山听着老人的讲述，眼前似乎出现他穿着一袭长衫，站在嘉陵江边，衣衫下摆被江风吹得像旗帜一般飘扬，眼里含泪，与梁校长挥手作别的伤感样子。

"你看，"老人指着屋前一片杂草丛生的山坡说，"就是靠那点薄地种菜和红苕过日子。菜是藤菜和牛皮菜，这菜贱，割了又长，割了又长。那年月全靠它，除自己吃，一些拿来喂猪，好的就挑到北碚街上去卖，换点钱，打油买盐，维持生计。好像才转个眼呀，就这么过来啦。"

李渝山是那个时代的过来人，知道那时生活的艰辛，即使从嘴里省下来的一点菜，挑到城里去卖，也得冒风险。运气不好，被那时手臂上戴红袖章的治安综合治理人员逮住，轻则没收挑子，没收秤砣，砸断秤杆，重则胸前挂上写有"资产阶级尾巴"的牌子游街示众。

老人有过那种严酷的经历？还是因为心里的痛太深，故意说得轻描淡写，让人感觉那漫长而艰辛的生活，是在一挥手之间就过来的？李渝山不得而知。

"古镇衰败了，"李渝山说，"原来的住户呢，都到哪去了？""地方穷了，留不住呀，走的走，搬的搬，近的就去北碚街上、重庆城，远的就北漂、南下，只剩我这些老顽固还在坚守。"老人说得颤声悠悠的，"故土难离哟，特别像我这样的老不死。"

这话沉重得叫李渝山沉默。

过后，李渝山问："老大哥，你家人呢？"

"儿子成家后住在外地，女儿也在北碚新城买了房，搬走了，要我去她那里住，我是不会去的。"他说得很恳切，像在发誓。李渝山估计老人是一个人生活在此。"上了岁数，身边有人关照，好一些。"他说。

老人用手朝着后方的缙云山、前方的嘉陵江一划，说道："你看，这枕山、环水、画屏的地势，是块形胜之地哟。俗话说，一条石板路，千年金刚碑。时移世易，千年金刚碑岿然不动。我哪也不会去,阎王爷那里,我也不忙去,就在这里等,我就不相信,这里不中兴,我非要等着那一天的到来。"老人说得轻巧,好像跟阎王爷打了个招呼,命运已经在他掌控中。

"有人来这里旅游了。"李渝山说。

"就是呀,这是块风水宝地嘛,不然梁校长愿把学校办在这里?"老人边说边带着笑声进屋去了。李渝山清楚,老人是活在希望里,是希望在让老人活下去。雨停了,屋檐水一滴一滴跌落街沿,击打得街沿石嘀嗒嘀嗒响,溅起一个又一个水泡。

从嘉陵江方向吹来湿润的风,空气清新,沁人肺腑。对面山坡上的杂草波浪般起伏。鸟笼摇晃起来,画眉兴奋得扇翅高叫,声音悦耳嘹亮。

看到老人的身影,嵌进屋里打开的窗户框,就像走进一片耀眼的光芒中。似乎里面有他需求的东西,他要去拿取,于是他越走越远,越走越远,直到融入光芒中。

李渝山心里突然咯噔一声,像某个开关被打开,点亮了一盏灯,照得自己通体透亮。他想起了那天的梦,宽敞亮堂的院坝,馥郁的桂花树,蜜蜂在飞……几十年来的经验从心底深处一下子冒出来:生命中没有追悔可得的东西,当它反身离去,绝不会给你第二次机会。

他的身子激动得颤抖起来。他摸出手机,拨通了易华的电话……

六

易华把装进箱的东西,一件一件取出来,哪里来又回到哪里。

咖啡研磨机和一包未开封的巴西咖啡豆,又放上茶具柜。她这样做,是跟儿子还是跟李渝山生气,自己也分不清。

跟李渝山打电话说,东西都收拾停当了,就等他来接她。问他哪时来,他回答黄道吉日。这句话被她听进了心里。

她不会查皇历,家里也没有万年历,不知道李渝山说的黄道吉日究竟是哪天。

依她想,可能是过两天。这两天他会在家里收拾整理,买一些东西,把一个家搞得清清爽爽,让她进门第一眼就有个好印象。

上次去他家,知道她爱喝咖啡,家里没有,窘迫得他一张脸绯红,像做错事,不知所措。那个样子,事后她随时想到就要笑。

她想,他肯定会去买速溶咖啡,而且随便在哪个超市买。他不知晓,喝咖啡的,就像喝茶的一样,各自都有各自的口味和爱好。不过,这些并不重要,只要他心里有她。

她怕几个经常联系的朋友和同学来电话,就先给他们分别去了电话,说有事打手机,家里的座机停机了。

在离开家之前,她只能这样说。跟李渝山的恋情不急着透露出去,她想住过去了再和他商量,看用什么方式宣布最好。她不是顾虑旁人的偏见,也不是怕别人的流言蜚语。人活到这份上,任何形式上的东西,都失去了重量。他们不想影响别人的生活,也不愿受别人的影响,追求的是自己实在的生活。

那天晚上,李渝山进了她的屋,带来消失多年的男人味。一个家,缺少男人的时间一长,屋里阴气就日渐浓重。这种特别的气氛,只有她能体察,体会也最深。她是在无可奈何中,慢慢适应的。

跟李渝山在一起,她立马就闻到了一种不同的味道。尽管那味道没有经过人为的处理,带有原始的气味,甚至有点难闻,但那是男人的体味。这体味刺激着她的呼吸,使她一直处于兴奋中。

别无他求 / 197

进门时,他要脱鞋,她止住了他。因为她早闻出他的体味中还包括脚板的汗臭。她担心,一旦脱鞋,破袜子露出大脚趾或者脚后跟,他会难堪。

他没坚持,就穿着鞋进了屋。她觉得担心对了,多亏自己多了个心眼。

他进屋后,对屋里的一切都很新奇,四处打量,把一个男人复杂的心情,留在了她家的每个角落。这让她事后,时刻都回味不尽。

刚坐下来,他有些局促,似乎手脚无处放,坐沙发上的屁股都悬着半边。

她喜欢一个老男人的局促,说明他对眼前的一切在乎。

过了一阵,他渐渐适应了,话也多了。有那么一会儿,从他眼里,她看出他有想撒野的念头。

她曾在心里设想,那个野,他会怎么撒:把鞋脱了,一双臭脚板就放上茶几,或者抱着腿蜷上沙发,甚至吐一口口水,擤一把鼻涕在地上。她还巴望他这样做,屋里缺男人太久了,那种单一的气氛自己都厌倦,他真要是搞出点名堂来,正好把屋里的阴气冲一冲。

只那么一瞬间,那念头便从他目光中消失了,他又变回一个局促的男人。她有些失望,着实感到遗憾。

她想离开这个屋子,到一个有男人的屋子里去。她耐心地等了三天,三天里,电话没一个,门铃未响,箱子竖在门边都像生了根。

这三天,她哪也不敢去,即使出门买个菜,也忙天慌地往回赶。前天,单位退休的同事聚会,这是早约定好的活动,她曾答应参加,但临到头,她借故推了。同事在电话里说她,是不是有了新朋友,要把老朋友忘记。这话倒说到点子上了,她心里承认,也感到温暖,嘴上却一阵支吾。她不能去，是她怕错过了他来敲门。她对自己的行为好笑，一大把年纪的人了，还像个小姑娘，望着心目中的白马王子痴痴地等待。

这种等待是甜蜜的，让她又回到少女时代。不过只等了三天，甜蜜就变了味，她逐渐失去了耐心，觉得这样等下去比过一辈子还漫长。她忍受不了这种折磨，经受不起这种煎熬，却又苦于找不到突破的办法。

这些天，她把喝咖啡的时间尽量延长，用咖啡的浓香和苦涩来填充等待的时光。虽然咖啡让她挨过又一个不眠的夜晚，但她只能这样。

尽管跟李渝山往来只有几次，但她相信他对她的感情不会有变。爱不爱，只一个眼神就够了。他的眼神，她拿捏得准。这些天，没他的消息，总归是有原因的。

几个晚上都没睡好，早上起来昏头昏脑的，出门买菜，被门边的箱子绊了一下，要不是扶墙快，就摔倒在地了。她气得不去买菜了，打开箱子，把一件一件的东西取出来。当把东西放回原处的时候，她想清楚了，自己对儿子和李渝山两个都气。气儿子的脑壳长在媳妇身上，为了自己过得轻松，随随便便就想把老娘往外送，还唯恐不值钱，再不送，别人白捡都不要了。她收拾好箱子，是在儿子打来电话前，又因给李渝山说过万事俱备，只欠东风，那箱子是她铁心的证明，她要他亲眼看看。

要是李渝山来接她，问题就好解决，她会向他坦露心迹，不能便宜那个"九头鸟"，绝不出这个家门。哪怕让他住过来，也要跟那只"鸟"抗争到底，让她的日子不能轻松。她认为，李渝山会理解她这样做。到那时，再打开箱子取东西出来，对他和自己都有个交代。但这一切，出乎她的意料，满怀希望地装箱，结果又怅然地把它清空。

别无他求 / 199

一阵有礼貌的敲门声响起。箱子还张着大口躺在地上，易华顾不上收拾，嘴上一边答应，一边奔去打开房门。

门前站的不是李渝山，是李渝山的女儿。那一瞬间，随同失望从易华眼里流露出来的还有惊异。

"哦，兰兰，快进来。"易华强笑着说。

李兰见劝阻父亲不起作用，决定来找易华谈谈。

易华倒来水，将水杯放在茶几上。李兰却站在一旁显得很拘束，双手绞在一起，不停地搓动。

在为母亲办丧的一天深夜，李兰开车送易华回家，车停楼下未进屋。现在见到易华家里呈现的景况，心绪更是不平静。这屋子干净整洁不说，家具的样式和布局，墙上挂的照片和装饰，桌上的摆设和器皿，尤其是充盈在每个角落的气味，都与父母家截然不同。一比较，觉得父母家充满世俗味，这里弥漫的是贵族味。易华与母亲受的是同等的教育，又在一个系统工作，为什么两人对生活的追求会有天壤之别？于是李兰想到母亲平淡的一生，世上美好的生活没享受多少，她很为母亲抱不平。更可怜在天的母亲，在另一个世界仍过着一成不变的卑贱生活。而父亲为了来这里，就要弃母亲于不顾了。

李兰终于发现了父亲感情出岔的根源在这里。为了母亲，她要在源头上把水堵死，让父亲出岔的根枯死。

易华还穿着米色缎面睡衣，头发披在肩后，一条手绢随意地绾着，虽然老了，但风姿绰约。

"兰兰，坐呀。"易华过来，亲切地拉她坐在沙发上。

"半年多了，也不来看看我，还以为是把易娘娘忘记了。"易华坐在李兰身边，拉着她的手说。

"妈妈走后，家里的事多，单位上又忙，一直说要来看你，硬是抽不出时间。易娘娘，真对不起。"李兰说起话，眼睛躲闪着易华,目光落在面前茶几上的某个点,动也不动,一副言不由衷又心事重重的样子。

"跟易娘娘还客气,我知道你们忙。"她拉着李兰的手一阵轻拍。又问,"今天不上班?"

"今天换休。"

"家里还好吧?"想到李兰今天突然上门,可能有什么事,易华本想问李兰的父亲好吗,话到嘴边又觉不妥,就改了。

李兰说:"家里还好,就是父亲的身体不如以前了,一天萎靡不振的。"

易华感到一惊,松开了李兰的手,像在疑问:"他怎么会这样?"

"父亲对母亲感情很深,他不能忘记她,一直在难受。"李兰的眼珠子活泛了,迅速地看了一眼易华,那眼神似乎在告诉易华,言外之意,自己去慢品。

"是的,我理解,"易华沉思着说,"时间久一些就好了。"李兰说:"再久也难,刻骨铭心,是一辈子。"

"啊,"易华痛苦地叹息一声,说:"要我去看看你父亲?""不,不麻烦易娘娘。他现在最需要的是在家静养,感情不能再受刺激。"李兰口气很硬,神情严肃地看着易华,"今天我是代表全家来感谢易娘娘,你是我母亲最好的朋友,最理解我母亲,在办母亲丧事时帮了我们大忙。"她停顿了一下,从易华脸上收回目光,似乎哽咽地说,"易娘娘,现在在我们家,再经受不起任何波折了。"说罢,两行泪水缓缓流下脸颊。

沉默像一团阴云笼罩在两人头顶,整个屋子仿佛突然暗下来。易华从茶几上抽出纸巾递给李兰。李兰接过揩了眼泪。

坐了一阵,李兰起身告辞。"真不好意思,在易娘娘面前哭了。"她说。

"那有啥,在你易娘娘面前,要哭就哭,有泪就流。"易华平静地说。

李兰感到了满足,来这里的目的达到了,该说的说了,认为易华也明白了她那些话的含义。不过她仍为自己流了泪过意不去,又连说了两次不好意思。见易华用微笑回应她,于是又暗想,流了泪也好,为话语裹上凄苦,会多一成感动人的分量。

在李兰临出门时,易华说:"兰兰,谢谢你来看我。"

李兰的来访,给易华更添苦恼。她出门散漫地在街上走着。街上往来的行人,徐徐驶过的车辆,以及四周腾起的喧声,都不能使她清醒过来,她好像在梦游。

她信步来到滨江路的老地方咖啡店,这是她常来消磨时光的地方。

咖啡店规模小,装修说不上什么风格,却有一种独有的韵味。店里只有六七张小圆桌,铺着亚麻桌布,小花瓶插着每天一换的莳花,一色的木靠椅放着渝绣坐垫。若天气好,店外遮阳伞下摆两桌,坐那里可望着流淌的长江和对岸的楼房发呆。店内只有轻柔的背景音乐,没有其他咖啡馆的人满为患、高声喧哗,十分雅静。

来这店的基本是回头客,多是知书识礼、小声说话的中年人。按易华的说法,顾客分为两拨,一拨是咖啡伴侣,他们冲着这店的咖啡纯正、新鲜,只出售巴西咖啡豆调制的各类咖啡而来;另一拨是伤感的怀旧者,吸引他们的是店内四壁的老重庆黑白照片:朝天门陡峭的石梯坎,临江门热闹的码头,开裂开口的老城墙,黄葛树下的吊脚楼,"精神堡垒"的街景,川江上的纤夫,激流中划桨的船工,拉黄包车、抬滑竿的力夫,以及五花八门的手艺人……据说这几十幅照片,出自抗战时期来重庆的外国记者之手,其中还有海明威的作品。

这是老板花了大价钱,从一位归国华侨手里买来的。两拨顾客，泾渭分明，互不干扰，各欣赏各的。

易华不属于任何一拨，她是老板的干姐姐。

老板人称胡妹，比易华小好几岁，原来是一个国企老总的夫人。老总有了新欢，出价两百万跟胡妹打了脱离，儿子跟她。事后按胡妹的说法，她是因祸得福，离婚不到三年，老总搞权色、钱色交易，涉嫌受贿犯罪，被判十年。

那时，易华还不认识胡妹，是胡妹要投资开咖啡店，经朋友介绍找她帮忙才认识的。她靠多年的干商贸的关系，上下疏通，帮胡妹完善了开店的所有手续。从此，胡妹认了易华这个干姐姐。

易华来喝咖啡，胡妹在，不拿钱，拿钱胡妹也不收。若是胡妹不在，易华主动给，从不为难服务员。长此以往，这成为易华来这里消费的规矩。

这天，胡妹在店，把易华招呼去老位子坐下。临街立式玻璃窗下，可看见街景和对岸参差的楼房。店内还有两个顾客，一男一女，坐在不易受打扰的角落里，头靠头低声说话。

"姐，新来个咖啡师，"胡妹过来，朝吧台一瞟说，"叫他给你调一杯焦糖拿铁尝尝。"胡妹的长相一般，脸上的妆和身上的衣着却一向考究，随时见她，都像即将走上Ｔ台的时装模特。易华顺胡妹的眼色望去，咖啡师二十多岁，个子修长，油头粉面，挂着讨好的笑容朝这边看，一副渴望表现的样子。易华不好推辞，答应了。胡妹侧过身，点头。咖啡师赓即行动起来。调好的咖啡是胡妹亲自端过来的，她坐在易华旁边，望着易华，等她品尝后的评价。易华不像以前，端过杯子，很享受地闻，然后浅浅地啜一口，回味嘴里的味道。她现在双手放桌上，深陷在沉思中。胡妹拍她一下手，"嘿，姐，"胡妹说，"发啥子呆？" 易华回过神来，端起托盘，咖啡杯在托盘里嗒嗒跳动，咖啡也被溅出来。"姐，你脸色不好，该不是病了？"胡妹说着，把托盘从易华手里接过来放下。易华说:"这两天没休息好。""魂不守舍的,怕是有心事,跟妹说。"胡妹眼勾勾地望着她。易华强颜一笑,"姐,老女人一个,还会有啥子心事。"她直接端起咖啡杯,喝一口,"就你想得多。""没事就好。"胡妹放心了,随后细声说,"要不要叫人来服侍你一夜。"易华不明白,"哪个来服侍?"她问道。胡妹朝背后一指,"当然是他哟。"是那咖啡师。她更是凑近了说:"保你舒服。姐,你一句话,马上带走,明天一早,叫他各人滚蛋,其他的,由我来办。怎样?"

"滚你的,"易华笑道,"姐不喜欢他,这类型不适合我,留着你自己用吧。""什么类型不类型,只要人年轻,床上功夫好。"她详细讲起那咖啡师的本事,自己从中得到的享受。一些私密的细节,听得易华脸红耳赤,心里怦怦跳。"好了,好了,"她打断她,"沤在心里发酵,你慢慢受用。""姐,我两姊妹,还分啥子彼此……"胡妹要继续她的讲述。易华快嘴接过来,说道:"姐已经有了。"于是她讲起李渝山,讲起目前忧人的状况。"他家里还有啥子人?"胡妹问道。"只有一个女儿,有外孙了。""他女儿在从中作梗?""是的,她还跑到我家里来,跟我说了一番含沙射影的话,要我远离她老汉。"易华想起为秀珍办丧事的那几天,李兰对她的那股亲热劲,仿佛现在还暖着心,可是想不透对方怎么说变脸就变脸,嘴里哈出的气,比霜冻还冷。她摇着头一阵感叹。"要说,她妈妈的丧事,我帮了大忙,她该感激还来不及呢。"

"唉,姐,怎么这点事理你都不懂,"胡妹说,"你是在跟她抢她老汉,你以为做的那点好事,就能扯平?"易华有些气馁了,喃喃地说:"那倒是,我帮的那点忙,又算啥子哟。""除了他那女儿,你觉得还有哪个?"胡妹一脸疑惑,"你那宝贝儿呢,啥子态度?""会有啥子态度,他一辈子都听我这当妈的。"

她考虑着说,"我觉得那'九头鸟'也在作怪。""她反对?""她反对就好了,"易华说,"我早就进了李家门,今天不会在这里喝咖啡。""姐,你把我说糊涂了。"胡妹说。"你这么精灵的人,怎么会糊涂,"易华瞪她一眼说,"她倒是想把她的婆子妈快些送人,免得今后靠她。懂了吗?""你就为这些,"胡妹惊讶得一双眼睛圆溜溜地转,"还有你那个李大哥这两天没消息?""还要为哪些,这些还不够吗?"这次轮到易华糊涂了。胡妹哈哈哈大笑起来,笑得气都喘不过来,半天才收住笑。

"我的姐,"她长声悠悠地喊道,"怎么你就这样傻哟。"易华不解地望着她。胡妹说:"很简单,先说你媳妇那头。你是为哪个活?是为媳妇活,你该干吗就干吗,想喝咖啡来我这里,不要一天要死不活的样子,打起精神,继续跟你那个媳妇硬下去,到死都不给她找后公公,一辈子赖到她。要是为自己活,就把你那媳妇丢开,管她想啥子,各人去爱各人的。至于那李大哥的女儿,这好办,你又不是跟她谈恋爱,去找你的李大哥,问他,一句话,他爱不爱你。"

"这两天他人影子都不见,我怎么去问。""打电话找他呀。""哪有为这事,女人先打电话的。"易华忧虑地说。"那就理直气壮地打上门去,拿他是问。""就这样?"易华问。"还要哪样?"胡妹说,"如果你自己不敢去,我陪你。""我那么胆小?"易华笑起来,"各人卖你的咖啡。""你以为我愿去当这灯泡?笑话。"

当局者迷,旁观者清。胡妹一点拨,易华如梦初醒,沉重的脑袋,一下子轻松了,闷塞的心胸也开朗了。她左手端起托盘,咖啡杯稳稳的,杯中的咖啡一丝波纹未起,右手端过咖啡杯,好好地抿了一口,慢慢品味。"怎样?"胡妹指着她手里的咖啡问道。"很好,正宗的巴西咖啡,甘滑顺口,先淡淡的酸苦,随后回味香醇。"

去李渝山家的途中,易华步行、打车,一路都在为他的失联做设想。最叫她担忧的是他的病,而且病得很重,连电话都不能打。为此,她十分内疚,为一点可怜的自尊,没主动去电话关心,甚至还隐隐埋怨他。

她已想好,这次去,如果他卧病在床,女儿在身边伺候,她会坦然地替换她,把照顾的担子接过来。她有些悔恨,为什么这些天要离开他,不待在他身边?她和他都活到这把岁数了,还有什么比相依相伴更值得去坚持的?那天晚上,从她同意他进屋那刻起,心就定了,这一生剩下的时光都给他,或者说,这一生剩下的时光都与他的时光融为一体,直到那一天都不分开。肯定,这次去,还要当着他女儿的面,无论她怎么反对,都要明确地表白她对她父亲真挚的爱。

这时,她又不愿打电话。她想给他一个惊喜。到了李渝山的住宿楼,走出电梯间,摸黑走在过道上,脚步发出空洞的回响。第一次来,跟着李渝山,他一手抓着她的手臂,一手扶着她的腰,脚步走得很实在,也没听见这空响。这次却是另一种感觉,还有些许胆怯。

她照李渝山教的,使劲拍几次掌,过道灯亮了,手掌的痛,好一阵才消失。她来到门前,有些激动,站了好一会儿,心情才平定下来。她伸出手,按下门框上的红色按钮。门铃声是贝多芬的《欢乐颂》乐曲。她听见,那段庄重而明快的旋律反复在屋里响。她想,贝多芬到死也没想到,一百多年后,他的得意之作会被东方的中国人用作迎客的开门曲。庄重而明快的乐曲响过三次,紧闭的门未被感动,连一丝缝都没打开。身后的过道灯却熄灭了。她又使劲拍掌点亮它,手掌又痛了好一阵。她再次按下门框上的红色按钮,乐曲反复,门仍然冷漠地对着她。她渐渐沮丧和气愤起来，真想用拳头擂响紧闭的门，如果有力气，甚至恨不得将门砸烂，好像李渝山正躲在门后偷偷地笑她。不过，她庆幸面前不是镜子，否则会看见对面是个怒发冲冠、气得脸青面黑的老女人。垂头丧气的她正准备转身离去，挎包里的手机响起。她接通手机，熟悉的声音震得她耳朵嗡嗡响。"喂，我是渝山。"她问道："几天都没得你的消息，现在你在哪里？""在北碚金刚碑。"他说。一阵急促呼吸的沉默过后，她听见手机里传来一字一顿的话："我——想——你。"这些年来，再没有听一个男人在她耳边说起过这话，也没意识到这话竟有这么大的力量。隔着一段距离，尽管并不遥远，但一下子也能击穿一个女人的心，哪怕像她一样上了岁数的女人。她心里一阵潮涌，莫名的泪水夺眶而出。她想哭出声音来给他听，也知道一旦这声音发出来，那将是多么甜蜜和美妙，但她还是努力克制住。她深吸一口气，缓缓地说："我也想你。"

当她慢声细语地把这话一说完，没想到，心里涌起的一股炙热像岩浆冲破地壳般陡然喷射，她手机来不及从嘴边拿开，一声大哭便冲口而出……

第四篇

南麻布的家

一

在夏天的炎热快要过去的日子，他们一家住进了东京都港区南麻布一栋出租房。

他们先去看了一下，一楼一底，出租的是楼上一套房间，大致三十叠，不到五十平方米。楼房坐落在二丁目一片较平缓的地势上，四周的房子都只有四五层高，间隔又较宽，房子里的采光没受到丁点儿影响。处在明亮的主卧朝窗外四周环境望去，首先进入视线的是楼房前铺满阳光的十字小街，接着是街对面那家新开张的小超市玻璃橱窗里摆设的物品，正对那条街却被橱窗上张贴的商品信息广告挡住了，看不透；隔壁是墙上挂着一块不锈钢牌子时常关着门的一家什么机构；再隔壁是卖牛肉便当的小铺子，再往深处望去小街就拐弯了。

走上主卧室小巧的阳台，东京塔红白相间的塔尖从一片楼顶上长出来，生硬地刺向天空，仿佛在等待时机要把天幕划开一道口子。看到这，一个想法涌上叶紫云的心间，是不是东京塔也嫌四周拥挤和局促，想伸伸它僵硬的腰？阳台的下方，是一处巷道尽头，孤零零地长着一株枇杷树，结了不少黄灿灿的果实，熟透掉地上的已变了颜色。果子这样默默无闻不受人待见，仿佛黄得发亮的圆果子长在树上专为人揭示孤独，而非供人味觉的受用。往外望去，巷道口不时有人或汽车无声地闪过，一切都显得漠不关心的冷漠样子。

带他们看房的是林先生。林先生是叶紫云的老公李渝在东京的朋友，要换工作去大阪。他们一到日本正好碰上了这个机会。

林先生看出叶紫云对房子的面积有些遗憾，就这样说，本来还有一套，面积要大点，租给了一个美国人，这个美国人是搞旅游开发的，脚印遍布全世界，但一回到日本，脚步就金贵了，连房门也不愿迈出半步，更不用说在楼道上露面了，因此这一层楼等于是你们一家人住。林先生说这番话的重点是最后，说到这，还用一串笑声来收尾。

但是不管林先生把那"等于"说得多么巧妙好听，叶紫云心里却是有数的。她是主妇，租房是件大事，一家人都是靠她拿主意，不能被人家嘴上的功夫就吹软了。现在见林先生嘴上又莲花现，她甚至猜测起他热心的背后所隐含的究竟来。在国内一家住九十多都还嫌小，这点面积不就是个罐头吗？租不租，叶紫云心里犯了犹豫。林先生却不屈不挠地又跟他们讲起了日本是如何计算房屋面积的话。这种计算方式的确跟国内不同，所有公用场地，包括阳台，都不摊在住户头上，四十多平方米当国内建面六七十。

这套房子正如人们所说的那样，麻雀虽小，肝胆俱全。两屋一厅，一厨一卫，还有专门的洗澡间，房间分布和面积分配非常周到，明里局促却有着内在的精巧，让人感到很适宜。当然这些都是他们住进去后才感受到的。

出租房包括家具，但仅有床铺、桌椅、衣橱、杂物柜等日常所用的物件，没一样多余的摆设。叶紫云面对屋里简单得近乎简陋的状况，心想，日本不是讲究插花吗？如果我们住进来，我会在某个角落摆上个博物架或者花盆架，让插花艺术在这里发扬光大。厨房里的设施倒是齐全，再添置一些锅盘碗筷就可以开伙了。叶紫云站在屋子里环视，面对略显单调的物件细细思忖，不过应付日常生活倒是绰绰有余的，小小的房间反倒不显得拥挤，还有空间够人转身。这一切，可见主人的固执、保守和良苦用心。

尽管房子旧，但每间屋都打扫得干干净净的。在这些干净中，叶紫云又总觉得这是有意显示的。她再一想,就更感觉是这样了。她懂,无须人教,知道一个家里哪些是卫生的死角。当然林先生住了不短的时间,这里面也有他收拾的功劳,但从每样东西的底子看来,如果没有其基础要保持光鲜是不可能的。她便丢下其他人,一头冲进卫生间,想从这里突破,印证感觉上的正确。可是,洗脸盆白净无瑕,上面的镜子将卫生间映得更明亮,水龙头也没有一点渍痕。叶紫云还是不甘心,用手摸马桶的后面,揭开盖子查看那些缝隙,莫说灰尘,连一根发丝也没发现。卫生间连着洗澡间,她打开门,一只泡澡的柏木桶呈现在眼前,木桶有一些年头了,在台基上油浸浸发亮,她上前仔细查看了箍桶的钢丝,缝里也没夹杂一点污痕。仔细检查完这些,叶紫云不得不承认自己输了,是自己的感觉发生了错误。主人这种近乎洁癖的爱好,真是让她服膺。

由于一些国家的使馆在这片地区,这里是东京的富人区,房租比别的地区高出三分之一,附近的超市和便利店的东西也要贵一些。林先生瞒住了这些,却说起这里平常街上人很少,没有闹市区的喧哗和嘈杂,白天跟晚上一样清静,治安是东京地区最好的。叶紫云和老公是明白人,不说也看出了这些居家的优点。本来也是,如果这都有什么不好的话,那还有哪样能让人顺意的。但两口子背着林先生在阳台上商量了一阵,最后由李渝跟林先生说:"老林,让你费心了,我们没有资格在这里住。"

林先生说:"我跟你们一样,为什么没有资格?"

他们租房,其实组织上有津贴,他们却不愿将津贴全部用完,想抠点出来别的花销。这话,他们不好直说。

林先生似乎很理解,笑了一下,但对他们的不领情,还是有些冒火,说:"你们不要不识相,听说我要搬走,看中这里的人都跟房东说好了。我们是朋友,为了你们好,得知你们要来,我是拖了又拖没搬走，又跟房东介绍了你们的情况，说你们初来乍到，人生地不熟，拖着个孩子，急需找到落脚处。房东同情你们，硬是把先答应的推掉了。"林先生接着又说了这样的话："你们住进来后，买东西可以去远一点的超市，那里的东西便宜。"

　　林先生把话都说得这么真诚，叶紫云觉得先前有些冤枉了他。更主要的，如果他们住进这里，转学来的女儿可以免费就读附近的一所百年公立小学。李渝上班在六本木，乘公车只十多分钟，而且离住家不远还有一条商业街，商店、餐馆、超市、便利店都有，特别是有一家叫100元店的，店里的东西大到锅碗瓢盆，小到针头线脑，样样都是100日元（人民币6元左右）。这些对叶紫云都有不可抗拒的诱惑力。

　　既然有这么多的好处，再加林先生的真诚劝说，于是他们诚惶诚恐地住进了这套楼房。

　　李渝来日本是接替年龄到点的老主任。派他到东京驻站的消息一传开，整个渝江汽车集团的中上层一片哗然。有人说，李渝只是集团技术开发部的一个小头目，一介技术干部，要算级别最多是正科，派驻国内哪里不可以，为啥偏偏是日本东京，而且那里的主任是正处。用这类话来表示好事没占着的气愤可以理解，换位思考，叶紫云也可能会这样。但有的话就叫她难听了，说这差事落到打扫厕所的王大爷身上也不该砸到他头上。这话有些嫉妒，还有些损人，当她老公分文不值。

　　其实，这事出有因。集团为这件事，开了几次会都定不下来，为派谁，几个副总都想到了自己的人，争得面红耳赤，若不是顾及身份几乎要动起手来。最后一次仍然如此，总裁发火拍了桌子，点了李渝的将，名字是一字一顿地吼出来的，火气之大，烫得几个副总噤了声。

　　按说，叶紫云的老公离总裁天遥地远，不沾亲带故，八竿子

南麻布的家 / 213

打不着，被他点了将，为什么，这叫不知情的人也生出许多猜测来。直到临走前，叶紫云才听知根底的人说，总裁一次来视察新车开发工作，技术部部长恰恰生病住院，指名李渝代他汇报，这工作是李渝一手一脚抓的，除部长外，怕也只有他说得清。这新车的开发，对集团在业内地位的提升有着至关重要的作用。会上，总裁询问了许多问题，李渝对答如流，听得总裁不住点头，还休会叫李渝陪他去外面抽了三次烟。一个半小时的汇报，延长至中午的盒饭从食堂送来会议室。大概就是这次，总裁记住了李渝这个人。当然，李渝的东京大学机械工程硕士学位也不是吹出来的。

本来，这些事是不该叶紫云来提及的，婚后他俩有个默契，互不打探对方工作上的事，尤其是单位上的人际问题，除非自愿倒出来。他俩是打锣卖糖各干一行，李渝干的是汽车制造设计，叶紫云搞的是新闻采编，真要想谁给谁帮一把都使不上劲。有时，叶紫云工作上遇到了困难，也想跟老公说说，但一转念，说了白说，非但不得解决，反使他徒生烦恼，话到嘴边都大打折扣，即使出口也变了味。反之，她对老公的事一样是个睁眼瞎。这样也好，他俩少了许多不必要的纷争。在别人眼里，她和老公是夫唱妇随的一对。

可是一家人跟随李渝来日本后，叶紫云成了全职家庭主妇，只要生活上遇到不能跨越的困难，埋怨情绪爆发时总是要叫她想起不愉快，自己和女儿遭罪肯定是受丈夫牵连，能不怪他吗？对这事，当女儿的嘴上尽管不说，那是顾着面子，但叶紫云知道女儿肯定是跟她站一条战壕的。当然来东京之前，两口子对今后可能会出现的困境曾作过一些设想，李渝也用留学日本时的一些遭遇来旁证，从中找出过排解的办法。现在看来，那时的设想总是避重就轻，排解也带有自我释怀的成分，与现实的障碍有着老远的距离。

二

每天吃过早饭，女儿背起书包自己去上学，叶紫云去关门时，看着女儿自信地走在楼道上的背影，就禁不住地感慨，是女儿长大了吗？

这是到日本后，解放叶紫云的第一件事。女儿上下学不用接送，好像她一到日本真就变了，长大了。其实，她还是她，只是这里的孩子不兴家长接送，离家再远的孩子背起书包坐公车都自己上下学。

女儿是叶紫云大龄所生的宝贝疙瘩，她从不跟人隐讳女儿是全家的掌上明珠，是给这个家送来温暖和光明的小太阳，要让女儿一个人去做任何事，叶紫云都一百个不放心。为此，叶紫云曾大胆作过设想，就是要去接送又能怎么样？女儿听要这样，跟她急了，说哪个家长要是在校门外接送自己的孩子，别的孩子会背后嘀咕你、耻笑你，甚至拿去班上当笑话，这是件叫人多么难为情的事。

在国内，接送孩子上下学，是天经地义的大事。上学送还好，同大人上班一起出门，放学接就麻烦了。每天这个时间还未到，心里就开始发慌，手上正忙着天大的事都得丢下，赶忙开车去学校，同事们也理解。车还得早到，晚了校门前停车没有了空位，附近的停车场每次五元，停一次就感觉把自己送上一次菜板。为这事，家长联名给当地交警部门申诉，但没得到彻底解决，忽紧忽松的，以执勤人员的心情而定。叶紫云被贴条，一年总有个四五次，托人销条的脸皮都变厚了。

在这里不接送了,这些自然就不存在了,心一下子放宽许多。刚开始还不习惯,怀疑是不是在梦里。

开学前,叶紫云带女儿专门去熟悉了上学的路。学校离家不远,在另一条街上,步行慢走也就十来分钟,主要是要过一条公路,这叫叶紫云有些恼火。在国内,凡是外出过公路,她和老公谁最靠近女儿,就习惯性地伸出手去,女儿也习惯性地握住伸向她的那只大手。他们只有握住了那只小手,即使在人行绿灯下行走,心里才踏实。现在站在人行道上,叶紫云对着人行红绿灯向女儿交代了又交代红灯停、绿灯行这全世界都通行的交通法条例,但仍不能消解她的提心吊胆。她不怕一万,就怕万一。万一遇上一个醉驾的司机,万一那辆车机械失灵……这些万一是不分国界的。她这当母亲的,往往事情还未到,总爱往深沉方面想,这时常让她为女儿操了不少闲心。

陪女儿去报到注册,学校要求开学第一天家长亲自将孩子送去学校,这是必须的。女儿从中国转学日本,学校很重视,叶紫云和老公都很高兴,觉得这就是不一样。

可是临到开学前一天,老公他们集团来电话,老主任正式办移交在第二天,领导一班人远程视频,总裁届时要讲话。事情凑在了一起,叫叶紫云和女儿惊慌得不知所措。母女俩现在都是语言的跛子,李渝是拐杖,没他,她俩寸步难行。叶紫云想,我们如何去跟老师交流?学校有什么事要交代,我们如何听得懂?她警告老公,如果在分班上,或者在别的一些无法预料的事情上因语言不通,让女儿吃了亏,她会跟他没完的。最后,她老公只好将要向老师说的话用日文写在纸上,由她交给老师。他所写的翻译过来是这样的:尊敬的老师,我们女儿李巧儿今天入读贵校,作为她父亲因公不能来参加她的入学仪式,将由她母亲全权代表。为此,我这当父亲的深表遗憾。我们女儿李巧儿今年八岁,在中国读二年级下期，因学年问题，转学贵校插班三年级上期。她不会日语，会给老师带来诸多麻烦，敬请谅解并望多关照。落款为夫妻俩的姓名、日期。

　　人去了，当着老师的面却不说话，哑巴似的伸手交出纸条，老师又会怎么看我和女儿？想到那场面肯定是怪怪的，叶紫云心里就发毛。她向老公叽咕，不干，赌气把纸条丢给他。他接在手里，嘴上咕哝说这该怎么办才好……他俩这样僵持了好半天，看他拿着纸条放也不是不放也不是的一脸窘色立在跟前，就令叶紫云又气恼又可怜，想到到了这一步，也没有别的办法，要装怪她也只得去装了。

　　第二天去学校，叶紫云萌生了一个想法，一个新入学的外国插班生第一天比别人早到校，是对学校、对老师、对自己的尊重，女儿也会有面子。一路上，她很为自己的这个想法得意，带着女儿走得两腿生风。八点二十五上课，七点半就到了。如果此时在国内，校门前是家长和孩子慌忙的身影，家长们的嘱咐和孩子们的要求此起彼伏。这里却冷冷清清，仿佛来到的是一户富人的深宅大院。她们背着紧闭的校门坐在石阶上。石阶倒是干净，叶紫云先摸了一把，手上没沾一点灰尘，可屁股一触到冰凉的石阶，先有的兴奋，渐渐就被一种难以言说的情绪所替代。

　　仲秋东京这时的早晨，显得尤其慵懒，天色大亮了，街头的市声还没有醒来，行道树被夜露打湿的叶子还没有舒张开，不知名的雀鸟在上面高一声低一声地叫着，显得有气无力的；街对面楼房的一些窗户有的亮着灯，更多的没有亮；路上行人不多，偶尔有晨跑的人跑过；汽车从公路上驶过也不嚣张，平平稳稳地只留下清晰的唰唰声；从海湾吹来晨风，阳光还没来得及带走太平洋海水的湿润味。日子的此刻，怎么会是这样，似乎一切都与叶紫云先有的心情相违背。

突然，一种不吉利的预感跳进她脑海。是怎样一个不吉利，她一时又说不太清，感到自己像在一团黑雾笼罩中掉进了一个深坑，面对不可知的恐怖又无法自拔。她怕这个不吉利是自作多怪，更会应在了女儿身上，赶紧默念了三遍阿弥陀佛菩萨保佑，又掉过头去，努力挤出一丝微笑送给旁边的女儿。女儿马上回报一个微笑，很平静，就像在国内，去接她晚了一点，耐心地在校门前保安的身边等待。女儿是个沉得住气的人。当然她不知道母亲此刻的感受，那种恨不得将她护在羽翼下，防止来自任何方面侵害的心情。

叶紫云很明白，女儿承受的压力其实比她大得多。女儿今年八岁，在国内读二年级下期，按年龄，转来日本顺理成章该读三年级上期。可是她一个日本字不识，一句日本话不会说，更听不懂日本话。他父亲跟校方联系时，校方建议她从一年级读起。年纪大的学生就低入学，这在插班的外国小朋友中不乏先例。他们征求过巧儿意见，她咬着嘴唇半天不回答，默默流下两行晶亮的眼泪。她这是要用自己的毅力跟不可预见的困难挑战。其实，他们比女儿还急，怕小小年纪的她因此受到学校不公正的对待，或者日本同学的欺负。如果真要是这些事发生了，当母亲的叶紫云肯定会去找人拼命。但究竟是升还是降，她却不敢多话，怕自己一时的草率造成女儿以后的遗憾。那些入学前的昼夜，叶紫云的心都焦死了。

快到八点的时候，学校的校工来了，一位瘦小的老年人。跟她们不通语言地一番互相客套后，让她们进了校门，又请她们进一个屋子里休息。刚来日本时，这肯定是个令人尴尬的场面，现在叶紫云已经习以为常了，并能应付自如。到来的这段时间，只要一有空闲，她和女儿背着包，带着水，不问去处，四下闲逛。久了就觉得，跟日本人现在打交道就是买东西，这非常简单，卖的东西都标有价钱，不说话也能买走。既然这样，那又有什么要尴尬的？先还为不会日语感到不好意思，后来就一点不觉得丢脸了。

这大概是学校的荣誉室，墙上挂有各种形状的奖旗，一面靠墙的玻璃橱窗里摆放着大小不一的奖杯。女儿很感兴趣凑上去看，虽然不懂上面的文字，但对学校的荣誉喜形于色。女儿是母亲心尖尖上的一块肉，一举一动，都在母亲内心掀起波澜，起着连锁反应。她也为女儿进了一所好学校高兴。

过了一会儿，校工领来了校长和班主任。校长是个中年人，西装革履，班主任要年轻得多，总是一张笑脸。女儿报到注册那天见过面，李渝为女儿的事还跟他们交谈了许久。那次是他主讲，校长和班主任认真听，几乎是一句一点头地回应。这是叶紫云第一次直接感受了日本人的礼貌。下来后，她对老公说，日本人礼貌中有一种刺人的虚伪。老公听了，只嘿嘿笑了笑。

他们还记得眼前这个来自中国的小朋友，特别是校长，几乎没有一丝考虑，一边低头一边用日本腔叫出了李巧儿的名字。那个儿字，包在嘴里拖了很长，然后又吞了回去，余音一路响在他肚皮里。

校长记得一个仅见过一面的学生的名字，这其中肯定包含有别的什么意义，但叶紫云没时间去思量，那时除了佩服他惊人的记忆力外，自己的确也受到了感动。

她拿出老公写的纸条交给校长，校长接过，看得很快，快得她手还没来得及收回来。方才的微笑一下消失了，一副严肃马上换在脸上，他张嘴想说什么又闭上了，低头看了一眼她身边的女儿。虽说那一眼看的是女儿，却刺痛了一旁的母亲。那是一种居高临下、目中无人的冷峻，严厉中却又透出怜惜。而且这目光，一点不隐讳他内心喷发出的忿然。叶紫云想，难道是说错了什么话，有哪点行为失礼？她闪电般的在头脑里重温了一遍，没有呀，自己连日语都不会，怎么能说出什么错话来，而且从他们一进来，脸上就一直带着微笑，甚至可以说这微笑还泛出讨好的意味。可情形怎么会变成这样？又是怎么出现的？叶紫云无论如何都想不透。入学第一天还未进教室，就遭到这种对待，今后叫我女儿如何安心在校读书呢？难道这就是歧视吗？这就是我方才预感不吉利的兑现吗？她用目光引开了校长注视女儿的视线，心里不满地骂了句小日本，又哪点碍着了你？

校长回身对校工说了话，校工反身出去了。屋里霎时升起一派鸦雀无声的寂静。叶紫云仿佛在这寂静中掉进了一个空洞，四周却向她袭来巨大的嗡嗡声，震得耳膜生疼。她和女儿说不出一句日本话来消解这种使人难受的寂静。如果是在买东西的场所倒无所谓，这可是来求学的学校，面对的又是师长呀。这的确有损自尊，先还一副自在的样子，随着时间一分一秒地流逝，寂静变成了钻入身子里的虫子，咬得人骨头钻心般疼痛。女儿低着头，两眼落到自己的脚尖上，叶紫云知道女儿此刻跟她的感受是一样的，恨不得地上有条缝。要是校长跟班主任说点什么，哪怕是聊聊天气，屋子里的气氛也许都会让人好过一些。可他们仿佛在跟母女俩有意较劲，偏偏就是不说话，两张嘴都闭成了一条缝，而且校长脸上的严肃也不消退半分。

好不容易挨到校工带了一个人匆匆进来。校长叫班主任领着巧儿出去了。他对那人说了一番话，那人用不标准的汉语向叶紫云翻译：女儿是家里的宝贝，到日本入学的第一天是个无比重要的日子，当父亲的还有什么比这更重要的值得去干呢？对这事，我们深表遗憾。我们还希望你们对这事要妥善处理，不能在孩子心中留下阴影。

那时叶紫云佩服校长真敢说，坦率得令人生畏。但她又想，每个家庭都有自己的事要做,不管事大事小,怎么能丢开只为一个人去忙呢?这是她这个中国母亲所不能理解的。况且,她当母亲的还不能做主吗?在其后的时间里,翻译还别别扭扭译出了一些话,叶紫云都无法记住,脑子里不断重复想起"无比重要"这个词。她是搞文字工作的,对关注的事的关键词特别看重,那是破解主题的钥匙。别的译得好不好,叶紫云不求甚解,但用的"无比重要"这个词是那么准确,像一枚子弹击中了她,让她当母亲的无地自容。

一个母亲在人们面前丧失了自尊是件多么难堪的事,更何况面对的是外国人、女儿学校的校长。对女儿转学国外进校的第一天都不重视,他们会如何看待我这个母亲,我们这个家?叶紫云输不起这个面子。可能校长从神态上看出她此时内心掀起的滔天狂浪,脸上马上堆起了请谅解的微笑望着她。但那笑是生硬的,有强迫挤出来的意味。

后来即使在包括她女儿的几个新生入学仪式上,叶紫云的思想也根本不能集中起来,"无比重要"这个词像一段旋律,顽固地一遍又一遍在她脑海里连轴播放。

晚上回来的李渝是兴致勃勃的,可以想象,移交工作进行得很顺利,更可能总裁在视频上讲了有利于他甚至夸他的话。装了一肚子怨气的叶紫云才不愿管这些,觉得那些都是屁事,她才不要听,也不愿听,与女儿的事相比,简直差了十万八千里。她背着女儿板起脸把他叫进房间,关上门,不让他先开口,直接就把在学校的情景像一颗颗尖锐的石子一样噼里啪啦地向他砸去。她相信,在这些能砸痛他的复述中,他对她和女儿当时的心态和校长的态度是能感同身受的。当她重新说出"无比重要"这个词的时候,自己的心一下子又疼痛起来,眼泪一下子涌了出来。现在她才越发感到了校长的身份和他话里的分量。就在当时,叶紫云平静了下来，深深感到校长并没有什么错的地方，下一代成长的每一步在他眼里是超过一切的。那时她就想，出于对女儿的关爱，要是校长当时的话再重一些，重得能压弯我的腰，我又会怎么样？我肯定会挺住乖乖站着不动，接受住压过来的那份重量。谁叫我是母亲呢，这叫自作自受，活该！

那一宿，李渝在床上辗转了许久，每个动作都是想引起叶紫云的理解和同情。但叶紫云像睡着了一样根本不搭理他。她就是要用这个办法收拾他。无论他此时有什么想法，哪怕是为没有尽到父亲的责任而忏悔，她也不会让他在此时有开腔的机会，要让愧疚久久地折磨他。她要通过这叫他明白一个永恒的真理：只要这个家还存在一天，女儿才是家里的唯一，绝不是之一。

三

跟老公去日本，除了叶紫云的工作和女儿读书的问题需要解决以外，关键是还有个八十七岁中风的老父亲将如何安顿。

叶紫云父亲的身体一向还可以，可是去年妻子一走，身体就像嘉陵江枯水季节的水位一天天地垮下来。一天他起夜不小心绊倒了，响动惊醒了家人，发现他倒在地上已昏迷过去。等他苏醒过来后，整个人糊涂了，连自己的女儿和外孙女都不认识了。现在成天坐在轮椅上，戴着围脖，亮晶晶的口水不断线地挂在胸前。只要他玻璃珠子似的眼睛看见了什么到了跟前，哪怕是一只猫儿跃过，耷在胸口上的脑袋一下子就昂起来，顿时便有了精神，语音浑浊地诉说，"汤圆好吃、蒜苗炒回锅肉好吃，我要吃呀……"每到这时，叫当后人的叶紫云在人前就很失脸面，好像老人是在她克扣中过过来的。现如今又要丢下老人不管了，带着女儿随老公去日本生活……世上哪有这样当女儿的哟，这话恰好不是又递到外人嘴边吗？

叶紫云慎重劝过李渝放弃去日本的机会。但他没有立马表态，而是说了句让人听不清的什么话。叶紫云知道，不外乎是在埋怨，就懒得去深究。李渝也十分清楚，自己是站在了人生抉择的十字路口，一边是须臾不可分离的亲情，一边是向往施展抱负的地方。这种非白即黑的简单抉择，叫他很是不甘心作罢。于是他用沉默表示了二难的痛苦。接连三天，下班后他很晚才回家，一身酒气熏人。

李渝从未有过在外借酒消愁的经历，可见他思想斗争多么激烈。这时叶紫云想用妻子的温柔去感化他，给他的迟疑以决定的力量，让他明白不去日本是对岳父尽孝的一种证明。但叶紫云又不愿这样做，因为深知温柔的肤浅，力量并不深久，只要一旦现实应给予的却不能兑现，他就会怨恨于她。于是她要让他在痛苦中自我清醒。借酒消愁是他目前心理的需要。

这晚，叶紫云半夜醒来，见李渝枯坐窗前，一支接一支地抽烟，火光一明一灭映得他一愣一愣的腮帮子分外清晰。她起了床，去到他身后，双手放他肩上轻缓揉着。他的肩在她手下闪过一下轻微的颤抖。这时，他需要温柔，温柔此刻能击穿他孤苦脆弱的外壳，直抵他柔软的内心。外面在落雨，玻璃窗上流着雨泪，夜空被雨水浸得发亮，路灯光从地面反照上来，将他头顶那块天花板弄得光影斑驳。半晌，他灭了烟，反过手来抚摸她手，然后回过头轻轻地说："我决定不去日本了。"

他脸上的泪光一下穿过屋里的昏暗打过来，微弱的泪光此刻竟那么强烈，一下刺痛了叶紫云的心。这次她没有立马同意，沉默一会儿说："别忙，给我两天时间，让我也想想。"

南麻布的家 / 223

这是叶紫云跟老公一样的一次痛苦抉择，站在不利于自己的立场为老公思考前途。他在人生道路上苦苦求索了好多年，为的是什么，不就是让身上的光发出来，照亮自己的前程？这样出人头地的目的，可能还不仅是为自己，更多怕是为女儿。这样做，又有哪点不好？整个集团的能人多的是，是生活的阴差阳错，总裁点了他的将，如果他一副冷脸对总裁的热心肠，那不成了狗坐轿子——不识抬举，今后在集团又怎么做人？要是，不识抬举是出自他本意，是他不愿攀附权贵、自命清高的性格使然，这还另有一说。可是事实却不是这样，是要他为岳父作出牺牲。其实，他撇开她是他妻子、巧儿是他女儿这层关系，岳父跟他算个什么，什么都不是，跟路人一样。叶紫云这么一想，就觉得这样强求他似乎对他有失公允，是不公平的。

分析的结果，叶紫云决定留在父亲身边尽孝，让老公只身去日本发展。

可是问题似乎又不是这样简单。巧儿是个学习自觉的孩子，自律性特强。从读一年级开始，一直是班上同学选举的班长，同学们拥护她，各科老师也喜欢她，她是班上的优秀学生，照片还贴上了学校的光荣榜。在家里，除了她起居饮食让叶紫云操心外，学习从不要大人过问，更不消说督促了。她还学习钢琴，老师是西南师大教授，这是她从三岁起开始的功课，七岁时通过了全国音协的八级考试。教授说她有钢琴天赋，教的东西能举一反三，音乐记忆力强，特别对曲子理解有很高的悟性。她自己对钢琴也发自内心地热爱。她一坐上琴凳，面对黑白键，两眼就放光的神情尤其叫叶紫云喜欢得不得了。叶紫云和李渝虽没有指望女儿能当钢琴家，但多学会一门技艺，多一个人生选择机会的道理还是懂的。如果因客观原因要荒废这门技艺，莫说叶紫云两口子，恐怕她自己也未必甘心。要保持这种良好的成长势头，就得继续在国内读下去。叶紫云和李渝也怕她这棵苗苗移到国外水土不服。但是，以李渝的工作能力、为人处世的态度和生活原则，贪腐这类问题绝不会落到他身上，只要组织不另有安排，估计一直在日本会干到退休。要这样，就意味着一家人将作两地分，不是三年五载，而是更长。且不说这对女儿成长不好，长期分居，造成家庭分崩离析的多的是。叶紫云的闺蜜杨小英结婚后，与丈夫的感情如胶似漆，儿子三岁时，老公得到去美国麻省理工作访问学者的名额，征求小英去不去，为了儿子能去美国读书，怎么不去呢？小英极力赞成。男人去了不到两年，小英和儿子还没来得及去一次美国，两人就劳燕分飞。朋友们对杨小英夫妇的情况做了分析，感情上谁对谁错很难说清，错只错在两人分居太久。

前车之鉴，后事之师。叶紫云不是傻子，不会放老公一个人出去。

两天后，叶紫云做了让步。

全家做赴日准备，经过了一番忙碌。杨小英答应了接受叶紫云父亲进她的敬老院。敬老院属市民政部门，在市里有点名气，地处歌乐山风景区内，硬件和软件都很好，只是价格有点昂贵。小英是院长，给叶紫云打了个八八折。

父亲的事解决了，然后叶紫云为女儿办退学手续，从学校到区教育局开各种证明，那些天里为盖章，她忙得差点跑断腿。后来到了日本，拿着盖满图章的证明去区教育委员会办理入学，才知道他们并不需要这些，只要是该地区的适龄孩子，就有在该地学校读书的权利。那些证明，费了叶紫云不少时间和精力，而且还有多少希望寄托在上面，真是舍不得扔掉，最终和女儿从小至今的照片放在了一起，成为她成长中的重要一页。

最后是叶紫云自己的问题。她是市里一家纸媒的编辑，经济、地位比上不足比下有余，想为自己留条退路，申请办个停薪留职。

说实话，要她就此彻底离开新闻，还真有些舍不得。她与单位风雨同舟二十余年，从实习记者一直干到主任编辑，发过无数的好新闻，曾获过全国新闻奖。人生有几个二十年？即使没有功劳也有苦劳，一块鹅卵石放怀里也焐热了。看在这个分上，她觉得组织上会同意她的申请。她去找到分管副总，他一向器重她，在他手下工作她备感荣幸，甚至她将自己也看成他的人。他说，你是编辑部的一把金剪子，真舍不得放你，不过你先去人事部门问问，看你这种情况是否符合政策。虽说不是一个部门，一个单位工作这么久，人事部门的人也熟，想不到她一开口就遭他们讥讽，天下的好处哪能都占？你老公不是报社公派的，这选项不适宜你。当时她拿着停薪留职申请不知放哪好，像傻子一样站在几个年轻的人事员面前羞愧难当。叶紫云想，我是太把自己当人看了，在别人眼里我什么都不是，世界更不会以我为转移的。她在眼泪快要流出来时，转身冲出了人事办公室。

当天下午，叶紫云返回了人事部门，这次是挺胸昂头进去的，将辞职报告慎重地放在了人事处长面前。分管副总知道后对她说，你怎么能这样轻率对待自己，容我们再商量嘛。他接着又说，既然这样，那给你饯行，哪些人参加，你点。

叶紫云知道了自己其实是很轻很轻的，重量是用自己的秤称出来的。从此她告诫自己要牢记这个道理，如果不了解这点，在世上会闹出笑话的。她怪自己以前太幼稚，遭别人嘲讽是小事一桩，没戴大笨算幸运的了。

对副总的好意，叶紫云笑笑，什么都不愿说了。

想到与自己熟悉的业务就此诀别，随老公去日本当全职妈妈，叶紫云心里就堵得慌，看啥都不顺眼，好似天下人借她谷子还的糠。她跟老公发了一通脾气。他理解她的感受，不敢还嘴半句，主动在休息日，忙里忙外来消她的气。

出国这天,在机场,面对杨小英挥手送别,一股难以言说的感情突然从叶紫云心底生起,胸膛涌起一股难受的潮水,一时不知所措,热泪夺眶而出。小英说:"你老公在你身边,他跑不了的。"李渝听了,在一旁傻笑。

四

叶紫云早上七点起床给巧儿做好饭食,再叫她起床洗漱吃饭。在国内,比这起床更早,还像打仗似的紧张。现在叶紫云和女儿多睡了整整一个小时,做完这些,离上学时间都还有空余。她可以每顿变花样做给女儿吃,让她吃得舒舒服服去上学。

母爱,是一个内容丰富的伟大的词,表现在母亲为儿女所付出的每一个细小行为中。在宁静的清晨,母亲悠闲地守在餐桌边看女儿吃早餐,目光中也无不充满着这种爱。这是叶紫云当全职妈妈以来感受最直接也最深的一点。女儿嘴里的每一次嚼动,以及她持筷夹菜的憨态,有时闪过天真调皮的目光……和女儿一句话不说,守在旁边只是心灵的互动,叶紫云都感到特别温馨。

女儿背着书包出门时,轻轻的一声"我走了",也要让叶紫云回味半天。女儿不在的时候,时间一下子变得慢了下来,慢得像停在了一个地方不动,在这些时间里叶紫云就坐在家里发呆,外面的世界尽管再精彩,由于语言障碍,也犹如对她关上了大门。她或者上床睡回笼觉,遐想女儿在学校里怎么样了,是不是坐在教室里听不懂老师讲的话,傻兮兮地瞪着一双大眼睛;是不是下课没有同学一起玩耍,孤单地在一边张望……在又一次短暂的回笼觉中,叶紫云见女儿哭着,眼泪却是鲜红的。她从睡梦中一下子惊醒,坐床上半天回不过神来。明明知道这是梦,还是吓得她好几天不敢再睡回笼觉了。

还有一种逃避噩梦的办法就是等女儿一走,她草草收拾一下,背起双肩包出门去超市买东西,或者去街上闲逛。想到以前生活的充实,每天经过她手在报上变成铅字的那些文稿,尤其是她策划的大块文章见报,就有一种傲视天下的感觉,即使走在繁华的街市面对满街忙碌的路人,似乎也可以大声地宣称"我并不差你们半分"。

但时间太充裕,又无所事事,叶紫云始终无法排遣心中的落寞,这天终于把火气发在了老公身上。

女儿这几天从学校回来的神情不太对劲了,以前进门一声"我回来啦",声音甜甜的,余音绕梁半日。现在依然还是说"我回来啦",却有气无力,没有了往日的清亮,脸上也失去了甜蜜的笑意。叶紫云问她是有什么事吧,半天她都傻乎乎发愣,仿佛精气神被谁摄走了,站在母亲面前的是女儿的替身。这情形叫叶紫云焦急。跟李渝说了,他上任不久,满脑子的工作,没她想得多,说,刚开始在外国生活的都这样,过段时间就好了。

这天巧儿放学回家,开了门,没有再说"我回来了",沮丧的神情顿时叫叶紫云的心像针在锥。问她是不是在学校遇到不愉快,特别怕她遭受日本同学欺负。女儿咬着嘴唇不回答。她拥女儿入怀轻轻地抚摸安慰,女儿身子在她怀里一阵战栗,两行泪水无声地流过了脸颊。叶紫云静静地等待,平静后的女儿终于说出了从开学到现在已经不能再忍受了的情形。

一点日语基础都没有却插班三年级上期,开学一个多月了,巧儿坐教室里度日如年,周围一切都是那么陌生,包括进了耳朵的声音。学校对她也很关照,安排了一名会中国话的教师给她开小灶,还叫一个来自上海的同学与她坐在一起,老师讲课,同学当翻译。听着同学的翻译,望着老师发声的口型,巧儿就是搞不懂哪句对哪句,觉得摆在面前的是一盒串了味的冰激凌,分不出哪是草莓、蓝莓、芒果的味道。给她开小灶的老师,像是国内的日语老师在上课,她感到是在复习中文。学校为巧儿做出的这些努力,都未能使她开窍,日语和汉语思维是两张皮,她不仅自己郁闷,老师也为她焦急。即使在家里,父亲教她的时间也很有限,除双休日,平时见她多半是在她睡熟的时候。每晚回来,翻阅专门为他放在桌上的作业本,看到写得像蚯蚓似的日文和拼写错误,却无法与女儿面对面地交流,就特别感到愧疚。在国内,女儿一切在良性轨迹上运行,到了这里,轨道断了,一切从零开始。父亲也怀疑,一家人跟随来到日本是不是错误。巧儿尽管沉得住气,不知后不后悔,有没有打道回府的想法?叫巧儿更痛苦的是想加入同学们玩耍的圈子,却总感到有一道无形的墙挡着,只有那个上海同学成了她唯一的朋友。时间稍长,上海同学总是以恩人自居,时刻以命令的口吻吩咐她做这样不做这样,而且明明自己就能完成的一些事也非得要叫她来做,以显示自己的权威,这叫她忍气吞声却又不敢违拗。

巧儿的这些诉说,以及叶紫云所眼见的,都道出了女儿在校承受着多么大的压力和寂寞。叶紫云难过极了,几次眼泪就要流出来,但作为母亲,她强忍住了。母亲的坚强是女儿的榜样。此刻女儿痛苦的心灵上需要的不是同情和怜悯,要的是决不退让的信心。

而李渝来日本后学得最快的是跟同事进居酒屋。每次回到家,满嘴酒气抱住叶紫云就亲,这是她最不能忍受的。一旦生活中一些微不足道的习惯与人的惰性相遇,产生的附着力能使原有的行为方式发生偏离。叶紫云并不是说老公来日本学坏了,下班后与同事小酌,联络感情,对开展工作有利,无可厚非。可是每遇他喝酒回来废话连篇,闻到他喷出的酒气,叶紫云就特别想念国内的安定生活,每到双休日,一家人其乐融融地一次一换地回双方家,或者去郊外游玩。现今,这一切都被李渝如一块橡皮擦从记忆中抹去了。

这天李渝又是深夜从居酒屋回来,上床要做爱,叶紫云厌恶地推开他,几乎把他掀下床去,他不高兴地咕哝了一句。叶紫云火气一下子冲了上来,顾不得隔壁的女儿是否睡着,用被子将他罩住,骑上去挥拳一阵猛击。李渝在被子下明白了,该来的这一天终于来了,出在他身上的气是来日本后怨忿的总和。

在叶紫云的打击下李渝不敢大肆动弹,乖乖地抵挡着,叶紫云的火气慢慢消散,直等到她无力地瘫在床上他才从被盖下钻出来。房屋的隔音不好,叶紫云压制住自己的哭声,用眼泪向他示威。李渝坐在她身边,一只手伸去想安抚她,被她蛮横地挡开了。李渝不好再做出什么举动,默默陪坐在床上。叶紫云哭累了,竟昏昏沉沉睡了过去。一觉醒来,见李渝靠着床头睡着了。想到他刚上任,日子过得也不容易,又见他此时的睡态可怜兮兮的,又一阵心痛起来。

第二天李渝回来比往天早,巧儿还在做作业,叶紫云和他进了房间。巧儿放下笔,紧张地看着他们,不知将有什么重要事发生。坐下来后,叶紫云拉过巧儿抱在怀里,说:"巧儿,我和你爸爸商量了,你还是回到一年级读起,好吗?"

巧儿半天不说话,把嘴唇抿得紧紧的,眼睛盯着面前的小书桌,台灯的一团光亮罩住堆放的课本和作业本。叶紫云和李渝静静地等待,知道要她退级对她的自信和所做出的努力都是一种摧残。

这次谈话,是叶紫云和老公在天亮前商量的。那时他酒醒了,去洗了澡,再上床来向她道了歉,答应今后一定少去居酒屋。于是她跟他说起了巧儿在学校的事。他们说来说去,哪个也不敢武断要巧儿降级。直到该起床了,他们决定跟巧儿再谈一次话,征求她的意见,如果她还吃不准,表现出稍有犹豫,他们就毅然帮她拿主意,返回一年级重头读起。

说真的,叶紫云此刻最害怕的就是女儿的犹豫出现。许是母女俩心有灵犀,巧儿听了母亲的问话一点没动,在怀里安静得像只布娃娃。过了一阵,她低声但肯定地说,再过一段时间,如果还是这样,就重回一年级……

细小的声音在发颤。叶紫云手背上感到有几滴热泪滴了下来。

五

这天,门铃声将叶紫云从回笼觉中惊醒。她真烦那些搞社会调查的,不管愿不愿意接受调查先按响门铃再说。来了一个多月,就遇过两次了。她懒得管,各自又睡。门铃再一次响起,大有不开门誓不罢休的架势。她只好起来去到门前,猫眼里是一位扎着花头巾的老太太,围着围腰,手里的塑料袋装了一大包东西。可能是楼房清洁人员,不知要干什么,虽不情愿,她还是开了门。

东京冬天寒风飕飕,门一开,一阵风袭来,站在门前的叶紫云打了个冷颤。

老太太见状,帮她皱了一下眉头。

叶紫云扶住门框,手掩着嘴,懒懒地打了个呵欠。她不会日语,然后用询问的目光不满地打量老太太。

老太太深深低了一下头,用一口流利的中国普通话说:"我是这里的房东,叫松花美枝,打扰你了。"

租房的事，是李渝跟林先生去经办的，叶紫云没见过房东老太太。尽管事情办得顺利，但老公回来没好气地埋怨说，这个利欲熏心的老太太，今后够我们跟她打交道的。叶紫云问究竟，李渝说："她简直像是用尺子把房子的旮旮角角都量过一样，有多少平方米该多少钱，少一文也不同意我们住进来。"叶紫云说："林先生不是夸她大好人一个吗？"李渝说："反正我看不出像他说的那样。"叶紫云说："也可以理解，这是寸土寸金的地方，如果是你，对待像我们这种急着租房的人加点码都说不定。"李渝说："我就真有那么吝啬吗？"叶紫云说："你，未必我还不清楚。"好像这话无意中刺痛了李渝，他不吭声了。叶紫云又说："其实老太太答应租给我们就算是大好人一个了。"

这事过后，反而引起叶紫云的好奇心，倒想见识见识这位在李渝眼中抠门的房东老太太。

房东老太太不长住这里，跟儿子住在千叶县。她儿子是那儿的一个农场主，经营的农场专门种植有机蔬菜，定点供应东京涩谷、练马、品川、麻布十番的几家大超市。只听说农场货车送货时，老太太偶尔随车来这里看看。也不知她来过没有，住这里一两个月了，反正叶紫云是想碰见却一次也没碰见过。

叶紫云一下子惊呆了，半张开的嘴合不拢了，仿佛方才的那个呵欠还没有打完。来日本这些日子，除跟家人说中国话，在外面，进耳朵的无不是日语，没料到想见识的房东老太太竟用中国话先找上门来。叶紫云不曾听说过房东老太太会中国话，在惊讶中又想到老公说的利欲熏心，心里仍有些反感，便不想请她进来。自己没有打扮，身上还穿的是睡衣，似乎又感到有失身份，这叫她显出手足无措的慌乱。

松花见了，深深又一低头，说："是李太太吧，住进寒舍也没时间来问候，还大冷天的把你从热被窝里叫起来，真是不好意思。"

被人用老公的姓叫太太,这种旧时对有夫君的女人的称呼,现今在国内也少有了,没想到在异国他乡还能听见,新鲜感让她对老太太的反感之情便有所松动,尤其那一腔中国话,听得她像遇到亲人一样兴奋起来。她马上让开了门,说:"屋里很乱,如不嫌弃,请进屋坐。"

松花说:"犬子今天拉货到品川,毛豆和菠菜是清晨从地里摘下的,真水灵,我拣了一点,送你和家人尝尝。凡是住进家来的客户,第一次见面我都这样,李太太就不要客气了,请收下。"

面对老太太如此讲礼,老公说她的不是完全被忘得一干二净。叶紫云又觉得收了礼,也不能失礼,于是竟想用日本语的谢谢回答,但一激动,平时跟老公学得挺顺溜的,此刻不知丢到哪里去了。东西倒是接过来了,嘴上却没有了言语。

松花见了哈哈笑起来,说:"李太太是想说阿里嘎朵(谢谢)吧?"

竟然知道对方想说的话,这是一位多么善解人意的老人。叶紫云说:"对对,阿里嘎朵,阿里嘎朵。"

松花爽朗的笑声在整个楼道上回响,溶化了叶紫云心中对她的防范,两人之间的距离一下子被拉近了。

松花说:"不进屋了,有事还在等着我。你收拾好了,下楼来,咱们在客厅里说说话,好吗?"

叶紫云赶紧说:"好好好。"

松花说:"那一会儿见。"就转身离去。

一激动,叶紫云又忘了稳重,对着松花背影说:"沙扬娜拉(再见)。"松花耳朵真好,转过身来,说:"不是沙扬娜拉,是莎优娜拉,莎优——娜拉。"

松花将莎优强调得很突出,叶紫云听来有些刺耳。为什么不

南麻布的家 / 233

是沙扬,而是莎优,徐志摩不就是这么说的吗?她老公也纠正过,但她只记牢了徐志摩的,因为他是大诗人,那首诗写得真美,让人愁肠九转。

叶紫云重复地说着莎优娜拉。松花于是对她一笑一点头,好像通过了对她的口试,然后满意地又转过身走下楼梯口。看着渐渐消失的花头巾,叶紫云心想,其实老太太是个性格开朗、令人喜欢的人。看来,老公对她是看走了眼。

叶紫云去到客厅时,松花已端坐在茶几旁,桌上摆好茶具。她换了一身居家和服,既随意又好看。摘除了头巾,将一头银发整齐地梳向后面绾着髻,略施粉黛。如果说方才第一面出现的像个干杂活的女工,那么眼前却是一位有知识的日本老太太慈祥和蔼地坐在对面。叶紫云反而不好意思了,觉得自己穿着太随便了,头发拢了拢就用发夹别上,不像松花这样正经。叶紫云想,老太太将我当宾客看待,而我却不讲礼仪,真是有些失格,叫她自感羞愧。

茶几电炉上的小铁壶开始冒白气了,松花美枝指了指对面的椅子说:"李太太坐吧。你们住进这些日子了也没来问候,真是不好意思。"她起身向叶紫云一低头。叶紫云还礼说:"老太太客气。"说完她打量起老太太来,从面相看大概是八十好几了,但行为举止又觉得要年轻许多。松花说:"寒舍简陋,有不周到的地方,请原谅。听林先生介绍,你夫君是汽车制造工程师,你是报社编辑?"叶紫云说:"是的,我们来给你老人家添麻烦了。"松花说:"李太太一家能住进来,是我们的缘分。"叶紫云想到外面的高楼大厦、繁华的街市,以及林先生的那些劝导,更想到看房子时自己的犹豫,于是说:"对,是我们的缘分。"对叶紫云的重复,松花点头赞同。又说:"李太太,一会儿我给你泡抹茶。"

多听几次"李太太",叶紫云又不习惯了,仿佛自己的姓都被人遗忘了,就说:"老太太请别叫我李太太,我叫叶紫云,叫我紫云吧。"

她又怕这话不得体,就岔开了话,"那太好了,我从没喝过正宗的抹茶,不过日本讲茶道,够麻烦的。"

松花说:"那不是麻烦,用家父的话讲那是跟天地融合的过程,庄重中又有敬畏,在泡制过程中,无论泡茶人还是饮茶人都会享受到极大的乐趣。"

松花的中国普通话说得很地道,叶紫云听起来感到仍在国内一样,而且还不像她这个中国重庆人一说起普通话来舌头就伸不直,真是叫她汗颜,就说:"老太太的中国普通话说得真好。"

松花说:"也别叫我老太太,一叫,我就觉得真是老了,叫我松花吧。"

叶紫云点头,说:"对不起,其实松花这姓叫起来真美。"

松花说:"本来我不姓松花,父姓村上。我从小跟父亲是在贵国哈尔滨长大的,父亲在那儿的日侨中学当教员。我一直记住了那儿有条松花江,它从我们住家门前流过,我最爱在江边玩耍。一到冬天,江水封冻,我和家父在上面滑冰。夏天,父亲带我去江边钓鱼,江里的鳜鱼真多,一次我吊钩上没挂鱼饵就拉上了一条。鳜鱼肉嫩,味道鲜美,我现在回想起来都嘴馋。第二次世界大战结束后,我们回到日本,那条美丽的江叫我无法忘记,无数次出现在我梦里。家父一直也不能忘怀,时常向我说起它,我闹着要叫松花,家父便依从了我。"

叶紫云想到曾在一本书里读过这样的话,说一个人长寿,是因为那人的生命里有一个安妥的寄放点,不会在人生旅途中奔忙。松花是不是也凸现出了她生命的寄放点?要是这个理成立,虽然不好问她的年纪,但她给人的直观感受是个开朗、善良的老人,这样的老人肯定年寿会很高的。

水烧到了一定的温度，松花开始给叶紫云泡制抹茶。

她将抹茶粉舀了两勺在茶碗里，倒了适量的水，然后用拇指、食指和中指拈起茶筅搅拌。松花的手腕微微转动，抹茶在茶筅下掀起深深的漩涡，搅起一股茶香在屋里浮动。

松花说："抹茶是从你们中国传入日本的，早在贵国的唐代就有抹茶了，那个朝代离现在是多么久远啊，想到这点，就叫人羡慕，你们的先人真是太有口福了。"

松花接着说："这是日本最好的爱知县西尾抹茶，用这抹茶待客是我家父传下来的礼仪。他泡制抹茶的过程那才讲究，不过到了我辈已经不太讲究了。每到这时，就觉得自己又回到了调皮的童年，又一次不听家父的话，要气得他半天不理我。"

说到这，松花爽朗地笑起来，仿佛此刻她是真的回到了孩童的天真时代。

松花见叶紫云对茶筅感兴趣，搅拌好后就递给她看。叶紫云双手接过来，这不就是男人们剃胡须用的小毛刷吗？仔细看却是一根竹管剖成了无数细长光滑的篾丝，然后绾成均匀优美的弧度固牢在竹管上，难怪晃眼像小毛刷。

松花将泡制好的抹茶放在叶紫云面前，说："茶筅是泡制抹茶的必需工具，没有它就泡制不好，它是用精细的竹篾编制而成，这每丝竹篾只有高明的工匠师傅才能剖制，它越细越光滑越好，120立本（根）的茶筅为上品，用它泡制的抹茶泡沫更多更细更匀。今儿的抹茶，我是用100立本的茶筅泡制的，只能是薄茶，就是茶汤不酽。现在年轻人时尚，喜欢在抹茶里面加奶和糖，那就无须用茶筅了，用勺子搅拌就行了，那真是对抹茶的大不恭。我不喜欢那样，抹茶原有的清香被时尚抹掉了，变成了奶茶。"

松花的这番话，让叶紫云想到了看房时对屋里摆设近乎简陋的看法。

叶紫云双手捧起茶碗,茶汤呈翡翠绿,茶的清香扑鼻,泡沫细小均匀,给她味蕾极大的诱惑。她顾不得了礼节,一口气将茶喝个精光,细小的泡沫还在碗底铺了一层未散。

松花见叶紫云喝得舒服,拿过茶碗又给她泡制,随口问起她对日本的看法。

这一问问得叶紫云一时不知如何回答好。见叶紫云有些犹疑,松花把又泡制好的茶送到她面前,说:"来得不久,可能感受不深,时间待长了,会有的。"

叶紫云还是讲了语言不通给自己和儿女带来的困难。松花听得很认真,听后说:"虽然没见过你女儿,她真是个顽强的好孩子,不会日语还插班三年级,真不简单啊,我都想早点见到她了。语言是一个国家文化的精髓,就是本国人要精通它也得拿出登山的力气来。你们人年轻,领悟能力强。在中国我学会了一句民谚,心急吃不了热豆腐。学语言也是日积月累的事,心是不能急的。你来的时间并不长,就学会了一些单词,你女儿,只是时间问题,以她的顽强,用不了一年,就能跟同学自由自在地对话。"

年轻时,松花当过小学教师,又讲起不少她跟学生们一起生活的细节,那些逝去的岁月仍令她感念不已。随后她说:"要是你和女儿愿意,我想再当一回教师。"

叶紫云高兴得立马起身鞠躬,向她连说"阿里嘎朵"。

松花待叶紫云平静后,示意她坐下来,说:"紫云,还有一件事要跟你讲,你家住进来还不久,町内会(社区的自治组织)就来找过我两次了,说你家扔的垃圾没有分类,给他们处理添了不少麻烦。垃圾不分类在日本是不允许的,他们说再这样,将受到罚款。那样的话,是多没面子的事,会让我在社区里丢尽脸,人们会议论我怎么将房屋租给了连垃圾也不会分类的傻子。为什

南麻布的家 / 237

么要叫人瞧不起呢？被人瞧不起，总是一件难堪的事。"

松花又说："你们中国有句俗话，入乡随俗，我想就是这个意思。中国的文化博大精深，日本的许多思想都是从你们那儿学来的，什么上善若水，什么厚德载物……这些话，说得多么深刻哟。"

叶紫云已经面红耳赤了，但松花的语气没有减轻半分，该怎么说还是照直说出来，一点不留情面。叶紫云明白了，她触碰到了道德的一个底线。现在说的仅是垃圾分类，那么将自己头脑中存在的一些文化差异造成的无法分类的思想都在一个善良的老人面前表现出来的话，除了显得年轻还没长醒以外，是不是还显露出了浅薄？叶紫云不敢深想下去，低下了头，惭愧地说："对不起，给你带来了麻烦。今后扔垃圾一定分类。"

松花说："这事儿是我先没有给你们讲清楚，是我对不起你们。看我，第一次见面，就开始训斥，怕今后都不愿跟我往来了。"

叶紫云说："松花奶奶这么好的人，怎么会不愿往来，我才有这种担心呢。"

松花说："好了，我们达成了默契，这太叫人高兴了。一会儿我告诉你垃圾怎么分类。紫云，你刚刚叫我松花奶奶，尽管把我又叫老了，但像一家人一样，叫人感到亲切。"

叶紫云说："按说我该叫你松花阿姨，这是我随女儿叫。"

松花说："松花奶奶这个叫法很好，我喜欢，以后就这样叫吧。"

六

　　给松花的教学费,叶紫云是按略低于市价给的。为什么这样?叶紫云也说不清为什么,可能更多考虑的是自己的经济能力。松花却没有异议,爽快地收下了。这叫叶紫云和女儿学起来也就坦然多了。

　　为了叶紫云母女俩的日语补习,松花现在每周有两天住在了南麻布,与儿子家人相处的时间减少不说,而且伙食都是自己从千叶带来,要热的东西就放微波炉里过一下。这叫叶紫云很是不安。她知道了松花奶奶喜欢吃中国的麻婆豆腐和重庆小面,就隔三岔五地做了给她送去。当然在作料上是有所增减的,麻婆豆腐增加肉末,减少麻辣;重庆小面更是如此,刺激性完全以老人能接受的限度为好。叶紫云很想请松花过来一起吃饭,这也是巧儿最巴望的事,说要是松花奶奶来一起吃饭,她的胃口肯定会大开的。但松花有自己的生活习惯,请过两次都谢绝了。每次做的菜和面条都是巧儿抢着送去,她总是想在松花面前卖乖,得松花的夸奖,松花不时还会回赠日本小点心给她。叶紫云对巧儿说:"不能接受松花奶奶的东西。"巧儿才不听,说:"接了奶奶她才高兴呢。"叶紫云想,巧儿说的可能有道理,老年人就是喜欢用这种方式来表达自己的喜爱之情。

　　尽管如此,叶紫云因学费低于市价还是感到很过意不去,在补习中她向松花多次表示过这层意思。松花反而不以为然,说,"紫云,你的心怎么比针眼还小,我在你们的补习中得到了快乐。再说,你不是用麻婆豆腐和重庆小面作过补偿了吗?"

　　叶紫云真正地感受到了松花的坦率和待人的至诚之心。她想,如果松花说的真是需要我和巧儿给她送去快乐,我们倒甘愿成为她的开心果。不管她说的是不是这样,从此叶紫云都不敢在松花

南麻布的家 / 239

面前再说歉意之类的话了。于是对这位日本老人更加敬重起来。

教学是在楼下的客厅，就是叶紫云与松花见面喝抹茶的地方。这是松花起居室隔壁的一间五叠大小的屋子。

松花专门制订了补习的日程表，每周二、五的下午巧儿放学后，从四点到六点。本来松花要上到七点，叶紫云怕她年纪大了，身体吃不消，坚决不同意。在争执中，松花坚持说，这个时间是学习一门新语言所必需的。叶紫云不知这说法是否有根据，但还是不同意，最后表示非要上三小时的话，她和巧儿宁可不学，松花才依了。

松花用她以前的教学经验拟定了教材，从五十音到简单的单词，再到日常用语。对巧儿以学校教材为主，加强辅导。对叶紫云这个家庭主妇，松花把枯燥的学习变得趣味横生，将生活中的事物与单词相结合，编成顺口溜，例如"出门走路靠左行，待人谦让有人情"，例如"白菜豆腐萝卜，蔬菜营养丰富"，等等，让叶紫云便于记忆，学起也兴趣盎然。巧儿事后对妈妈说："松花奶奶比学校的老师教得好。"叶紫云说："不能这样讲，学校的教材是按照教学大纲编的，是针对你们学生的，松花奶奶编的教材是专门用来教我这种大人的，这是两种不同的教材，你知道吗？"巧儿有些不满意，向妈妈噘嘴。

经过松花的补习，叶紫云和巧儿的日语进步很快。巧儿在学校的表现叶紫云不得而知，起码她自己在超市不再当哑巴顾客了，跟营业员还能够进行简单对话。现在，她购物的兴趣大涨。

时间一晃，中国的春节临近。日本没有春节这一说，学校一直要到樱花季节才放春假，是在三月底。近来，叶紫云几次梦见了父亲，虽说在梦里他一如往常，但她还是不放心他平白无故在梦中出现。她信老人托梦这一说法，来梦里找，总是有什么事。

叶紫云给小英的微信更频繁了，搞得小英都烦起她来，说你家老爷子在我手里，哪点还不放心。叶紫云才不管。有时小英回复说，我正在会上讲话，你知不知道。叶紫云想，我远在国外，怎么知道，询问照发不误。最后，直到小英每天早中晚都要发来平安二字，叶紫云才饶了她。

父亲毕竟上了岁数，叫叶紫云如何不担忧？她决定春假时期，带巧儿一起回重庆看望。小英听叶紫云仍然要回去，微信说："你还是不放心老人在我手上，烦不烦。"叶紫云说："怕你亏待他。"小英说："亏待别的老人，也不会克扣闺蜜老父亲的一粒米。"这话听来，她好像有点发火。过后不久她发来了鼓掌的图片，叶紫云那颗悬起的心才落了下来。紧接小英又发来一串叫叶紫云在日本为她代买的化妆品。这反而叫叶紫云高兴，说明小英对她的回去并没有真的冒火。

小英是叶紫云的发小，而且老父亲现在又在她那儿养老，就这份情，莫说为她代买个什么，就是给她备一份像样的礼品回去也是应该的。不过小英要的都是高档品，不是萝卜白菜，一般超市没有，要去银座的专卖店。即使叶紫云曾经从那些专卖店前经过，也没有进去瞧一眼的勇气，来日本一些时日了，那些东西在哪儿买她还真不知道。这些事情，不能指望老公，问他也白问。她只得将小英所要的在网上查，找出哪样在什么地方的哪家店铺卖。

叶紫云一天的时间并不是全由自己支配，完全是跟着巧儿这个小太阳转，无论在什么地方干啥事，下午三点以前必须赶回家，巧儿放学家里不能没有人。叶紫云又是个东京交通盲，加上语言的问题，要去个什么地方做啥事有诸多的不便，别以为买个什么东西像说句话一样轻巧，不知情者是难以体味这其中苦衷的。这些还不能跟小英讲，小英不信事小，如果怪罪是借故拒绝，那代她受罪的必是老父亲无疑了。

南麻布的家 / 241

叶紫云花了整整一周的时间,坐公车、地铁又转车的,跑了几个地区的多家店铺,才终于把小英要的东西买齐了。在国内,叶紫云是报社公认的一枝花、时装模特,身上的穿戴都是编辑部女同事的风向标。来日本后,她根本没时间照顾自己,在家一身居家服,出外也不讲究穿着,更不说打扮了。看到摆在桌上琳琅满目的东西,她心里一阵发酸。

她拍照有一手,令同行的摄影记者也佩服三分,说她对光源有着本能的感受,角度也与众不同,还说她没拿起照相机让他们幸运躲过了一个劲敌的挑战,更是她个人人生价值的损失。她坐在桌前心酸过后,还是不得不把那些东西一件件选好角度摆好,将灯光恰好打在某件的截面上,一件一件地拍,然后又拍了一张整体,给小英发了过去。照片发过去了,她时不时地打开手机看,生怕来了微信不响铃,不能及时看到小英的回复。这心情,说得好听,是对自己这些天来辛劳的慰藉;说得难听一点,不外乎是想取悦小英。哪怕是她在做事,也不忘过一会儿就瞧手机,等了半天,终于等来了手机铃响,打开一看三个字:看到了。连一个好字也没有。看来,小英并不稀罕这些东西,更不会想到感激她为买这些东西所付出的辛劳。这三个冷漠的字,叫她心酸中又添上了沮丧。

晚上睡下不久,小英发来微信,说她从领导那儿争到了公休假,要来日本看樱花,叫叶紫云4月1日到10日别回去,在东京全程陪她。这微信让叶紫云心情一下子降到了冰点,她给小英也发回一条,"不是说好了吗,放春假回去看父亲?"一会儿小英又回复说:"看什么看,老爷子在我这儿好好的,还不放心吗?"接着又说:"东京现在有了你这颗钉子,还不让人挂上去浪一浪?"

虽说叶紫云来日本不久,但身边没有朋友,这寂寞就让日子变长了。其实，她也很想家乡有个人来，好推心置腹摆摆龙门阵，龙门阵里肯定有许多东西，酸的、甜的、苦的、涩的，三天三夜都可能摆不完。既然闺蜜小英要来，更是她求之不得的，却想到为回去做的准备算是白忙了，心里仍旧很不高兴。但是老父亲像人质一样在小英手里，成为小英时常"要挟"她的手段，不管小英是有意还是无意，事实都是她无法改变的。望着手机上的微信，只得无奈地回了三个好字。

叶紫云放下手机，无语。老公在一旁问怎么啦，她有些无名恼怒，说："我和巧儿不回去了，小英要来休假看樱花。"见口气不对，老公翻过身，知趣地睡了。

七

这天，巧儿放学回家，兴奋地告诉妈妈，他们教室窗外的那树樱花开了。

她上课的教室窗前有棵树，正好在她身边，春风一吹，树枝就长出了嫩芽，翠绿翠绿的，像天空挂满的小星星。当然这是巧儿的感受。她将这感受用彩笔画在了纸上，贴在她的小书桌上。随着天气转暖，那些小星星也慢慢变大了，成了一只只轻柔的小手，每天都从窗外伸进教室来抚摸她的脸，让她喜欢上这种脸上痒痒的感觉。当然这又是巧儿的感受。当她知道那棵树是樱花树后，又盼着它快些开花。她到日本后听说最多的花就是樱花，长这么大还没有见过樱花是什么样子。她每天放学回家第一件事就是告诉妈妈樱花树今天又怎么样了。说后又焦急地问，樱花要哪天才开。仿佛看那棵樱花树开没开花成了她上学的首要任务。终于等来了樱花开的一天,巧儿能不高兴吗?

在做这天的作业时,她给妈妈说,自己要增写一篇日记,名字叫《教室窗外的樱花开啦》。她在埋头写日记时,叶紫云从她身后走过,顺便偷看了一眼,日记是这样开头的,今天是木曜日(周四)……

在吃晚饭时,巧儿又跟妈妈说起那株樱花树。叶紫云问她日记写好了,能看吗?她不同意,说这是私密事。叶紫云说樱花在教室外开了,怎么是你个人的私事?她说,日记里的樱花开了,就是我的私事。

两娘母说得兴高采烈,这餐烤的秋刀鱼是个什么滋味两人都没吃出来。

饭后,巧儿说周六要去公园看樱花,说得叶紫云也心痒痒的。

东京今年春天的气温比常年偏高,四月还未到,一些樱花就开了,比往年早开了个把星期。花期的提前,又叫叶紫云平添了一种忧虑。樱花花期短,开得轰轰烈烈,逝得也轰轰烈烈,灿烂的生命就那么十来天。小英要四月初才来,怕她赶不上花期,如果面对的是满目的凋零该是多么叫人沮丧。想到这里,叶紫云就有些害怕,好像樱花凋零是她的过错,是她这东道主的失责,没有管住花期。她真的这么想过,自己要是武则天就好了,降旨花期延迟。遗憾的这是传说,自己更不是武后。即使是巧儿闹着要去公园看花,叶紫云也不敢答应,怕背着小英先去赏了花,花儿凋得更快。

周五这天,松花给他们上课后,说:"明天我们一起去看樱花,好吗?"

巧儿高兴得跳起来拍手说:"松花奶奶,太好了,太好了,我想去,妈妈还不同意。"

松花拉过巧儿说:"赏樱花是件多美的事,妈妈怎么会不同意呢？"

巧儿说:"妈妈说要等小英阿姨来了才去。"

松花说:"哦,你们家要来客人。"

巧儿说:"不,我要先去看,小英阿姨来了又再去看。"

对松花的邀请,叶紫云不好推辞,只得说:"好好好,明天我们同松花奶奶先去看。"

看樱花,松花本来也邀请了巧儿她爸,但集团老总一行要来日本公干,这天他得去羽田机场候驾,其后的几天有他忙的。第二天,他临出门前,见母女俩为赏花兴奋的样子,很不了然地咕哝了一句,这才不是人干的差事。叶紫云听了,幸灾乐祸地笑他。

松花穿上了浅粉底的绿碎花和服,发髻上插了骨质簪子,簪子上缀着一朵银质的樱花,整个人挺精神的,又庄重又好看。她带了地垫,又叫叶紫云提过漆花食品盒,里面装的是大家的午餐,是她一大早做的寿司。叶紫云认为,看个花,就像在国内,春天南山公园的茶花开了,大家邀约去看,说走就走,哪像松花这样礼数周到。是不是在这小事上她太刻意了?就说,太麻烦松花奶奶了。

松花说:"樱花盛开时节是我们日本人的节日,赏花就像过节一样,穿的、吃的都该是有一番讲究的。"

叶紫云说:"松花奶奶一讲,我真是惭愧,这身穿着太随便了,吃的更该是我来做,让奶奶起了个大早。"

松花说:"你们是客人,如果让客人动手来做,我这主人多没面子。"

巧儿说:"松花奶奶,我们来日本这么久了,怎么还是客人?"

松花说:"你们永远都是客人。"

巧儿又说:"妈妈是个大懒虫,光说不做。"

松花说:"巧儿不能这样讲,妈妈是个大懒虫,怎么又照顾你读书呢?"

松花讲,大家赶公车去涩谷,然后再转车到尻池大桥站,去目黑川看樱花。叶紫云从资料上了解到,东京赏樱花的最佳地点是代代木公园、上野公园、新宿御苑,那里的樱花开得繁华、艳丽,一嘟噜一嘟噜粉色的、白色的、红色的把春天的气息满世界播撒,让满园赏花人精神振奋。为什么不去这些地方,而去资料上没介绍的目黑川?见叶紫云有些不解,松花笑了笑说:"先卖个关子,好叫你的好奇心提到嗓子眼来。"

想到松花年纪大了,赶公车还要转车的,一路会受累,叶紫云建议打车去。松花说:"为什么打车去?那太没意思了,失去了赏樱花的乐趣。"叶紫云只得依从了她。松花行动不利索,一路上要照顾,紧赶慢赶地到了目黑川时已快中午。

公车一到尻池大桥站,满车的人几乎下光,都是来赏樱花的本地人,看来这地方真是不错的。樱花是日本的国花,在人们的心目中有着崇高的地位,人们以春假来庆贺樱花的开放,一些庆典活动也在这时节举行,来赏花的人都像过节一样穿着和服。

这时松花说:"带你们来目黑川,是因为这里的樱花树是自然长成的,公园里多是人力培植的,那里的人多又嘈杂,不可能安静赏花,来这里,还可享受到大自然的野趣。"

目黑川是条小河,河水从治理过的河床上潺潺流过,两岸怒放的樱花倒映在河水中,满河像流动着樱花的花瓣。沿河两岸的道路旁,摆着卖啤酒、饮料、便当、索巴(凉面)的小摊。没准备野餐的人,可以在饮食摊买了东西边吃边赏花。

松花他们来到右岸河堤上的一块空地,铺开地垫,大家脱了鞋坐在上面。身后是一株老樱花树,在河道两岸的树当中显得特别苍老,树干佝偻,背阳的一面长有一层青幽幽的苔藓,但开放的花朵却比年轻的树子要密要鲜艳得多,它像一柄花伞在他们头顶撑开。耳畔是潺潺的河水声。这正如松花所说,在这里赏花有大自然的野趣,静静地观赏,看花朵在风中摇曳,身心都能享受到十分的惬意。

附近也有人铺开了地垫,或坐或躺,边野餐边赏花。每块地垫上就是一个家庭,或者是一个临时组合,来这里都是为了跟樱花作一年一次的交谈,大家说话低声细语的,生怕破坏了周遭的静穆。邻近的夫妇有一男一女两孩子,男孩有四五岁的样子,女孩是姐姐,这是日本较为典型的年轻家庭。那家妇人主动跟松花打招呼,并请求奶奶原谅孩子小,不懂事,调皮可能会闹着她们。松花说这不是问题,孩子的天真只会与大自然更加融洽。这都是事后松花复述给叶紫云听的。

那边的女孩就一直盯着巧儿看,渴望一起玩耍。松花对巧儿说,去,跟妹妹一起玩吧,多跟日本小朋友玩,对你学日语有好处。

两个小孩得到大人的许可,巧儿欢欢喜喜带着妹妹一边玩去了,直到午餐时叫她才回来。开饭时,松花在地垫上多摆了一套餐具,寿司除了分给叶紫云母女,放了两个在那餐具里。叶紫云不明白是什么意思。松花说:"父母以前每到樱花开放季节,都要做寿司来这里野餐赏花。老人过世后,我每年都这样来悼念他们。"

松花做的寿司非常好吃,是用炒鸡蛋、胡萝卜、笋干、鱼肉剁成碎粒,调好作料,与北海道的大米饭拌匀做成的,吃得叶紫云和巧儿赞不绝口。松花更是高兴,一个接一个地给两人添。

松花忙过这一阵后,便对那套双亲的餐具说了话:"父母大人,今年目黑川的樱花开得比往年还要繁盛,只是那株树子又老了许多,让人放心的是,开的花却还是不少。今天我约了紫云和她女儿来陪你们赏花。你们知道吗?紫云他们一家是中国来的客人，要是你们还健在，肯定会喜欢上他们的。当然两位老人已经不能实现这些美事了。不过，我为你们弥补了这遗憾。明天又到父亲的祭日了，我会做寿司去看你。"

松花口中多次提及她的父亲，他又在中国生活过，这位喜欢用讲究的抹茶待客的长出叶紫云两辈的日本老人，就时常出现在她脑海里了。虽然她对这老人一点不了解，但从松花身上却看出了老人的影子。叶紫云想到，明天是老人的祭日，我们一家又住进了他的房子，该算是他家客人，出于这层关系也该去祭奠老人。

叶紫云说："我能陪奶奶去老人的墓地看看吗？"松花反问："你愿去吗，按你们中国人的观念，墓地是个不吉利的地方啊？"

被松花这样一反问，叶紫云有些不知所措，是这要求不合理，还是犯了他们习俗的忌讳？她后悔冒失，立马解释道："松花奶奶不要误会，我没别的意思，听你多次说起老人，再说，一位深谙待客之道受人尊敬的老人，他的墓地肯定是一块福地，会给后人带来吉祥。作为一个晚辈，出于礼节，去看看他，是应该的。"

松花一笑，说："你才误会我了。对生与死，人们在观念上存在着差异，这是很正常的事。既然你不那么讲究，就去吧。"叶紫云觉得是自己多虑了，担忧的心才放了下来。巧儿马上接嘴说："我也要去。"叶紫云说："你去干什么，这是大人们的事。"巧儿噘起了嘴，满心不乐意。松花拿过巧儿的手拍着说："乖孩子，明天你要上学，以后奶奶带你去，好吗？"

这天，叶紫云用手机为松花和巧儿照了许多照片，还请人给她们仨拍了合照。在回家的路上，叶紫云想尽快去便利店把照片打印出来。松花可能着急等着看哩。

八

第二天叶紫云送走了上学的巧儿，去楼下客厅等候。松花的房门关着，大概还在睡，或者正在收拾，晚辈等候老人是尊重的表现，她便耐心坐在客厅里翻看手机里昨天的照片。有一张松花和巧儿的两人照，松花微微扬起饱满的下巴微笑着，屈膝坐在地垫上，巧儿撒娇似的依偎在她的腿边，松花一只手自然地放巧儿肩上，她们身后的那株老樱花树开满花朵的枝丫斜伸在头顶，远处的背景是横跨在波光粼粼河面上的大桥。当时这场面并不是设计的，是叶紫云无意中拍下的。她喜欢照片上祖孙两代人在樱花树下洋溢的亲情。她要把这张照片放大，装上相框，送给松花，她肯定会喜欢的。甚至有另一个念头在叶紫云心中生起，是不是将照片发回国内报社的摄影部？有什么含义？图片的说明文字又怎么写？不过她还没有细想，仅一个念头而已。

松花来了，还是昨天的装束，只是脚上套了白布袜子，穿着传统木屐，一手提着漆花食品盒，盒盖上放着白色菊花。进门见了叶紫云，脸上闪过赞许的笑意，说："让你久等了，真是不好意思。"说过一低头。叶紫云赶紧起身还礼，说："这是应该的。"

叶紫云接过了松花手里的漆花食品盒，说："看来，又劳累松花奶奶了。本来一些事，该我这晚辈来做的，只是手笨，又不知该如何做，说起来奶奶都要笑话。"

松花说："今天是家父的祭日，去看他，是我当女儿的孝心，再说是他喜爱的寿司，做这个是我的专长，当然该我做。等我有空教会你做，下次就让你来吧。"

叶紫云说："那我们说好，我学会了，下次由我做。"

松花说："到时，家父会说，怎么从来没吃过这么好的寿司，莫非是我女儿手艺长进了。"

说罢，两人忍不住笑起来。

等笑够了，松花说："好了，出发吧，这地方不远，就在附近。"

叶紫云偷眼瞧她脚上的木屐，也这样想。

外面是个十字路口，小街小巷伸向各自的远方，其中三条路叶紫云散步走过，唯有正对那条是上坡路，一直没去，她怕上坡的劳累会使散步失去悠然。

松花今天带叶紫云走的正是这条上坡路。叶紫云看着松花有些吃力地走在路上，伛偻着背，微微扭动腰肢，迈着均匀的小碎步，虽说脚下有老人的蹒跚，但昔日身姿的婀娜还是隐隐显露出来。叶紫云想，这位年轻时的大美人，那个娶她的男人硬是艳福不浅。松花一向喜欢说话，说起她当农场主的儿子，那些母子情深的话语就滔滔不绝地从口中涌出来，好像发掘出了一口不竭的源泉。但她嘴里就从未说起过她的丈夫，他们之间的情形又是如何的？叶紫云走在后面，看着松花扭动的背影浮想联翩。松花脚下的木屐拍打着脚跟，也拍打着柏油路面，迈一步发出啪嗒啪嗒两声闷响，有着韵律的响声在狭窄的街面上回荡着无尽的人情味。真是让人怜爱和尊敬的一位老人啊。叶紫云不由又想到自己的有幸，鬼使神差来到日本，百里东京大都市居然选住进她的楼房，诚如松花所说，是缘分。为什么陌生人也能走到一起，被无形地联结起来，这是命中注定吗？是人生中的必然吗？缘分，真是个谜一样叫人猜不透的东西。

这条小街的路牌上写的还是南麻布二丁目，只是每户的门牌号数不同而已。小街两旁房屋依势而建，长坡一直延到一个呈丁字形的路口，分岔的两条道便出现了下坡的斜度，这可能就是坡顶了。松花站在这坡顶歇了口气，然后又带着叶紫云向左边的一条道走去。她指着前方一处松枝斜伸出院墙外的地方说那就是。

这与其是对叶紫云说，还不如是提醒自己快到了。松花走得有些累了，话说起来也气喘吁吁的。虽说不远，却是一段下坡路，穿着木屐，整个人往前倾，走起来肯定不舒畅。叶紫云上去搀扶她，她对她笑笑，谢绝了。

这是一个叫松照寺的小寺庙，正中的本堂（大殿）和旁边的一幢平房都在松树的阴影下，阳光透过松针，把翠绿洒照得满寺都是。走到木质鸟居（山门）前，松花停下来，整了整衣服，低低地一鞠躬，然后脱了木屐放到一旁。叶紫云不知该不该也要照做这样的礼节，正在踌躇中，松花回过头对她说，"你是客人，不必拘礼，我是怕屐响声惊扰了神明。"

松花和叶紫云走过鸟居。这时从平房走出一个穿袈裟的老年和尚，笑迎上来，双手合十用日语对松花说起什么，松花也双手合十还礼作答。从他俩站在松树下交谈的神态来看，两人很熟识，而又相互敬重。离开时，那出家人也对叶紫云低头示礼。松花告诉她，那是松照寺的正堂慧能法师，知道这时节松花该来了，准备了茶水在等待，松花说同来的还有一位中国朋友，谢了法师。松花又对叶紫云说今天她在寺里就简单行事，要叶紫云在一旁歇着，她先去给佛祖献香。

叶紫云坐在一个亭子里看着松花。松花去到本堂前点燃一炷香插在香炉里，向积善箱里投了香油钱，拉住门前从鳄口（类似中国的木鱼）垂吊下来的绳索摇响了三下，站在佛像前双手合十，默默祈祷完毕又击掌三声。在这些过程中，松花所做的每一个动作都非常简明、干脆，好像跟佛祖早有默契。

她回到亭子里稍事休息后，带着叶紫云往本堂后面走去。不远几步，刚转过本堂，叶紫云感到眼前突然一亮，出现的景象让她惊叹：一大片排列有序的灰色和黑色大理石墓碑矗立在蓝天下，明丽的阳光洒在墓碑上，像燃烧起无数支火炬，将墓地辉映得既

南麻布的家 / 251

庄严又肃穆。每座墓基正面左右两边有石材凿制的祭祀杯,有的杯里还插着鲜花,一定是墓主的后人来祭奠不久。整个墓地没长一根杂草,干净得像水洗过一样。墓地四周是居民住宅区,高低错落的房屋将墓地包围。日本人视为神鸟的乌鸦,正从墓地上空飞过,鸟鸣打破了这里的寂静。一进入墓地,松花的嘴唇紧抿,尽管没有穿木屐,她仍然走得脚步很轻,像怕惊扰了熟睡的亲人。叶紫云悄悄问松花:"怎么周围的民居与墓地在一起?"她说:"你是想说怕不怕吧?这就是差异,我们认为跟亲人在一起,多好,再说,人死了到了这里都平等了,谁还想害谁呢?你说,是这样吧?"

　　叶紫云感到这种情形在中国是不可想象的。她母亲的墓地是在郊外九龙坡公墓里,那是开发商在一片荒坡上修建的,整个墓地开阔,比这里还要豪华。去年清明,去给母亲扫墓,望着那坡华丽的墓碑,心里总担心哪座墓下面的歹人又钻出来害人。要不是母亲在那里,和家里人一起去上坟,她个人是绝对不敢去的。站在母亲坟前四处望去,整个墓地被烧钱纸搞得乌烟瘴气,感到吹的风也阴冷阴冷的。人一进入里面,汗毛就会倒竖起来。她还不由联想到晚上,月亮在云层里沉浮,洒下惨白的冷光,有只无家的野狗在暗处吠叫,叫声凄厉……哪像这里一派宁静祥和,住宅将墓地簇拥环绕,有的住家户开门或者推窗就见竖立的墓碑,住户人家与墓地下的逝者在此融洽相处,夜晚也能安然入睡。这难道就是松花所说的差异?叶紫云走进这里,心里的确感到很平静,没有丝毫的畏惧和防范。她想,即使夜晚我从这里经过,大概也不会胆怯。

　　在墓地里一阵穿行,他们来到东南角地段的一块墓碑前,碑上刻的是:村上之家墓,施主松花美枝昭和五十五年六月修建。松花从叶紫云手里接过漆花食品盒放地上,取出白菊插在墓基上的石杯里，黑色大理石墓碑衬着白菊，显得高雅纯洁。她将寿司摆放在墓碑下，双手合十闭目跪在地上。叶紫云陪松花半跪在旁边，听她嘴里一阵喃喃诉说。叶紫云估计，松花是在祝福双亲的在天之灵安息，又将我们的情况告诉双亲，还有外孙农场农事的繁忙和收成……她向双亲谈了自己吗？是不是还说了她从未提及过的孩子的父亲？

半晌，松花祭拜完毕，想撑身起来，可能跪久了，身子晃了两下没站稳，坐在了地上。叶紫云赶紧去搀扶，让她坐在墓基上。松花一笑，说："一年不如一年，老了。"说着她仰头望了眼墓碑，那丝变得苦涩的笑意还停留在嘴角边。

叶紫云说："松花奶奶还挺精神呢。"

松花说："谁都爱听这种恭维话，不过，我是真想早些来这里陪伴两位老人啊。"

她又陷入一阵沉思中。

叶紫云在一旁安静地陪着松花，直到空中传来乌鸦的一声鸣叫，才将她从沉思中唤醒。她向叶紫云歉意地一笑，让出一点空位，用手拍拍说："来，紫云，这里坐坐。"

叶紫云坐在了松花的身旁，听见她轻轻的一声叹息，仿佛她被一股不可知的力量死死地拽住拉她回一个极不情愿去的地方。她此刻脸上的皱纹比平时深重了起来，眉毛间也隆起了一个小堆，目光更浑浊了。叶紫云理解，松花大概被往事拖压得太久了，是到了该在两位老人面前卸下来的时候了。

南麻布的家 / 253

九

　　1945年8月15日,天皇宣布日本无条件投降后,在中国的日本侨民惶惶不可终日,这时候美枝母亲的心脏病突发,日侨医院人去楼空,送到中国医院时心脏早停止了跳动。从那以后,父亲变得沉默寡言了,时常在做事和说话中走神。人们说村上博文中邪了,魂被魔鬼夺走了,他们叫美枝请来当地的萨满作法过阴,将村上的灵魂从魔鬼手里夺回来。萨满法事做了,但村上的魂还是时在时不在,整个人废了一样,整天不是喃喃自语,就是昏睡。

　　终于等来了1946年日本侨民引扬(遣返)。村上父女俩带着母亲的骨灰盒一同到了锦西。在锦西盘桓几天后,村上花钱通过以前在哈尔滨的关系,父女俩登上了一艘叫云仙丸的引扬船。船一出海遇上了风暴,父女俩都晕得一塌糊涂。美枝身子本来单薄,一直又不能进食,喝水也要把胆汁吐出来,人虚弱得呼吸也困难,几次向父亲说,将她扔进海里淹死还痛快一些。经受了两天两夜的煎熬,第三天太阳从海平面升起的时候,风停了,船在蔚蓝的日本海上平稳地行驶。父女俩突然在舱里听见甲板上欢声雷动,父亲搀扶着女儿走上甲板,映入眼帘的是京都鹤舞港高高的灯塔。当时,父女俩相拥跪倒在甲板上,与同船的引扬人呼天抢地地大哭,哭声响遏行云,盖过了轮船入港拉响的汽笛声。

　　父女俩回到家乡东京。东京在1945年3月里遭受了美国空军燃烧弹两次地毯式轰炸,市中心的建筑物在燃烧中坍塌,变成焦土。现在,村上带着美枝穿梭在污秽的巷道里,认不出哪里是南麻布二丁目。经过寻找,发现南麻布二丁目已面目全非,搭建的一些棚屋横七竖八地在焦土上躺着,像衣衫不整倒地的醉汉。家的具体位置在哪里?亲人们又在哪里?村上终于在衣衫褴褛的人群里见到一位老人熟悉的身影,赶快跟上前去,经过一阵交谈、启发，老人终于忆起了原来的村上家。老人带着村上父女经过几番折腾才找到了以前的家。这哪里还有家，是满目疮痍，可能经过了消防人员的粗略整理，房屋挨炸后燃烧未尽的几根梁木和一些破旧物件还堆放在这里，忠实地等待主人归来。东西上焦煳的痕迹被雨水和时间冲刷得颜色更深了，衬得阳光发白。此刻站在这里，父女俩似乎还能听到大火燃烧的呼呼声，闻到烧焦的煳味。

老人是这条街上两次轰炸中唯一的幸存者。他向父女俩讲述了轰炸时的惨象，诉说中几次被哭泣中断。村上的亲人们跟左邻右舍一样，在燃烧弹的炸裂中无一幸免于难。

看到眼前残破景象，村上感叹道，天作孽，犹可违；自作孽，不可活。父女俩切身感到战争对百姓带来的深重灾难，帝国政府就是战争元凶，给别国人民带去灾难，也是给本国民众作孽。此刻，父亲流下了眼泪，女儿也在一旁陪着流泪。父女俩感到了孤苦无援的疼痛，站在自家的地基上，脚下却是一片废墟，让人感到无立锥之地的悲凉。

几经周折，村上和女儿在家的废墟上搭建起了简易棚屋，有了遮风避雨的栖身地。遣返途中的花费和搭建棚屋，使原本不多的积蓄被花光。每天一早，村上对女儿说声"我走了"就出了门。望着父亲已经伛偻的背影，美枝暗暗祝福，但愿父亲今天能找到工作。可是等到晚上，父亲却又是酒气和着叹息涌向她。她曾暗暗叩问过苍天，父亲找个工作为啥这么难呢？但谁也回答不了她。

最终还是美枝先有了工作，父亲自叹弗如，说女儿的命比他好。对父亲的感叹，美枝不知是该哭还是该笑。

南麻布新建了一所小学，向社会招聘教师，村上美枝应聘成为了这所新建学校的一名语文老师，从此她用毕生精力投入到教书育人的事业中去。

父亲最后也找到了工作，是在涩谷公车站当交通引导人，无论刮风下雨,站在露天处,比画着手势吆喝,从下午四点工作到深夜十二点,引导上下车的乘客安全通过车场。工作枯燥、乏味,站得腰酸背痛,喊哑了嗓子,报酬却很微薄。每天见父亲疲惫地回到家,美枝非常难过,不明白曾当过教员的父亲为什么就找不到一个理想的工作,为什么社会不收容他?她劝他别再干了,她的收入已够两人勉强度日。但父亲不输这口气,仍然每天去当引导人。

新年快到了,美枝把家的里里外外打扫得干干净净,进出门的地方用水洗刷,洗刷得地面的石板光洁无比。她说:"好运最爱光临清洁的家庭。"除夕夜,美枝为父亲备了烧酎(日本烧酒),做了索巴。吃过年饭,父亲带美枝去松照寺听新年的钟声。寺庙也被轰炸摧毁,现在简易地修建起了正堂。当新年到来,带来好运的一百零八下洪亮钟声撞响的时刻,父女俩相依相靠,激动得流下了眼泪。

新年第一天,美枝起了个早,拿出准备的注连线(象征吉祥的草绳),叫父亲端来凳子,扶住她站上去,把注连线拴在了门的上方。早些时,她用红丝线编织了两朵花,又将红花扎在注连线的两端。她把活儿做得很精细,觉得这样注连线和花才能长牢在门上,狂风刮不跑,霉运和鬼怪也永远被挡在家门外。这时,一束从对面房顶射过来的阳光,聚光灯一样照在注连线和红花上,也照在美枝笑脸上,花儿红得耀眼,美枝美得亮丽。仰脸站在下面的父亲见了,有些难过起来,感到欠女儿太多了,怕这辈子都是无法还清了。又想,女儿真长大了,该有婆家了。美枝看了父亲不愉快的神情,就说:"爸爸,新年来了,我们的好日子也来了。"

这一年,村上家完成了两件大事,一件是美枝成了家,另一件是在松照寺选了块墓地。

美枝的夫君渡边清江是同校教音乐和美术的老师，是个多才多艺的年轻人。每次他谈到婚事的由来，总说是那次受了难堪和激励才追求她的。

渡边清江组织并指挥的全区教师合唱团，参加了那年日本春季合唱节演出，与众多专业团体同台竞艺，渡边的合唱团以一首他创作的无伴奏合唱《富士山之雪》获得了优胜奖。《朝日新闻》以《歌咏无界》为题宣传了这事，使渡边声名鹊起。一些老师以成为合唱团各声部的一员为荣。渡边以合唱团名义邀请村上美枝参加，但她不以为意，这让渡边很没有面子。这天放学后，渡边在校门外堵住了她，说要请她吃饭。美枝一口拒绝了，头也不回地离去。渡边站在路边望着她远去的背影不知所措，这时一辆自行车驶来将他撞倒，造成手臂骨折，住进了医院。第二天美枝到校，听说渡边在人行道上被自行车撞伤住院了。当知道正是她丢下他才出现的情况，就后悔自己做得过分了。其实她对渡边是有好感的，也喜欢他的歌，凡是他写的歌都会唱。她那样对他，是一个未婚女子的矜持。正好这天，她班上有渡边的音乐课，她主动替代了他，教学生唱了《富士山之雪》。

美枝嫁给了渡边，第二年生了个胖小子。随着时间流逝，渡边渐渐变了，在合唱团里搞女人。美枝多次原谅他，渡边仍恶习不改，直到自己声名狼藉，被学校除了名。美枝不得已跟他离了婚，从此再未嫁人。每当她回忆起这桩不美满的婚姻，内心就忍不住流泪。不过儿子留在了身边，给了她安慰。

美枝父亲命途坎坷，信了佛，与松照寺的老住持过从甚密，寺院优惠给了一块墓地，给美枝的母亲和家人，碑刻"村上之家墓"。

度过了战后的艰苦，时间进入1980年，父女俩相依为命，日子过得平顺起来。他们把老屋重新翻修了，成了现在一楼一底的楼房。这年初夏,村上外出淋了雨,得了感冒。原以为一场小疾,拖一拖会好的,最后却拖成了高烧不退,入院治疗。但为时已晚,连续的高烧损坏了年老衰弱的器官,引起其他并发症。美枝向学校请了假,成天陪伴在父亲病床边,这是父女俩度过的最为亲密的时刻。两人常常回忆起哈尔滨,谈到松花江,谈到松花江里的鳜鱼,就是在这时候,美枝向父亲提出要改姓叫松花,父亲沉吟半晌,最后点了头。也就是在这天,村上的生命走向了尽头。

美枝将父亲的骨灰与母亲安葬在了一起,请寺里的和尚在墓前做了法事,念了超度亡灵的经文。

第二天,村上美枝走进了港区区役所。当她出来时,便以一个新姓——松花——开始了新的生活。

松花从漫长的回忆中回到了现实,蓄在体内的力气仿佛用完了,感到很累了,连吁口气的力量也没有了。好似在长途跋涉中她歇息了下来坐在树荫下回望,自己竟走过了那么长的路,在感慨之际,身后的一切又变得虚幻起来。稍事沉静后,她对叶紫云感叹说:"时间又好又坏,真是个叫人捉摸不透的家伙,好的是让一切过去,包括痛苦、悲伤,坏的是要催人老去。唉,真是个叫人捉摸不透的家伙啊。"

叶紫云明白,松花是要给往事画上句号,往事背负得太久了,她老了,该卸下来了。

晚上,叶紫云向老公讲起了松花的往事,末了说:"松花奶奶最后有跟往事干杯的意思。"李渝沉吟片刻说:"我听林先生说,那年安倍政府通过了安保法修正案,为阻止国会通过,近万民众在国会议事堂前举行了集会。松花不顾年事已高,也参加了集会,举标语牌、呼口号,还接受了电视台采访,对着镜头大声疾呼,'没有好的战争,所有的战争都杀人,我们决不要战争'。她要跟往事干杯,我觉得难哟,战争给她的创伤太深了。"

叶紫云沉默了。战争与和平是一棵树上结出的两种果子，松花都细品尝过其不同的滋味，体验像刀子一样在她心间刻下了深深的痕迹。她经历了那些苦难，对人生却没有怨恨，从不抱怨，过着一个普通人毫不张扬、安静的日子。一个已经站在生命终点的老太太能做到这点，就像她在国会议事堂前对着记者的摄像机发出惊天的呐喊一样，其内心要凝聚多大的力量，而她却是一个柔弱的老太太。人生的巨大反差，像阳光一样耀眼。

十

松花的儿子从千叶来电话说玛莉生崽了。松花非常高兴，放下电话来告诉叶紫云，说明天周五不能上补习了，她要回千叶。

原来所说的玛莉，是一头荷兰黑白花奶牛，体形高大，黑白花纹明晰美丽，尤其乳房丰满健硕，站在牛圈里，比别的奶牛要高出十几厘米。这头奶牛引进到农场，松花见第一眼就想到在哈尔滨读书时那个高大胖硕的白俄音乐老师玛莉。于是她就叫这头牛玛莉。玛莉去年8月人工授精以来，松花照顾它比别的牛要多得多，有时晚上也去牛圈看看，怕别的奶牛与它争食，更怕挤坏它身孕。听说玛莉生了小牛犊，松花就迫不及待要坐地铁回去。儿子不同意，说她个人上路不放心，明天他要送货到麻布十番再来接她。叶紫云也说老人个人上路，当儿女的肯定不放心，贵公子明天来接是最为妥当的。在儿子和叶紫云劝说下，松花最后妥协了，就说："本来早想请你们一家去千叶农场做客，又怕你们对农村生活不习惯，也就作罢了。"叶紫云说："会有什么不习惯的，只要不嫌我们去了添麻烦就是了。"松花说："那好，这次回去准备一下,等你们方便的一个周末,去农场住两天。"

这时巧儿放学回家,听了妈妈和松花奶奶的谈话立马嚷起来:"松花奶奶,我就要这个周末去玩。"

叶紫云想,这事还没有跟老公商量,再说要去也得准备一下。松花他们一家受父亲影响最讲待客礼仪的,如果第一次空手去做客,这于情于理都是讲不通的。于是她对巧儿说:"听松花奶奶的,等你爸爸哪个周末有空,我们一家去千叶农场,好吗?"

巧儿不干,坚持明天要跟松花奶奶一起走。

松花一旁拉过巧儿,用手指点她脑袋说:"我知道你这打的小算盘,是想见多多了。"

她们两人都笑起来。巧儿不好意思,红了脸。

巧儿在松花奶奶的房间见过一张照片:松花包着花头巾,身上穿着蓝色工装裙,手里扬起一个红色小皮球,一只白黄皮毛相间的秋田犬张嘴跃起争夺,松花嬉笑着,远景是一片起伏的山丘,近景是绿树环绕的一排尖尖的稻草房。那只秋田犬在空中弓着背,圆圆的脸像在大笑。松花奶奶告诉她,那只秋田犬叫多多。从那时起,巧儿就一直想见到多多。

松花对叶紫云说:"紫云,要是放心,让她跟我去农场玩两天,我们日曜日(周日)回来。怎么样?"

叶紫云也觉得,小孩做客可以马虎一点,准备的事就没必要了。巧儿也多次闹着要去松花奶奶的农场玩,叶紫云都找理由打消了她的念头。既然现在有了这个机会,又是松花带她,再不同意就说不过去了。

晚上老公回来,叶紫云给他说了巧儿明天跟松花去千叶农场的事,他非常赞同,说这是多好的学习机会,干吗不让她去?这能真正接触到日本民众生活,从中也能了解农作物的生长过程。要不是明天他有事,他还想跟着去呢。叶紫云又说到了松花一家是讲究礼仪的，巧儿空手去，好不好？他说："其实日本人更看重的是你的心意尽到没有。也好，这次让巧儿先去，我们下次去，就可以名正言顺地带礼物去回拜了。"

第二天上午九点过，松花儿子开着小车来了。叶紫云带巧儿去到客厅，松花和儿子正用日语说笑。一只狗蹲在旁边，母女俩还未进屋，一副警惕的眼神就注视着她们，但并不凶狠，是那种对主人忠诚而防范的眼光。巧儿指着它叫道，多多。

巧儿一声"多多"，人还未进屋，狗先有的警惕一下子就没有了踪影，反而害羞似的摇着尾巴，躲在了主人身后，露出半个脸打量着来人，似乎在猜这都是谁，该不该吠两声，以显示自己的威风？只是有些拿不准，显得有些犹疑的样子。叶紫云一眼就知道，多多是只很有灵性的狗狗。

松花的儿子长得高大，大约六十多岁，平头短发，穿着运动休闲装，常年的农事使他的身体健壮得像个田径场上掷标枪的运动员，几乎有两个松花的块头，英俊的相貌可能像他父亲——那个背叛了松花爱情的男人，但从神态举止看来，却完全是松花的复制品。他声音洪亮，在母亲面前又比又画地说着，母亲听得一双眼睛笑成了月亮。大概他们是在谈玛莉与初生牛犊的事。

松花停止了交谈，用中国语介绍了儿子。儿子叫松花太郎。太郎是从母亲的姓。许是听松花说起她儿子的回数多了，虽互相从未谋面，叶紫云对他仿佛早已熟识了，初次相见，竟没有一点陌生感。松花又对太郎说："这就是我跟你多次说到的李太太叶紫云小姐，这是她女儿，我们的小公主李巧儿。"他们互相点头致意。巧儿用日语叫了太郎伯伯好！松花说："听，我们巧儿东京口音的日本话说得多地道。你们可以说中国话，我和他姥爷从小就教会了他。"巧儿于是又改用中国话重叫了一遍太郎伯伯好。一副天真模样，逗笑了大家。太郎俯下身来对她说："真是一个人见人爱的乖孩子,今天跟伯伯去千叶农场玩,去看玛莉生的漂亮女儿,好吗?"巧儿点头说好。叶紫云说:"巧儿想去农场都想到命里了,她这次会去给你们添不少麻烦,真不好意思。"

太郎说:"怎么是添麻烦呢?这么乖巧的孩子,只会给我们带去快乐。母亲跟我多次说过,说我们东京的家住进了一家中国人,有个女儿很可爱,巧儿这名字都听熟了。"

巧儿就是有这能耐。无论在何处,时间要不了多久,就会引起人们对她的注视,进而赢得喜爱。也是她父亲说的,我们巧儿是个经得看的人。每次遇到有人这样夸她,叶紫云心里都很自豪。

叶紫云说:"是她爱在松花奶奶面前讨好。"

巧儿不满这说法,说:"我才不是讨好,是松花奶奶真正喜欢我。"

松花拍着巧儿的脸蛋说:"对,是我真正喜欢这小公主。"

巧儿得意了,顺势依偎在松花奶奶怀里。她的卖乖,让大家又开心又好笑。

太郎这时回身拍了拍多多脑袋说:"多多,来认识一下你的新朋友——巧儿。"

多多从他身后转了出来。他拉过巧儿的手,在多多头上抚摸。多多尾巴摇得更欢了,温顺地躺在了巧儿脚边。巧儿先还有几分畏惧,这样一来,畏惧全消,便蹲下身又是抚摸又是抱的,多多舒服得呻吟了。

他们又寒暄了一阵,松花说:"该上路了,否则我们就要耽误午饭了。"

太郎打开驾驶室门,多多一下就蹿进去,蹲在副驾驶座椅上,一双激动的眼睛从车窗里往外张望。巧儿和松花奶奶坐后排。叶紫云给巧儿拴好安全带,扶住车门又嘱咐去了不要调皮,要听奶奶和伯伯的话,还叫她随时视频通话。巧儿不耐烦地说:"知道,妈，你真啰唆。"

说心里话，除了对巧儿的不放心，千叶农场也吸引着叶紫云。女儿玩手机比妈妈还娴熟，许多功能还是女儿教会的。平时父母都不准女儿玩手机，怕她玩物丧志，只准在学校放假期间一天玩两个小时。这次去千叶农场妈妈特许了她，除了随时监控她行踪，叫她视频，妈妈也想看看农场。

汽车开走了，叶紫云站在家门前一直看它驶到十字路口，停了一下转进了左边的街口消失了，直到听不见汽车声，还站在那里。

半个小时后，手机叮叮咚咚像一根手指敲琴键那样响起来，巧儿视频电话来了。叶紫云打开，屏幕出现车内情景：车顶棚摇晃着，从前车窗移下进入镜头的是多多那张带笑的圆脸，镜头凑近了它鼻子，它有些讨厌地闭了一下眼睛并掉转头。镜头又移向了开车的太郎，太郎知道在摄他，伸出左手做了个V。镜头又慢慢转回来，松花进入了镜头，她拴着安全带，头靠着椅背睡过去了。镜头中出现了她的脸部特写。平时没注意松花脸上皱纹有这么多、这么深，松弛的眼皮垂下来，堆砌在稀疏的灰白眉毛下，像喀斯特地貌山脚下的褶皱。

松花太累了。坐在快速奔驰的汽车上，她个人的时间却慢了下来。

看着松花的脸部特写，叶紫云心里一阵难过，泪水涌上了眼眶，她想到了养老院的父亲坐在轮椅上，个人的时间更慢了下来。他跟松花一样，为儿女，为别人，也为自己操劳了一生，现在在自己的时间中度过剩下的岁月，以各自的方式完成个人的人生目标。而我们当后人的，又为父母他们做了些什么，他们给予的那么多，回报他们的又有多少？眼眶里盛不下的泪水，啪嗒啪嗒掉了下来。

南麻布的家 / 263

镜头一晃,就切换到车窗外,外面是一片接一片的农田闪过,有人在田地里劳作,远处可见农家的房屋、院落。巧儿在里面说:"妈妈,看见了吗?我们上了高速,太郎伯伯说,还有一个小时就到了。"

叶紫云说:"巧儿,小声一点,松花奶奶累了,让她睡一会儿。"

巧儿再次跟妈妈通视频是在下午。她用镜头带妈妈简约游历了太郎的农场。她说,太郎伯伯告诉她,农场在千叶市的田下町,一个丘陵环抱的小平原,利根川的一条支流将农场一分为二。巧儿就是站在这条支流的石桥上与妈妈对话的。这时落日的余晖将巧儿罩在金黄的色彩中,像童话中的公主,乖得叫叶紫云在手机屏幕上亲了她两口。多多与她亲近了,跟着她左右不离。

巧儿又将镜头向四周移动,一边拍摄一边向妈妈解说。其实在镜头慢慢移动之际,叶紫云已经将里面的情景看了个大概。据说太郎经营的农场已四十多年了,而这里的景象却没有丝毫的衰败:散布在田野间的院落,在绿树的包围中显出生机;延绵的丘陵,切割得蓝天也在涌动,整个农场就像海洋中一方小岛,随着天上飘动的白云在沉浮,呈现出一派祥和氛围。叶紫云想,生活在这里的人们,大概都像松花那样沉静。

巧儿的话音打断了她的思绪:"妈妈,你看左前方那一排稻草屋顶的房子,是太郎伯伯一家住的,今天我和松花奶奶也要住在里面。"

镜头就在草屋顶房子周围移动,一会儿是一个高高的草垛子,一会儿是一条道旁有小树的小路,路边有一洼四周长有芦苇的水塘。巧儿话音一直未断,说:"我见到了太郎伯伯的秋英阿姨。秋英阿姨对我可好了,中午给我吃了烧烤和牛肉,她烧烤得真好吃。她给我看了杜田哥哥和里子姐姐的照片。杜田哥哥在北海道开渔船，在海里打鱼。秋英阿姨还说，等放了寒假要带我去北海道看杜田哥哥，去看北海道的雪，吃杜田哥哥打的鱼。里子姐姐在横滨读体育大学。叫我好奇的是，杜田哥哥像他妈妈一样秀气，里子姐姐却像太郎伯伯一样高大健壮，两兄妹的长相似乎被调了个。"

太郎一家的形象在巧儿的解说中一一浮现在叶紫云脑子里，特别是被命运之神调了个的兄妹俩。巧儿是怎么想到这句话的？是不是世上每个人都有跟自己调了个的对象，那么我的呢，又在世上的哪个角落？

"妈妈，太郎伯伯说起他们家的稻草屋顶房子可自豪了，说别看它是稻草屋顶，整个屋架是木质穿斗结构，冬暖夏凉，住在里面舒服极了。稻草屋顶房子正对面是一片蔬菜大棚，太郎伯伯带我进去看了，里面种了好多的西红柿、卷心菜、菠菜。松花奶奶说，明天带我去摘西红柿，给你带回去。"

巧儿又将镜头对准了一片稻田，旁边是一条小溪，明媚的阳光铺洒下来，溪水发着亮光潺潺流过，绿油油的秧苗也变得金黄，在微风中起伏。以叶紫云当过编辑的一点肤浅农业常识看来，稻秧栽下不久，也可能正返青。巧儿说："太郎伯伯说，这田里的稻子是栽给自己吃的，稻草就用来盖屋顶，每年他都要用新稻草换屋顶。"

巧儿的镜头移向了身后，说："妈妈，你看见了吗，在树林边的那座木板房子就是玛莉的家。"这时，一个人从那木板房里走了出来，对着镜头摇手。太远了，看不真切，可能是农场的人在跟录像的巧儿打招呼，似乎巧儿也跟那人摇了手。又说："我们还没到农场，松花奶奶就醒了，说怎么还没有到，想看玛莉都等不得了。太郎伯伯说，妈妈方才大概梦见玛莉了吧？松花奶奶说，你是怎么知道的？说完两人都笑起来。妈妈，他们为啥都笑了呢,是不是太郎伯伯说对了?"叶紫云笑着回答:"可能吧。"巧儿又接着说:"车一到农场,松花奶奶就拉着我下车去看了玛莉,它的女儿跟它一样漂亮,正在衔着妈妈乳头吃奶。松花奶奶说,玛莉辛苦了,正恢复身子,还要喂女儿,叫太郎伯伯多喂点精饲料,还要喂牛奶。妈妈,我让你猜猜看,玛莉女儿叫什么名字?你肯定猜不着,它也叫巧儿。这有点惊奇吧?原来,看玛莉女儿吃奶,松花奶奶叫了我一声,要给我说什么。这时正吃奶的小牛犊从妈妈的肚子下伸出头来,哞地叫了一声,两只耳朵还摇了两摇。松花奶奶说,快看,我们的小牛犊多灵气,它听懂了叫巧儿。又问我,愿不愿让玛莉的女儿也叫巧儿。我毫不犹豫地答应了。妈妈,这是多好玩的事,世上有了一个跟我同名的小牛犊。松花奶奶很高兴地说,'好,我们就叫它巧儿了。'太郎伯伯也说,'这名字真好,小牛犊巧儿也会长得跟我们巧儿一样漂亮、聪明。'还说,'等小牛犊今后出奶了,第一口初奶送给我吃。'妈妈,再问你个问题,为什么玛莉的巧儿长得这么快,才从妈妈肚子里生出来不久就能站起来了,为啥不像我,长了好久才能站起来?"叶紫云被她这突然的一问给问住了,嗫嚅了半天也回答不出来。巧儿就说:"知道你也答不上,我问了松花奶奶和太郎伯伯,他们都答不出来。没关系,等回来后,我去学校图书馆借书来找答案。"

一些生活中被认为是理所当然、在大人眼里微不足道的事,为什么巧儿却想到了?她小脑袋里究竟还装了多少类似的问题?难道这就是我们两代人的差异吗?

"妈妈,松花奶奶要我明天早点起床,跟她去牛圈挤牛奶,等我回来再告诉你,喝自己挤的牛奶是什么味道。妈妈,跟你道个歉,之前跟松花奶奶下车很急,手机忘在了车上,刚才说的都是先前的事,无法视频给你。明天挤牛奶时,我再用视频补上。

妈妈,好了,多多咬我裤管往回拉,大概它觉得该回去了。妈妈,再见。"

还没容叶紫云反应过来说声再见,巧儿就下了线。叶紫云拿着手机一阵惆怅,打开视频又看了一遍,心里才渐渐趋于平静。叶紫云心里嗔怪起来,真是个孩子,做事不可能精细,即使视频也粗略,叫人看得心欠欠的,总觉得遗漏了不少该让她看的地方。叶紫云开始想女儿了。女儿长这么大,还没有这样离开过她。她盼她回来了,也为了听她讲太郎农场的见闻。

十一

这天,巧儿放学回来一进门,来不及放下书包,也没先说我回来了,就兴奋地大声宣布,"今天我在课堂上听懂了老师说的话,讲的是些什么。"正在擦地板的叶紫云不顾手是湿的,激动得一把将她抱起来亲了又亲,问:"乖乖,你是怎么听懂的?"巧儿说:"以前只觉得老师的嘴巴一张一合在说话,像鱼在水里吐泡泡,那些泡泡从我耳边一溜就过去了,可是就在那一刹那间,泡泡突然爆了,连成了话,进了我耳朵,只是有些话还不懂是什么意思,但是我听清了每个音。"

巧儿的这一进步非常了不起,是学外语过程中的一个飞跃。显然是她这些日子以来努力的结果,是平常积累得来的顿悟。她开窍了。

叶紫云高兴得要命,连问巧儿想吃什么。那架势,仿佛巧儿想吃天上的蟠桃,她也会搭起登天梯上天摘回来。

晚上巧儿的父亲回来,父女俩竟还用日语进行了一番简单对话。叶紫云在一旁,像生活在两个外国人之中,那种感觉,妙不可言。

巧儿学习走上了正轨,练钢琴的事就该提上日程了。在家里练钢琴,这在日本是一件不可思议的事。日本房屋多是木质板式结构,一般不隔音,如果声音扰邻,邻居可以起诉你涉嫌违法。叶紫云在网上查了,只能去专门的练琴房,租琴房的费用高,而且高出她的意料。她跟老公商量,为巧儿的前途,觉得省吃俭用也要承受。在国内,巧儿一周在老师那儿上两次课,在这里,学习减半,一周租用一次琴房,一次一小时。这样几次下来,却明显感到巧儿的琴艺在退步,缺少老师指导和督促,靠自己摸索,简直是在白花钱。后来,琴房管理人员给巧儿介绍了一位老师。可是新老师的教学法与原来的那套出入很大,连习惯都得重头学。好在巧儿明理,更知道大人为她付出的金钱和精力,学得认真,改得也快,令老师和父母都满意。学了一段时间后,巧儿跟老师建立了感情,老师每节课都教得认真,教学中融进了师生情谊,于教于学都好处多多。

好老师竟然在异国他乡的茫茫人海中出现在了巧儿面前,这是命运之神在眷顾巧儿。叶紫云觉得是一家人的好运开始了。

但上了一段时间的课后,另一种苦恼又伴之而来。老师上课的琴房离他们住处很远,赶公车还得转一趟车,不算上下车的车站距离,单是车程要花一个多小时,遇上刮风下雨更麻烦,而且每次都要叶紫云陪同。日本的交通费比国内高得多,两人往返的车费和学费,一月下来的开支又多出好多。

以前巧儿学琴,叶紫云在外面等,时刻都显得无聊,哪怕只一个小时也感到够长,要一分一秒数着过。不知怎的,现在学琴的一个小时却短得像眨个眼睛。每次等到巧儿从琴房出来,见她扶着琴房门回头留恋的神情,一种对不起她的疼痛感觉就迅猛袭来，如果想延长时间，钱又很具体。这些感受只好由当母亲的独自忍受。并且，有了好老师教学，还需要自己练习。俗话说，老师带进门，修行靠各人。如果不租琴房练，学了也白学，租琴房的这笔费用还是得支出。原以为终于走了出去，结果却发现是在原地踏步。这些都是老公派驻日本造成的，有气还不能对人说，说了还以为是在作秀，饱狗儿装饿狗儿无事乱叫。

这天学琴回来，在楼道口碰见松花，巧儿叫了她，便站下来问候、寒暄。松花顺便问干啥去了。既然有人问起，何况又是松花，叶紫云不由将心中的苦闷一股脑儿地倾倒了出来。

第二天，松花来找叶紫云，说要商量一件事，像要叶紫云为她办事的样子。叶紫云觉得松花这么好，为她办什么事都是应该的。她请松花进屋说。松花说去楼下客厅说吧。叶紫云跟着松花下楼去到客厅，见里面有个穿工装拿着卷尺的客人，就停在门前未进去。松花拉了她，说："是我请来的，不用客气，进来吧。"

叶紫云进去了，那人非常有礼貌，向她低了头，主动退出了客厅。

松花要她坐下，说："紫云，是这样的，这客厅从来没有派上过正经用处，我去了千叶，就更是闲着，如果装上隔音层，给巧儿作琴房，你不觉得这很好吗？"

叶紫云说："这当然很好，可是……"

松花说："你是想说租金？"

叶紫云红着脸，点了点头。

松花认真地说："租金我可以考虑，给你们优惠。"

叶紫云一听，慌得六神无主，直摇手说："松花奶奶这使不得，使不得。"

松花完全不理睬叶紫云的谦让，说："听我把话说完，我只能给你们租金优惠，安装隔音层的费用那是你们自己的事，当然还有钢琴。"

听她这么一说,叶紫云又沉思起来,心里迅速打起了算盘,即使租金这头优惠,但那头安装隔音层的花费是否承受得了?

松花见叶紫云一副绞尽脑汁的傻样子,就指了指外面说:"那是我请来询问安装隔音层的师傅,他说这是间地屋,当琴房无须改造什么,只要装上隔音板就行了。他量了一下面积,说只花不多的一点钱,立马就可以变成琴房。如果这样,巧儿练琴就不用再租琴房了,我想你们这点花销还是值得的。当然,我还有一个附加条件。"

叶紫云望着她,问:"什么条件?"

松花说:"犬子要经营他的农场,没时间照顾我,日子我过得很寂寞。要是巧儿在这里练琴,允许我进来听听,琴声会给我很大的安慰。这就是我开出的条件。怎么样,如果成交,工人马上可以动工!"

还能说什么,叶紫云抓住松花的手激动得一阵直摇。

十二

一周前杨小英来电话告诉叶紫云,这次同行来东京的是三个人,全是母的。这样说了后,小英在电话那头笑个不停,可能觉得这说法很搞笑。那两人是小英的手下干将,她还特别强调了一下,其中一个是叶紫云老父亲那个区的负责人。意思是不言自明的,叶紫云懂,于是爽快地说:"我一定好好接待。"小英说:"好不好,看行动。"好在她们的住宿不用叶紫云操心,她们在网上订了,是银座商业街上一家名气很响的酒店,目的是便于逛街购物。叶紫云说："那酒店很贵哟，你们真舍得。"小英说："在日本，不能显穷，这关系到民族大节问题。"说完又一阵大笑。一听说在银座，叶紫云心里又开始慌乱起来，她住家的地方去到银座的公车站要步行十多分钟，才能乘车到银座，看来，又有十来天够她跑的了。

小英她们今天下午四点半从重庆江北机场飞东京，上机前小英来过电话，要叶紫云必须去机场接。收线后，叶紫云又多了想法，她们来东京人生地不熟，语言不通，当然是要去接，可又何必用命令的口气。来了日本这些日子，叶紫云以前脾气的棱角不经意地在人们细声细气说话和低头欠身中逐渐磨掉了。她都不知这对自己来说是好还是不好。但她感到了一点，以前说话做事毛里毛躁，现在耳顺了，性子温顺了，说话做事，考虑别人多了一些。现在听了小英的电话，的确叫她有些为难。她粗算了一下时间，飞机不晚点，晚上九点半降成田，取了行李、办好出关到见面，顺利是近十点半，如果遇上不测，那就更晚。成田机场在千叶县，不知那时机场是否还有地铁，如果坐班车到东京银座，还得看时间，估计路途停停走走，大概要两个小时左右。当然这些是小英考虑不到的，她也不会去考虑。

巧儿下午三点放学回家，叶紫云跟她说了要去成田接小英阿姨，吃过晚饭她只能自己照顾自己了。她很懂事，说做完作业，自己洗漱睡觉。叶紫云还是不放心，给老公去电话，要他尽早回家，他答应了。即使这样，也担心他会食言。说到底，谁叫小英是自己发小呢？谁又叫自己将老父亲交她手上呢？

吃过晚饭，叶紫云安排了巧儿，乘地铁去了成田。飞机正点，还要再等个把小时。趁空，叶紫云去打听了去银座的交通，电车没有了，只有班车，一个小时一班。她看准了十一点四十五这班。

她们到了，小英未出验票口就看见了叶紫云，推着拉杆箱加

南麻布的家 / 271

快步子小跑过来。小英一身花枝招展、裙带飘飘，像刚从天上撒完花回到凡间的仙女。一到叶紫云跟前便丢下拉杆箱，张开双臂大声叫道，"我的姐，想死你了，来，拥吻一个。"那个架势，生怕全大厅的人不会听见，说话声调和动作搞得像西方人似的夸张。叶紫云被她拥进怀里，又是碰脸，又是拍后背的。叶紫云不太习惯这种亲热了，低眼不敢看四周。她敢说那一刻，全大厅的目光都聚焦在她俩身上。叶紫云想，小英要的就是这效果，如果我捧一束花献她，她可能更会忘乎所以。

小英向叶紫云介绍了她的干将。负责叶紫云老父亲的是个娃娃脸的小女子，令人怜爱。叶紫云感觉上宽心了，大概欺负人的事在她那里是不会发生的。另一员干将是会计，有些男性化，五官很硬，像随时都在防备遭抢，一副拒人于千里之外的冷漠样子。叶紫云不太欢喜。她说着欢迎欢迎，同两人握手。握那娃娃脸的小女子时，叶紫云手上使了点劲，停留的时间也长一点。欢迎仪式一过，就催她们去班车站。还好，看准的那趟班车还有二十分钟。

酒店订的两间房，小英是领导，住单间，两名干将住双人间。安顿好她们，已经是深夜一点过，叶紫云只说在小英房间陪坐一会儿，寒暄两句就走人。刚坐下话还没有开头，隔壁的两员干将便闯进来闹起要去吃拉面。她只好又陪着去找拉面馆。她对这里的环境的确不熟，如要向人问些什么，语言还不能多，一多就卡壳。带着她们在街巷中一阵瞎闯，终于在一条小巷里找到了一家拉面馆。人刚进馆子，味道还没尝，几个人就你一言我一语嚷起来，用咱们大重庆的小面，将小日本的拉面PK下去。叶紫云觉得好笑，饮食各有各的味，况且百人百味，用什么方法PK，就凭舌尖上的记忆？她觉得可能不该对她们的玩笑当真，但她们故意把大和小说得那么夸张，效果远超过了这字面的含义。其实，别的客人又不懂中国话，用不着大呼小叫的，但她们吵架似的声音，惊得客人不住地往这边张望。她们倒一副无所谓的样子，弄得叶紫云却怪不好意思，因为她知道日本人用餐时最不愿有别人在一旁喧闹打扰。

等再次送她们到了酒店，叶紫云打车回到家已经是下夜两点多了。先去巧儿房间，看她裹着被子的乖巧睡态，叶紫云喜欢得有些双眼发潮。回到房间，台灯灯光将老公闹醒，他看了下时间，翻身又睡去。

叶紫云心想，今天仅仅是开始。

用小英她们自己的话说，这次来小日本是为了展示中国大妈的风采。既然小英是叶紫云发小，那两员干将比她都年轻，离真正的大妈似乎还差一小截，为什么她们又非得要自称是大妈呢？是不是大妈这词目前在国内很吃香，或者是一种时尚，甚至仅仅就是一句玩笑话？叶紫云不得而知，又不便多问。

在接下来的三天里，叶紫云陪小英她们去上野公园、代代木公园、新宿御苑赏樱花。她为樱花还未凋谢感谢天老爷，要不，还真不好向小英她们交代。

叶紫云的数码相机和拍摄技术在这几天里派上了用场。她们随时因背景不同更换纱巾，或拿在手上，或披在肩上，服装也因景而换，或裙子或旗袍。换装就在现场，两人用一床备好的床单围成围子，如此轮流。叶紫云为她们的良苦用心所折服。她们特喜欢那种三人都戴着墨镜背着双肩包手里舞动纱巾站成斜线，或者都把身子扭成 S 形、伸手比 V 的集体照。还莫说，她们真把这种造型照出了水平，既天真可爱，又有整齐美，叫叶紫云看了都称赞她们的创意。她总是以最好的视角去透视她们。每次她们看了照片都向叶紫云比大拇指。

拍照的人多，好的景点总是有人候着，她们也时常为选景点忙个不停。有一次小英为抢一个景点，从一个躺在地垫上的人身

南麻布的家 / 273

上跨了过去,气得那人惊呼起来。那是一个日本人。小英顾不上道歉,直奔过去抢到了那景点的最佳位置,抓住一枝垂下的樱花就呼叫叶紫云赶快过去。那日本人发觉小英原来是个外国人,于是就用一副不可理喻的神情打量着小英,大概在想这究竟是怎么回事,她们原本就喜欢这样吗?事后叶紫云对小英说:"从别人身上跨过去,是不礼貌的。"小英似乎这时才意识到当时自己行为的失格,想过去向那日本人道歉,叶紫云说:"算了,请不要再去给别人添堵了,今后注意就是。"小英不由对叶紫云做了个鬼脸。

叶紫云也不得不承认,小英选的这处景的确好,她在照片中留下的形象也美。穿着红缎牡丹花的旗袍,真诚的笑脸衬着粉红的樱花,脖子上粉色的纱巾被风吹拂起来,在樱花树下叠出柔美的褶皱。在按快门时,那日本人带着他愤懑的神态也被装进了镜头,这有些破坏效果。叶紫云想重拍,小英的表情又怎么能重复,只得让照片留下遗憾。不过,那人在照片中并不突出,像无数风景照中一个无意闯进的人。以小英的艺术修养,这疵点是看不出来的。

小英是叶紫云的发小,老父亲又托付于她,在东京的这几天,叶紫云处处都得护着她。她们在任何场合总爱大声说话。叶紫云想,重庆人天生嗓门大,一说起话来像打雷。叶紫云时常跟她们打招呼,或者伸出食指压嘴唇,提醒一次好一阵时间,话还没说上三句嗓门又高扬上去了,有时引得店员来招呼,她们还是忘了收敛。这时候,叶紫云只好出面低头赔不是。叶紫云还为她们当起了义务清洁员。每天去酒店顺带还要为小英收拾一下房间。两员干将人年轻些,自觉一点,小英的房间被她搞得很乱,食品和衣物包装盒扔得四处都是,卫生间盥洗盆里头发也不清除。一说她她就承认不好,但就是记不住改。出门上街逛商店,她们会无意丢下果皮纸屑。叶紫云跟她们讲过几次,日本街上没有垃圾箱,垃圾自己拿回家。她们听了,可就是不长记性。叶紫云知道说了也不是一时能改过来的,后来也懒得说了,就自己带上个塑料袋,跟在她们后面捡垃圾。

叶紫云无暇顾及巧儿,这些天来,巧儿早上吃了饭,都是自己出门,午饭在学校吃。如果哪天晚饭叶紫云陪小英她们不能赶回去,巧儿就自己去楼下超市买便当。叶紫云两头跑,小英她们以逸待劳,购物和玩的劲头丝毫不减,她却疲惫不堪,只要一坐下,眼皮就开始打架。有一天坐车错过站,到酒店比约的时间稍晚了一点,小英还埋怨她不守时。

叶紫云终于熬到了小英她们离开这天,要陪她们去成田机场,一直送进安检才算完成任务。回国前一天叶紫云就跟她们说好,七点到酒店,打车去机场,否则来不及。到了酒店敲小英房间,她还在呼呼大睡,把她叫起来却说:"这么早干什么?"叶紫云没好气地说:"干什么,是我要赶飞机回国?"接着又去隔壁叫干将。小英的房间一片狼藉,叶紫云顾不上帮她收拾了,催着赶紧出门。帮她们办了退房,在酒店门前打车,一路向成田奔去。办理登机手续时,又出了麻烦。小英来的时候,就一只拉杆箱,回去又添了一只大箱子。除了叶紫云给她买的化妆品,她进商铺像在菜市场捡萝卜白菜,又买了不少衣物。行李超重,要缴超重费。小英非常冒火,嘴里不干不净地咕哝。叶紫云劝她别乱嚷,照章办事。她不干,像个受欺负的小媳妇,怨声连连。叶紫云想,好在人家听不懂,要不我这个中间人又得说好话。小英最终拗不过,还是缴了超重费。钱给了,心里有疙瘩,张嘴就说:"妈的,小日本真坏,欺负中国人。"办登机手续的小姐突然用中国话说:"哎哎,嘴巴干净点,你坐的是中国的飞机。"那一刻,他们都惊呆了,那些咕哝的话,让他们闹得个面红耳赤。

小英的重庆人豪爽性格很鲜明，方才还为超重费生气，才走几步路到安检口就烟消云散了，拥抱着叶紫云碰脸拍背的，亲热得让人要被融化。这时，从她嘴里终于冒出一句："你用你的行动，通过了考验。"

尽管知道这又是小英的一句玩笑，但叶紫云仍为坐轮椅的老父亲高兴。她说："只要你们满意，我就放心了。"

小英松开拥抱的双手，在原地一个大转身，一双放光的眼睛环视一遍四周，发出一声感叹："回咱们的大中华咯，再见吧，小日本！"

声音之大，仿佛是跟所有人说，当然还有那些听不懂的外国人。

叶紫云跟两员干将握别，说："欢迎下次再来。"

她们向安检口走去，小英又转身向叶紫云挥手，夸张地说："莎优娜拉。"

叶紫云由衷地笑了，觉得这句浓重重庆味的日语莎优娜拉，是她从她这儿学去后时间和地点用得最对的一次。

叶紫云也向她挥手，说："莎优娜拉。"

十三

客厅的隔音层装好了，工人离开前，松花把叶紫云叫去，当着工人要检验。她叫叶紫云在外面，把自己关在房间里，过了一会儿她出来，问听见了吗。叶紫云说："听见什么？"她在里面大声唱了歌，问听见了吗。叶紫云说："一点声音也没听到。"不过她真想听听松花的歌声。松花说："看来是这隔音好，不让你听见。"叶紫云说:"肯定松花奶奶的歌声很美。"说毕,她想,要是能听她唱一遍《富士山之雪》多好。松花说:"现在巧儿再怎么用力弹,外面是听不见的。"说完,她哈哈大笑起来。

第二天,叶紫云一家迫不及待去了银座雅马哈钢琴店选购钢琴。在商店,巧儿试弹了几台钢琴,琴声惊动了店主,站在后面听了很久。一曲完,店主上前说:"女孩小小年纪,弹得真好。本月底,雅马哈钢琴将在银座总店举办钢琴大赛,想邀请贵千金参加,如愿意请留下通信地址,我们届时将正式邀请函寄出。"店主的话,巧儿已经懂了个大概。她父亲又翻译了一遍,问她愿不愿参加,她点了点头。

叶紫云为女儿的勇气又高兴又自豪。

当店主得知他们是来日本不久的中国人时,惊讶之余又说,他曾去过中国上海、北京考察,现在中国孩子学钢琴的比我们日本的多,今后钢琴家也会比日本的多。接着他话锋一转,不失时机地介绍起他琴的质量,随后向他们推荐了一款性价比较高的中档琴。巧儿坐上琴凳又试弹了一下,感到满意。当他们决定了买这台琴时,店主又狠狠地夸奖了一番巧儿的琴艺。

当天下午,钢琴运来,搬进琴房安置好,叶紫云叫巧儿去请来了松花奶奶,特地用从重庆带去的盖碗为松花泡好了茶。冒着热气的茶碗送到松花面前,松花不由耸了耸鼻子说,这茶真香啊。说着,就揭开茶碗盖子,看见一芽一叶紧直细秀的茶叶,茶汤碧绿,就浅浅地抿了一口,包在嘴里慢慢品味一阵,说:"唔,真是好茶,好茶。"

茶叶是这次小英带来的。她对叶紫云说:"这茶叶是永川当地的一个企业家送她的,是最正宗的特级永川秀芽,留着自己喝,不要乱送人。"这茶叶紫云还没时间品尝,没想到今天派上了用场,听到松花的称赞,比自己喝了还滋润。叶紫云想到了松花为她调制的爱知县西尾抹茶就说:"松花奶奶对茶真是内行,这是我们重庆的绿茶——永川秀芽,要是奶奶喜欢,我叫朋友每年给你寄来。"

松花又喝了一口,放下茶碗说:"能喝上你家乡的茶,真是我的口福,那我就不客气了,收下你未来的礼物。"

接着叶紫云又将巧儿要参加雅马哈钢琴大赛的事说给松花听,松花说:"那太好了,来日本不久就去拿个大奖,这真是一件叫人羡慕的事呢。"

叶紫云说:"松花奶奶的吉言会给巧儿带来好运的。"

松花对巧儿说:"巧儿,你不能嫌弃我这个老听众啊,听着听着我可能会睡过去的。"

巧儿说:"那正好,松花奶奶的鼾声为我打节奏。"

笑声和琴声在琴房里响起……

后 记

呵，花街子

◎ 曾宪国

在重庆沿江码头中的储奇门与南纪门之间有一条叫花街子的街，是众多小街中的一条，相对于解放西路这条马路来说，它躲在其身后，是条货真价实的背街。与相邻的十八梯、厚池街、凤凰台、守备街、回水沟这些街相比，它又是最短的。短到什么程度？你若点燃嘴上的烟，呼出的烟子还没在嘴边散去，街就走完。即便如此，住在这里的人却并没觉得短小。他们一说起与自己朝夕相处的脚下这块土地，往往会抬手把周围一画，说这一片都是花街子。那意味着，重庆城除了上半城的解放碑那一片外，大的地方就数这里了。不仅住在这里的人们这样认为，连一些生意场所也如此。例如，十八梯农贸市场，它不在十八梯，却在花街子；南纪门劳务市场，它不在南纪门，也在花街子。

其实，人们都晓得这里的各条街的名字，都清楚每条街的界线，但就是要这么喊、要这么想——花街子。

这种明显的地域概念模糊、街名混淆，却在这里人们的口头上长此以往。

为什么会有这种明显的差错?

探其究竟,是这里的人们在有意为之,是要用花街子去包容、涵盖这片街区。因为在他们心目中,花街子在这片街区中最繁华、最闹热、名堂最多。

这里的繁华、闹热和名堂,竟又跟上半城的不相同。上半城无不透出洋气和张扬,而这里是样样土得掉渣和俗得可爱。这种土气和俗气,像锅盖一样严丝合缝地盖着这片街区,使这种味道浓得风雨都吹打不开。

花街子两边房子是各有各的味道,有年代久远的穿斗房,有时间较近的砖房,高低参差,陈旧而真实地袒露在十八梯那坡石梯坎下,原汁原味地强烈地冲击着人们的视觉。这些房屋,整日蜷缩在上半城高楼大厦从头顶压下来的阴影里,整日像要下雨,阴沉沉的,只有在大晴天的正午时分,太阳才肯从两边屋檐的缝隙间露出一张窄脸,洒下一片阳光,将这里照得来如同四季一样分明。这时,人们才像瞌睡醒来睁开了眼睛,看见地面上哪里有个小坑,坑里的积水已经发绿;街檐下哪有摊狗屎干得成了石头……大致的情形也确实如此,人们平时生活在阴兮兮的天日中,一旦阳光朗照,眼前的景象就分外清晰,历历在目。仿佛一切放在了一只巨大的放大镜下,使其露出了本来面目:混乱中有着固有的秩序,脏乱中有着特有的样子,连飘浮空中的气味和声音也有着独特的个性。但这个时间很短,短得像一脚就跨过街,眨眼间一切又回到了阴影中。

在这狭小的街面上,商铺林立:麻将馆、美发厅、录像室、客栈、浴室、按摩室、医馆生意兴隆,卖日用杂货的与蔬菜副食品店两隔壁,杀鸡杀鸭剖黄鳝跟烧腊卤菜的摊子摆在一起,豆花馆的味道香半条街。在这里,真货与山寨品摆在一个摊子上出售,雅与俗的物件被老板同时吆喝叫卖,严肃的与轻佻的玩意同时出现在顾客的眼前……世间百业，无一不有。这条街的世俗生活，让人叹为观止。

在花街子中段有所学校叫杏林中学，这所学校的规模与花街子一样小巧。上课的时候，从里面教室传出琅琅读书声，与街上的喧嚣在空中交汇，像一曲混声合唱，带着街上的气味，从街这头滚到那头，又被风从那头吹到这头，是这片街区繁嚣的空中响起的最强音。这声音越过了人们掀起的市声，发射出文明的光辉，如音乐般响彻在花街子郁结的庸俗混沌之上。如今，杏林中学与别的学校合并迁走了，缺少了这独一无二的声音，人们的记忆中有了空白，就像那时寒暑假期间，仿佛天日都过得不顺了。

我虽不是花街子的原住民，但因工作住进这里也近40年了。如再往前算，我在供电局工作，顺着电线走进来认识花街子，更是半个世纪前的事了。因此，我熟悉这条街，就像熟悉自己身上的每一片肌肤、每一寸血管，晓得哪里有条岔巷、哪里有几步梯坎、哪里有条沟；背得出街边的哪家店铺挨哪家，哪家卖的是什么；即使行色匆匆的人等从眼前闪过，也会逮住熟悉的面孔。

令我一辈子感到有缘的是，离开了供电局到重庆日报工作，仍然离不开花街子，因为报社就在花街子隔壁。有如一件发生在我身上的事一样，铭记在我心里。杏林中学斜对面有家理发店，上世纪80年代初开业，理发店的设备行头跟乡场上的剃头摊子没有两样，只有两把木椅子，一把电吹风都是等着用，洗头的热水是装在铁桶里，用时打开连接的橡皮管。到它因片区改造前搬迁时，设备行头早已鸟枪换炮：面积扩大了，两把木椅成了四把皮转椅；招牌换成了霓虹灯，天才擦黑，就将街面映出一片红光；店门口的三色柱在人们的视线中昼夜不停地转动。老板小两口子还招了师傅和专门洗头的服务员。我几十年一直在那儿理发，只认其中一个理发师，是一个来自简阳的小伙子，手艺最好，是我头发变色最直接的见证者。记得黑发开始变白的时候,我问他变了多少,他说,才几根。这话叫我欣慰,还有大把的时光够我抛撒,连坐在转椅上的姿势都变得轻松起来。几年后,我又一次问他,从镜子里望去,他拈起我头发,仔细查看一阵,考虑了说,百分之三十吧。这话仍然叫我欣慰,让我并不觉得时间紧逼的慌张。到了搬迁前他最后一次给我理发时,我根本懒问了,从剪下的断发中自己一眼就看出了百分比。我此刻显得悠闲而冷静地说着这琐事,是想隐瞒我与花街子相识的几十年一眨眼就过去了、生命像做减法似的少去了的慌张。然而百年的花街子竟然还是如此原样,如此多彩丰富。

土耳其作家帕慕克说:"伊斯坦布尔的命运,就是我的命运:我依附于这个城市,只因她造就了今天的我。"我借用这话,也说给花街子:半个多世纪,一块鹅卵石焐怀里也能焐熟,一根木头也能焐出新芽,何况是一条生气喧腾的百年不老的街,能不像生命一样,融入我命运中!

时常我在小区、在花街子街上听有人在感叹"唉,不晓得是怎么的,硬是离不开花街子哟!"或者"我是上辈子就跟花街子有约哟""我二辈子投生都要投到花街子来"等等,不一而足。

当然,这是在说到花街子时的有的放矢。但听着这类充满依恋之情的言语,却没觉得有半点矫情。

在电梯间,在小区,同事碰见,相问去哪里,多半回答是去花街子,或买东西,或逛逛。

这就是人们的生活跟花街子发生了关系,就像命跟花街子结下了不解之缘。

在这条街上,身份的高贵与卑贱,被世俗生活公平地抹去。行走在这条街上,人们相视的目光,都显得一般高,似乎引车卖浆之流,才是这里的主人。马尔克斯也曾用不同的文句,表达过相似的意思："闭门码字并不比鞋匠制鞋高明多少。"站在这条街上，抬眼望去，满街熙熙攘攘的路人，你会感到，人世间原本是公允而平等的，三六九等之分不是与生俱来的，是人为划分的，并只伴随短暂的人生。花街子的宽容和接纳，才成就了人世间的永恒。

在本世纪初，政府在花街子划出一块地，建起了劳务市场。这市场仅与我工作的报社一墙之隔，站在办公室过道上，透过窗户，就听见市场里的喧闹。不少来闯重庆城的乡下人，远天远地赶来，聚集在这里找活路。他们举着介绍手艺的纸片，神情各异地等待雇主的到来。在这里，可领略各地方言的妙趣，听人把"钱"说成"情"，把"线"说成"性"，等等。照此发音，如果把词句组织一番，就会出现令人捧腹的效果。

切莫以为有这些，这里，治安就混乱，环境就不安定。

市场兴建之初，报社的保卫部门，专门挨个办公室打招呼，一是要锁好门窗、抽屉，二是看见陌生人进入办公大楼要盘问。我想，这招呼不外是打给隔壁的。这些年过去了，报社平安无事。即使在这条街上，也少于见斗殴发生，即使闹纠纷，便会有人劝："何必呢，都是来找钱的，习点德性，和气生财。"一劝，在互相抓扯的，就会松手，拌嘴的，就会收声。

其实，这是在纷繁复杂的表象之下，自有一套道德法则，在默默地发挥着法律的约束力量。

以上所述，就是花街子这只土碗打碎的碎片。它在构成了自己的独特的时间里，演绎出与上半城不同的人间轻喜剧。

本来，这些与我个人真实的生活并无直接的利害关系，我只是这里的一个过客，这里的人的喜怒哀乐，也不会在我生活中掀起波澜。但是，我的写作使我跟这里的一切有了相融的契约。不过，作品中的街，已超越了现实的街，它更广泛、更含蓄，充满幻觉的色彩。书中的众多人物,在花街子有他们身影的闪现,只是无法看清他们的面目。

我坦然地对着世界,大声地说:我喜欢花街子。

由此说来,我也是俗人一个。

其实,俗是雅的另一面。人间飘出的烟火,无不透出俗的味道。是人,都难以脱俗。

我心安理得,每天优哉游哉地逛花街子。

我爱花街子,花街子的魂已注入我生命中。

现在,这一片街区要改造。据说,将全部拆除旧房,新建成仿明清建筑的旅游休闲街区。这里有不少老屋、背街陋巷,是新中国几十年来从未彻底修建过的地方。这消息,叫我高兴,又令我恐慌:高兴这里的居民,要住新居;恐慌焕然一新之时,又将会丢失些什么。

旧,跟历史和文化依附在一起,融入人们的认知认同、民风民俗、生活习惯。在现实生活中,人们观赏物品,总爱喜旧,因为它跟逝去的岁月有着关联,存储着不愿忘却的记忆。但人们使用物品,却又厌旧,因为它表示着陈腐,缺乏追求的新奇。喜新厌旧,是人的天性。新与旧是一对矛盾体,共存在事物中,有时让人难以抉择。

于是,我深知我恐慌的缘由:怕花街子的魂从此离我而去,消失得无影无踪。那时,我怕生命中将出现残缺——深夜的梦里,怕不再见花街子世俗的景象,怕不再闻花街子暖心的喧腾。

原想将多年前的这篇随笔作自序,有幸得《人民文学》原副主编宁小龄先生用文字给本人画的素描,便于读者诸君对作者的创作情况来个大致了解,就顺势将这点睛之作放至开篇首页。于是,此随笔是以为后记。